지은이

고바야시 다키지小林多喜二 1903-1933

일본 프롤레타리아문학 작가. 일본 아키타현에서 가난한 농부의 둘째 아들로 태어났다. 1907년 고바야시 일가는 가난을 피해 홋카이도로 이주했다. 가난한 환경에서 어린 시절을 보냈지만 백부의 도움으로 오타루상업학교에 진학했다. 이때부터 교우회지를 편집하거나 중앙 잡지에 작품을 투고하는 등 문학적 재능을 보였다. 1921년 역시 백부의 도움으로 오타루고등상업학교(지금의 오타루 상과대학)에 입학했으며 졸업 후 은행에 취직했다. 다키지는 초기에 가난한 사람들에 대한 인도주의적 정의감에 서 있었지만 점차 비판적 현실주의로 나아가, 하야마 요시키와 고리키 등의 작품을 통해 프롤레타리아문학에 관심을 가지게 되었다.

다키지는 1928년에 『방설림』을 완성한 후, 상경하여 일본 프롤레타리아문학의 대표적 이론가인 구라하라 고레히토를 방문했다. 그의 영향을 받아 완성한 처녀작 『1928년 3월 15일』은 천황제 지배 권력의 잔학성을 폭로하고 이것에 저항하는 노동자의 불굴의 정신력을 다루어 일본 프롤레타리아문학에 새로운 전기를 제공한 작품이다.

다키지는 1929년 북양 어부의 실상을 취재하여 『게잡이 공선』을 완성했다. 『게잡이 공선』은 다키지의 대표작으로 일본 프롤레타리이문학뿐만 아니라 일본 근대문학사에서도 획기적인 작품이다. 이 작품을 통해 다키지는 일본 프롤레타리아문학의 대표적인 작가로 인정받았다. 1933년 2월 가두연락을 위한 접선장소에서 체포되어, 그날 고문에 의해 학살되었다. 만 29세 4개월이었다.

다키지가 남긴 작품으로는 『부재지주』(1929), 『히가시쿳찬행』(1930), 『공장 세포』(1930), 『전형기 사람들』(1931), 『지구 사람들』(1933) 등이 있다. 사후에 일본 문학에서 처음으로 공산주의적 인간의 조형에 성공하였다고 평가 받는 『당 활동가』가 출판되었다.

옮긴이

전혜선田惠善

서울 출생. 고려대학교 동양사학과를 졸업하고 이화여자대학교 통역번역대학원 한일통역학과에서 석사 학위를 받았으며 동 대학원에서 통역번역학 박사과정을 수료했다. 현재 국제회의통역사로 활동하면서 이화여자대학교 통역번역대학원에서 강사로 일하고 있다. 역서로는 『역로』(2013), 『고바야시 다키지 II』(2014, 공역)가 있다.

고바야시 다키지 선집 Ⅲ

고바야시 다키지 선집 Ⅲ

옮긴이 전혜선

처음 찍은 날 2015년 4월 6일
처음 펴낸 날 2015년 4월 16일

펴낸곳 이론과실천
펴낸이 김인미
등록 제10-1291호
주소 (121-842) 서울시 마포구 잔다리로 71 (서교동, 아내뜨빌딩) 503호
전화 02-714-9800
팩스 02-702-6655

ISBN 978-89-313-6045-5 04830
978-89-313-6042-4 (세트)

*값 20,000원
*잘못된 책은 바꿔 드립니다.

고바야시 다키지 선집 Ⅲ

전혜선 옮김

다구치 다키에게 보낸 편지

어머니가 말하는 고바야시 다키지

이론과실천

들어가는 글

『고바야시 다키지 선집』은 일본 프롤레타리아문학의 대표적 작가인 고바야시 다키지小林多喜二(1903~1933)의 작품을 다루고 있다. 다키지 자신의 직·간접적인 체험을 바탕으로 만들어진 그의 작품은 당시 일본 사회의 정치적·계급적 상황을 생생하게 매우 사실적으로 묘사하였으며, 유럽 여러 나라에 잘 알려지지 않았던 일본의 문학운동에 대해 커다란 반향을 이끌어 냈다. 1권에는 다키지의 대표작인 『게잡이 공선蟹工船』을 비롯하여 『방설림防雪林』, 『1928년 3월 15일一九二八年三月十五日』 세 편이 실려 있으며, 2권에는 『공장 세포工場細胞』, 『당 활동가黨生活者』, 『전형기 사람들轉形期の人々』과 단편소설 『독방獨房』이 실려 있다. 이 책 3권은 고바야시 다키지가 평생 마음을 두었던 여성 다구치 다키田口瀧子에게 보낸 23통의 편지와 다키지의 어머니 고바야시 세키小林セキ가 다키지를 회고한 글로 구성되어 있다.

다키지가 연인 다키에게 보낸 편지글을 통해 알고자 하는 것은 다키가 다키지의 짧은 인생에서 어떤 의미를 가졌으며, 그런 의미와 감정이 그의 작품과 인생에 어떤 영향을 미쳤는가 하는 것이다. 또한 어머니 고바야시 세키의 회고글을 통해서는 다키지의 어린 시절부터 안타까운 죽음에 이르기까지의 삶을 들여다보면서 다키지의 문학과 삶을 되새겨 보는 시간을 갖고자 하였다.

『고바야시 다키지 선집』의 마지막 권인 이 책을 시작하면서 이론과실천 김태경 사장님께서 영면하셨다. 고바야시 다키지를 유난히 아끼셨던 사장님께 이 책을 바친다.

2015년 봄

이론과실천

고바야시 다키지의 문학과 삶

"우리 예술은 밥 굶는 사람들에게 있어 요리책과 같은 것이어서는 안 된다."

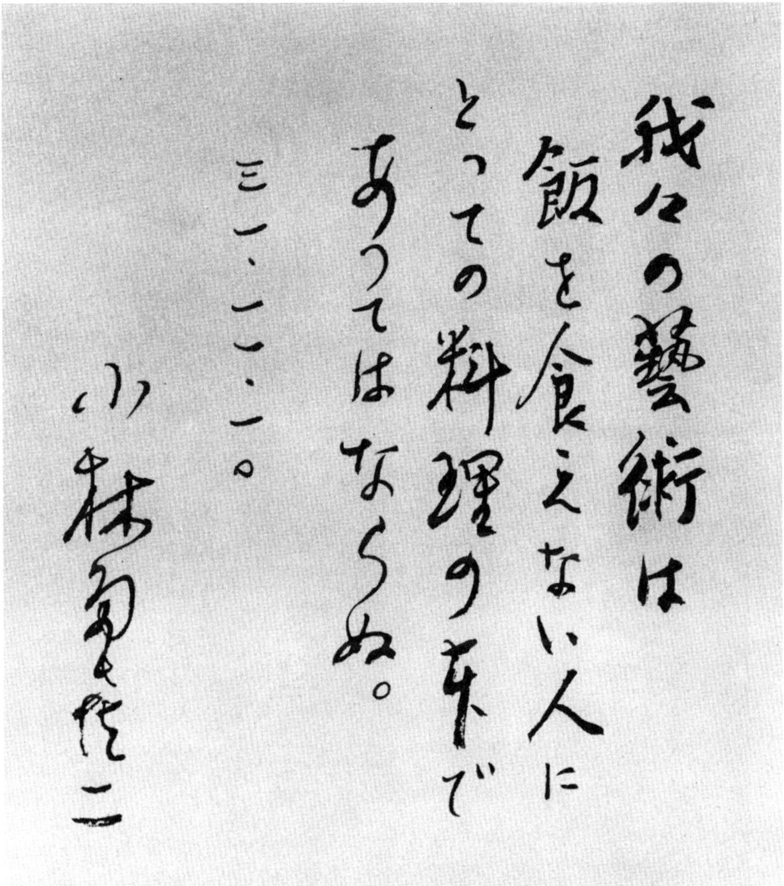

고바야시 다키지 친필(1931년 11월 10일).

오타루 이주 기념사진. 앞줄 왼쪽부터 여동생 쓰기코를 안고 있는 어머니 세키, 누나 치마코, 한 명 걸러서 다키지가 서 있고, 뒷줄 왼쪽부터 두 번째가 큰아버지 게이기이다.

오타루고등상업학교 입학 기념사진. 뒷줄에는 다키지가 서 있고, 앞줄은 왼쪽부터 누나 치마코, 여동생 유키코, 쓰기코, 남동생 산고이다.

"정말 침몰했으려나." 혼잣말로 중얼거렸다. 걱정이 되어 견딜 수 없었다. 똑같은 낡은 배에 타고 있는 자신들의 처지가 머리에 떠올랐다.
게잡이 공선은 전부 낡은 배였다. 노동자들이 북오호츠크의 바다에서 죽는 것 따위는 도쿄의 빌딩에 있는 회사 중역들에게는 어찌 되든 상관없는 일이었다. 자본주의가 극히 당연한 곳에서의 이윤만으로는 벽에 부딪치고, 금리가 내려가 돈이 남아돌게 되자, '말 그대로' 어떤 일이라도 하고, 어디라도 필사적으로 활로를 찾아 나갔다.

『게잡이 공선』(1929. 3. 30.) **중에서**

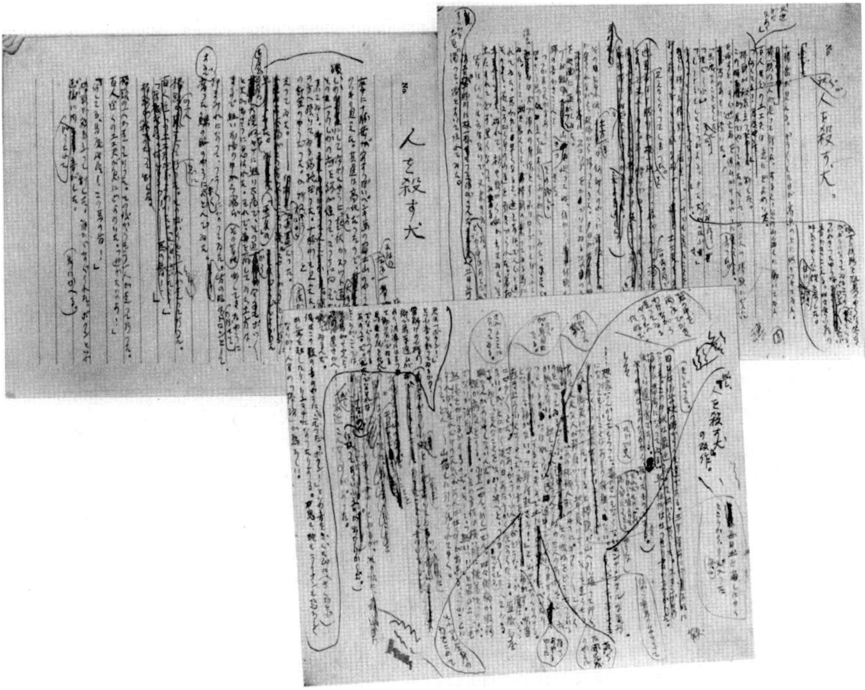

「사람을 죽이는 개(人を殺す犬)」. 막노동꾼이 개에게 살해당하는 것을 정면으로 다룬 작품으로 오타루고등상업학교의 『교우회 회지』 제38호(1927년 3월)에 게재되었다.

다구치 다키. 다키지는 1925년 가난한 집안 환경 때문에 유곽에 있던 다키를 구해 냈으며, 이후 가족들에게도 소개할 만큼 가깝게 지냈다.

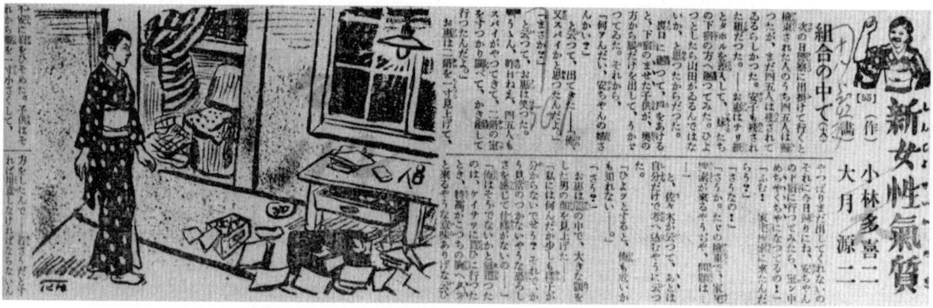

新女性氣質 【55】

(作) 小林多喜二
(畫) 大月源二

組合の中て(六)

次の日、警察に出掛けて行くと検束された人のうち四五人は歸つたが、まだ四五人は殘されてゐるらしかつた。安子も殘された組だつた。――お惠はナリ新とタホルを差入して、妹たちの下宿の方へ廻つてみた。ひよつとしたら山田がゐるんではないか、と思つたからだつた。

裏口に廻つて、戸をあけると、下宿のませた子供が、奥の方から顔だけを出して、うかゞつてゐた。それから、

「何アんだい、安ちゃんの姉さんかい？」

と云つて、出てきた――「俺、又スパイかと思つたんだよ」

「まさか？」

と云つて、お惠は笑つた。

「うゝん、昨日ねえ、四五人もスパイがやつてきて、二階の室をすつかり調べて、かき廻して行つたんだよ。」

お惠は二階を一寸見上げて、不安に眉をひそめた。子供はそれから聲を一寸小さくして、

「やつぱりまだ出してくれないの。それに今日歸りにね、安ちゃんの下宿に行つてみたら、室ン中めちやくちやになつてるの！」

「ふむ！ 家宅搜索に來たんだらう？」

「さうなの！」

「さうか。たゞの檢束で、家宅搜索が來るやうぢや、問題は――」

と、佐々木が云つて、あとは自分だけで考へ込むやうに云つた。

「ひよツとすると、俺も危いかも知れない……。」

「さう？」

お惠は闇の中で、大きな顔をした男の顔を見上げた――

「私には何んだか少しも様子が分からないでせう？ それで、から見當のつかないやうな恐ろしさを感じて仕様がないの――」

「俺はそうでないかと[illegible]つたのは、ケイサツに貰ひに行つたとき、特高がこつちの顔へ[illegible]と來るやうな意味ありげな云ひ力をしたんで――[illegible]だとすれば用心しなければならないん

다키와 헤어진 뒤, 다키지는 그녀가 자신에게 상징하는 문제에 가장 접근한 신문소설 『신여성 기질(新女性氣質)』을 집필한다. 1931년 8월부터 『도신문(都新聞)』에 연재하였으며 제목을 『야스코(安子)』로 고친다.

뭐, 자세한 것은 또 다른 기회에 천천히 이야기하기로 하지. 어쨌든, 이제 와서 이런 말을 꺼내는 것도 우스운 노릇이긴 하지만, '3·15 사건'에서 왜 우리가 그렇게까지 불필요한 희생을 치렀는가 하는 걸 생각해 봐야 해. 그것은 아까 말했던, 그 화려한 운동을 하던 선배들이 불법 운동으로 넘어가고 나서도, 이때껏 해 오던 습관을 버리지 못하고, 때때로 금붕어처럼 거품을 일으키며 수면에 몸을 드러낸 데서 비롯되었다고 생각해. 공장에 뿌리를 내린, 깊이 가라앉은 활동을 하지 않았기 때문이란 말이지.

『공장 세포』(1930. 2. 24.) **중에서**

1931년경 고바야시 다키지.

도요타마형무소(豊多摩刑務所). 다키지는 1930년 8월 21일에 치안유지법 위반혐의로 기소되어 도요타마형무소의 미결수로 투옥되었다.

1933년 1월 다키지가 다구치 다키에게 남긴 마지막 그림엽서. 이 그림엽서는 육군성이 발행한 「애국 나가오카호의 늠름한 모습」 2장 세트 중 1장으로, 우표를 붙이지 않고 다구치 다키의 집에 놓아 둔 것이다.

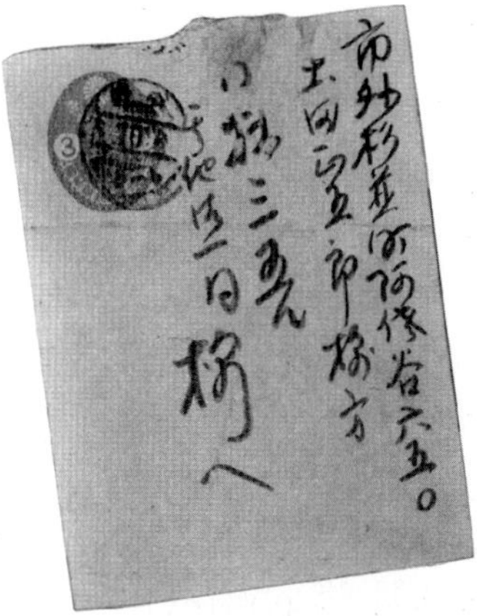

다키지가 감옥에서 남동생 산고에게 보낸 편지(1930년 9월 22일)와
무라야마 가즈코(村山籌子)에게 보낸 편지(1930년 10월 7일).

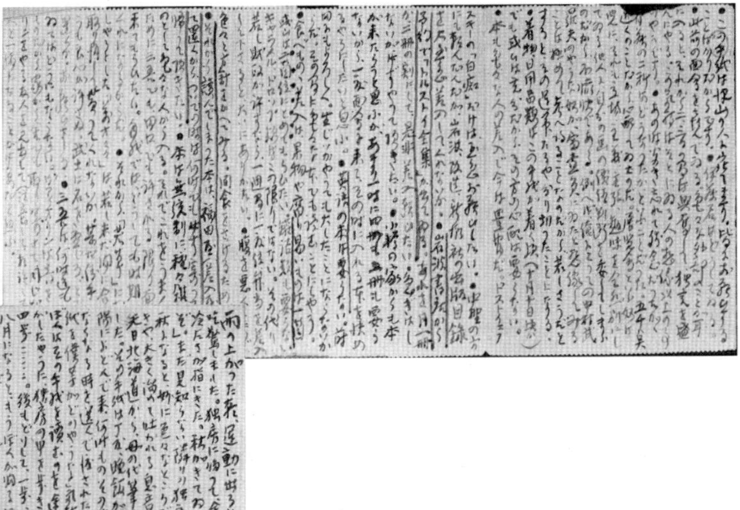

도쿄 스기나미구(杉竝區) 마바시(馬橋)에 있던 다키지의 집(1932년경).

1933년 3월 22일 오전 1시경. 마바시 자택으로 옮겨진 다키지 시신.

신쓰키지극단(新築地劇團)은 다키지가 쓴 『누마지리 마을(沼尻村)』을 연극으로 만들어 1933년 3월 18일부터 31일까지 무대에 올렸다.

1935년 2월 21일 도쿄에서 프롤레타리아문학 관계자에 의해 개최된 다키지를 추모하는 모임. 앞줄 왼쪽에서 다섯 번째가 다키지의 어머니 세키이다.

「지구 사람들(地區の人々)」 친필 원고. 지하생활 중에 집필하였으며, 『개조(改造)』 1933년 3월호에 실렸다.

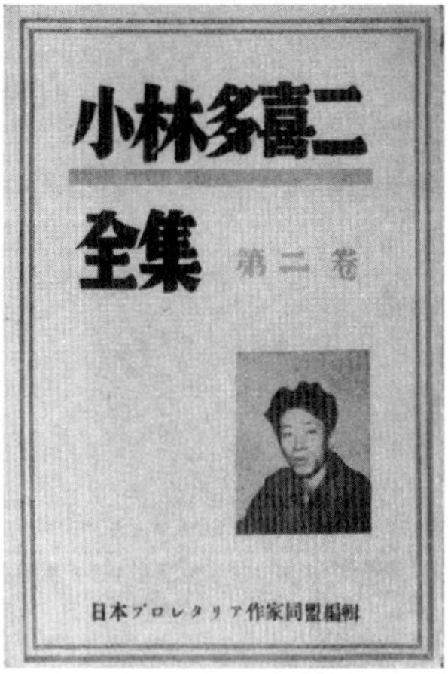

이 『고바야시 다키지 전집』은 전쟁으로 1933년에 발간이 중단되었고 1936년에 나우카사(ナウカ社) 판 5권으로 완간되었다.

차례

1부

다구치 다키에게 보낸 편지

1

다구치 다키에게

1925년 3월 2일 오타루

'어둠이 있기에 빛이 있다.'[1)]

그리고 어둠에서 벗어난 사람이야말로 빛이 얼마나 소중한지 알 수 있어. 세상이란 행복으로만 가득 차 있지는 않아. 불행이라는 것이 한쪽에 존재하기 때문에 행복이라는 게 존재하는 거야. 그걸 잊지 마. 때문에 우리가 정말 행복하게 살고 싶다면 엄청난 시련과 고통을 겪어 봐야 해.

다키 같은 사람들은 고된 삶[2)]을 살고 있어. 하지만 그렇더라도 결

1) 이 편지는 비참한 처지에 놓인 연인 다구치 다키를 위로하고 격려하기 위한 것이다. 나중에 다키지는 다키를 "기적(妓籍)에서 빼내고", 와카타케초(若竹町)에 있는 자택에서 같이 살기 시작한 1926년 6월 7일 일기(『전집』 제7권 수록)에 "세상 사는 것을 체험해 보니 역시 세상을 바라보는 태도가 다양하게 나뉜다. 인생은 영원히 순환소수 안에서 벗어날 수 없다. 어둠이 있기에 빛이 존재한다. 그리고 인간은 어둠과 빛 속을 맴맴 돌며 걷고 있다. 4를 3으로 나누면서 마치 4가 언젠가 딱 떨어지기를 바라는 것처럼. 하지만 역시 아무리 계산해도 33……이다."라고 적고 있다.

2) 오타루시(小樽市) 이리후네초(入船町)에 있는 소바 가게(겉으로는 술 파는 집으로 위장한 갈봇집)인 '야마키야'의 여종업원 생활을 말한다. 텐구야마(天狗山) 산기슭에 있는 '난카쿠'라는 유곽 근처의 갈봇집에는 사창을 두고 있었는데, 다구치 다키도 그중 한 명이었

코 미래의 밝은 인생을 목표로 삼는 일을 잊지 않도록 해. 그리고 지금의 삶이 힘든 것도 그걸 위해서라고 여기고 참도록 해.

나는 학교를 졸업한 지 아직 2년밖에 되지 않았기 때문에 돈도 별로 없어. 다키를 하루라도 빨리 그곳에서 꺼내 주고 싶은 마음은 굴뚝같지만 그건 생각에 불과해. 그건 지난번 밤에 말한 대로야. 하지만 내 사랑은 정말 확고해. 안심해도 돼. 그다지 믿음직스러워 보이지는 않겠지만 언젠가 내 사랑으로 정말 다키를 구해 줄 거야. 다키도 슬픈 일이나 힘든 일이 있으면 그 때마다 내 사랑을 떠올리며 참아 내고, 고난이나 슬픔도 이겨 내길 바랄게.

사이토인가 뭔가 하는 사람에 대해서 은근슬쩍 물어봤더니 엄청난 악당이라더군. 자세한 이야기는 다음에 갈 때 해 주겠지만, 하여튼 구두쇠에다가 구제불능인 놈이래. 다키의 처지가 처지니만큼 싫은 일도 견뎌 내야 하겠지만 영혼만은 팔지 마. 다키의 영혼은 내가 그날 밤부터 맡아 두고 있으니까. 다시 한 번 말하지만 정신 똑바로 차려야 해.

나나 내 친구들은 전부 여유 자금이 없어. 너희한테 돈을 빌린 적도 있으니 이미 알고 있겠지만. 돈만 있으면 우리들은 기꺼이 갈 테니 안심해도 돼.

다. 다키는 1908년, 오타루 교외의 다카시마(高島)에서 태어났다. 아버지가 가업에 실패하자 무로란의 갈봇집으로 팔려 갔고 1923년에 오타루의 '야마키야'로 다시 팔려 가게 된다. 다키지는 1924년 10월, 다키가 미인이라는 소문을 듣고 친구들과 '야마키야'를 찾고 첫 만남을 가졌다.

다키가 빚지고 있는 돈[3]은 전부 얼마야? 물론 내가 할 수 있는 일은 전부 다 해 주고 싶지만 안타깝게도 돈이 없어. 그래도 어떻게든 빚을 갚아 주고 싶으니 알려 줘.

마지막으로 절대 비관하거나 실망하지 마. 우리 두 사람의 사랑을 믿자. 아무리 연약하고 덧없어 보여도 말이야. 무리한 술로 건강 해치지 않도록 조심해. 만약 괴로운 마음에 술이라도 마시고 싶어지면 내 생각이라도 하면서 조금은 참아 보겠다고 약속해 줘.

그리고 나데나데 씨의 괴로운 심정을 헤아려 주고 위로해 줘. 내가 정말 나데나데 씨의 마음을 풀어 주고 싶어 한다고 전해 줘. 고된 삶이지만 서로 함께 위로해 가도록 해. 할머니도 나이가 드셨으니 심보가 고약해지는 것도 무리는 아니지. 그런 점을 잘 헤아려 주고 사이좋게 지내면서 잘 다독거려 줘.

그럼 이만 줄이고 답장 기다릴게.

내가 가장 사랑하는

다키에게

3) 1925년 12월에 다키를 빼내 오지만 당시 빚진 돈의 총액이 500엔이었다고 한다(다키지가 다쿠쇼쿠은행에 취직해 처음으로 받은 임금은 70엔이었다). 다키지는 은행원으로 일해서 받은 보너스와 친구에게 빌린 돈으로 다키를 '기적에서 빼냈다'.

2

다구치 다키에게

1925년 3월 12일 오타루

편지 고마워. 다키의 마음을 알게 되어 기뻤어. 다키의 힘든 처지를 생각하면 내 삶은 너무나도 여유로워서 과분하게 느껴져. 하지만 어디까지나 빛을 바라보는 일을 잊지 말고 정갈한 마음가짐으로 있어 줬으면 해.

이 책은 소설은 아니지만 읽기 쉬울 것 같으니 보내 줄게. 혹시 읽고 싶은 책이 있으면 말해 줘. 『극광極光』[4]은 아무리 찾아도 보이질 않으니 안 되겠어.

이 책 속에는 「행복한 사람幸福者」이 들어 있어. 정말 불행한 처지에 놓여 있는 다키가 이 책을 읽고 어떻게 느낄지 궁금해. 하지만 적어도 이 책에 씌어 있는 것처럼 성스럽고 비관하지 않는, 결코 비관하지 않는 마음을 가지기를.

공부하는 셈치고 읽어 줘.

4) 오타루에서 발행되던 동인잡지. 동 잡지 1926년 7월호에 다키지는 단편 「류스케의 경험(龍介の經驗)」(『전집』 제1권 수록)을 기고했다.

오늘은 토요일이야. 사이토라는 놈이 오는 밤이군.

다키의 괴로운 심정을 생각하며 이 책을 보내. 그럼 이만.

너무나도 그리운

다키에게

3

다구치 다키에게

1926년 1월 13일 오타루

모든 사정을 알고 나니 난 그저 다키가 가여워서 견딜 수가 없어. 그리고 내가 돈이 없는 탓에 다키와 다키의 가족을 얼마나 불행하게 하고 있는지를 생각하면 다키에게 정말 미안해.

다키가 사회에 나오게 되면 분명히 많은 사람들은 이상하게 받아들일 거야. 어리석은 세상 사람들은 잘 알지도 못하면서 저 사람은 그런 생활을 하던 사람이니 아마 그렇고 그런 사람일 거라고 치부해 버릴지도 몰라. 위고라는 작가가 쓴 『레미제라블』이라는 소설 속에 똑같은 내용이 나와. 주인공 장발장은 가족의 생계를 돕기 위해 빵을 훔쳐서 결국 감옥에 갇히게 돼. 그가 출소하자 사람들은 그저 '저놈은 감옥에서 출소한 남자야!'라고 하면서 아무도 상대해 주지 않아. 감옥 안에서 모은 돈으로 밥을 사 먹으려고 하지만 가게 주인은 두려워하며 나가 달라고 말해. 여관에서도 재워 주지 않자, 하는 수 없이 그는 감옥에 가서 사정을 말하고 돈을 낼 테니 밥 좀 주고 재워 달라고 부탁해. 하지만 간수는 뭔가 나쁜 짓을 한 게 아니라면 재워 줄 수 없다며 거절하지.

그는 이렇게 선량한 마음을 가지고 있으면서도 또 다시 도둑질을 할 수밖에 없었어. …… 어때? 무섭지 않아? 다키, 본인이 그 일을 당했다고 생각해 봐. 하지만 다키의 경우와는 달라. 이 남자에게는 의지할 만한 사람이 아무도 없었어. 다키에게는 힘이 약하긴 하지만 내가 있어. 사회의 모든 이들이 적이라 할지라도 우리는 겁낼 필요 없어. 그럼에도 불구하고 다키 당신은 대체 무슨 짓을 저지른 거야? 그런 짓을 했다는 건, 바꿔 말하면 다키가 나를 믿지 않는다는 사실을 증명하는 거나 마찬가지야. 다키 입장에서는 나를 너무 고생시키면 안 된다는 생각에 한 일이겠지만, 나는 다키가 그렇게 했다는 게 무엇보다 슬펐어. 내가 다키에게 아무런 도움도 안 되는 인간에 불과하다고 느꼈어. 하지만 사실은 그게 아니라 다키가 그저 나한테 미안해서 그런 걸 거라고 생각해. 아마 그렇겠지. 그것 외에는 절대 상상할 수 없어, 그렇지? 만약 다키가 내 품을 떠나 그런 생활로 다시 돌아가게 된다면 아마 나는 미쳐 버릴 거야. 물론 난 남자답지 못하고 힘도 부족한 놈일지 모르지만 그래도 힘닿는 대로 다키를 행복하게 해 주고 싶었어. 난 세상 그 어떤 것과도 바꿀 수 없을 만큼 다키를 사랑해. 그런데 다키가 날 떠나 버린다면 얼마나 내가 충격을 받을지, 정말 난 미쳐 버리고 말 거야.

하지만 다키는 내가 지난번 돌아오기 전에 한 이야기를 이해해 줬어.

아무리 힘든 일이 있어도 둘이서 견뎌 내자고 말이야. 다른 사람들이 아무리 우리를 천박하다고 여겨도 상관없어. 우리는 결백하고 순결하니까. 견뎌 나가자. 앞으로 우리 두 사람이 살아가는 데 있어 훨씬 더 두려운 일들이 일어날 수도 있어. 그때를 대비해서 지금부터 이런 일들에 꺾이지 않도록 하자. 아무리 괴로워도 야마키야 같은 지옥의 괴로움은 없을 거야. 그리고 내가 곁에 있을 거야. 또 우린 서로 믿고 있잖아. 어떤 일도 견뎌 나가자. 내 말 잘 알았지?

진짜 정신 바짝 차리자. 다키는 여러모로 『레미제라블』의 주인공처럼 오해 받기 쉬울 거야. 하지만 두려워할 필요는 없어. 세상 사람들 모두가 적이 될 수도 있어. 하지만 두려워할 필요 없어. 두 사람이 서로 꼭 껴안고 있으면 아무것도 아니야.

그날 밤 돌아오고 나서 난 그와 같은 것을 의미하는 꿈을 꿨어. 내 곁에는 여동생[5]이 자고 있어. 평화로운 얼굴이야. 다키가 겪는 괴로움의 절반, 십분의 일, 천분의 일도, 세상의 괴로움이라고는 전혀 모르고 자라 온 얼굴이야. 이런 평화로운 얼굴을 보고 있노라면 지금쯤 아마 다키는 베개를 적실 정도로 울고 있을 거라고 생각했어. 그래서 나도 잠들 수가 없었어.

여차해서 막상 일이 닥치면 어떻게든 할 수 있어. 하지만 자칫 잘못하면 그곳으로 다시 되돌아가면 된다는 생각 따위는 절대로 하지 마. 그렇지 않으면 내가 미쳐 버릴 것 같으니까.

그럼 이 편지를 읽고 기분 전환해서 웃어 봐. 그리고 온 마음을 다해 다키를 감싸 안고 있는 내가 있다는 사실을 떠올린 다음, 그리고 나를

5) 다키지의 여동생인 유키코(1916년 출생).

위해 이 편지에 키스[6]해 줘. 그래야지 나도 마음껏 웃을 수 있게 되니까. 다키가 마음 아파하는 데 내가 어떻게 웃을 수 있겠어?

그럼 이 편지 가득 진심으로 키스해 줘. 그리고 기분 풀고 웃어 줘.

〈화이트 시스터〉[7]가 이리후네칸 영화관에 들어왔어. 15일부터라니까 같이 가자. 이삼일 내로 날짜를 정해서 가자.(은행에서 일하는 중간에 편지 쓰는 거야.)

그럼 웃어. 그게 최고야.

그럼 잘 있어.

* "1925년 12월, 고바야시 다키지는 다구치 다키를 구출했다. 다구치는 마바시長橋에 있는 집으로 돌아갔고 2개월 뒤 오쿠사와奧澤에 살다가 1926년 4월 와카타케초若竹町에 있는 고바야시의 집으로 들어간다."(『고바야시 다키지 전집』 제7권 주)

6) 다키지는 1927년 4월 『원시림(原始林)』에 발표한 「만세 만세(萬歲々々)」(『전집』 제1권 수록) 가운데, "오케이로부터 날마다 편지가 왔다. 낮에는 일에 쫓겨 괜찮았지만 밤이 되어 잠자리에 들면 그를 생각하며 언제나 울고 있다는 이야기가 적혀 있었다. 그의 이름이 적힌 마지막 부분은 항상 잉크가 번져 있다."라는 훈훈한 에피소드를 집어넣었다.

7) 1926년 1월 17일자 『오타루신문』에 "오랫동안 팬들이 기다려 온 릴리언 기시 주연의 〈화이트 시스터〉가 15일부터 이리후네칸에서 상영되고 있다."는 기사가 실렸다.

4

다구치 다키에게

1926년 1월 14일 오타루

1년에 한두 번이야. 다른 사람에게 방해 받지 않고 푹 쉴 수 있는 건 정말 좋은 것 같아. 그러니까 고엔칸 예술극장에 들어갈 시간은 있었지만, 푹 쉬고 싶은 생각에 사실은 사양했어.

15일은 신년회가 있어서 못 가. 16일은 전날의 여파로 쉴 테고, 사실 그보다도 다키와 다키의 여동생[8]이 같이 있는데 괜히 방해하고 싶지 않아서 그래.

17일은 일요일이니 혹시 여동생이 돌아간다면 가 볼까. 하하하하하.

그러니까 다키가 여동생한테 내 안부 좀 전해 줘. 그리고 함께 넣어 둔 것은 여동생한테 주는 거니까, 활동사진 볼 비용으로 쓰라고 전해 줘. 나는 가난한 놈이라 크게 해 줄 게 없네.

그럼 이만.

8) 다키의 여동생인 미쓰(美津).

5

다구치 다키에게

1927년 2월 15일 오타루

다쿠보쿠의 와카和歌[9](일본에서 옛날부터 전해 내려온 정형의 노래. 31음을 정형으로 하는 단카短歌를 이르는데, 넓은 뜻으로는 중국에서 온 한시와 대조하여 일본 고유의 시를 이르기도 한다.—옮긴이)는 좋은 게 상당히 많은데 정말 말도 안 되는 것도 있어. 그래서 내가 한번 스윽 읽어 보고 이 정도면 괜찮겠다고 생각한 것을 골라 봤어. 노래 옆에 표시를 해 둔 게 바로 그거야. 표시한 와카 정도는 암기해 둬야 해. 자기 전에 두세 개 외우고 다음 날 일하면서 열심히 암기하는 거야. 그렇게 외워서 가끔 흥얼거리다 보면 와카에서 마치 오징어를 씹을 때처럼 감칠맛이 느껴질 거야. 혹시 의미가 이해

9) 이시카와 다쿠보쿠(石川啄木)의 가집(歌集) 《한 줌의 모래》, 《슬픈 장난감》. 여기서 다키지가 다키에게 빌려준 책은 신조사(新潮社) 판의 《다쿠보쿠 전집》 제2권으로 보인다. "동해의 자그마한 섬 해변 하얀 모래밭에서 나는 눈물에 젖어 게와 벗하였도다" "볼에 흐르는 눈물 닦지 않고 한 줌의 모래 내밀던 사람을 잊지 못하네" 등의 64수를 다구치 다키는 말년까지 암기하고 있었다고 한다.(『고바야시 다키지의 문학』) 또, 다키지 일가가 아키타에서 오타루로 이주했을 때 다쿠보쿠는 『오타루일보』의 기자로서 가족들과 함께 오타루에 살고 있었다. 두 사람은 1907년 3개월 정도 오타루에서 같은 공기를 마시고 있던 셈이 된다.

되지 않는 게 있으면 편지에 적어서 보내 줘. 내가 의미를 적어서 다시 보내 줄게.

그리고 와카는 57577(31글자)이 되면 돼. 소설이나 희곡보다는 시간이 덜 들기 때문에 일하면서도 머릿속에서 만들 수 있어. 늘 그렇게 하다 보면 점점 만들 수 있게 될 거야.

와카도 소설과 마찬가지로 '만드는' 건 사실 괴로운 작업이라서 일주일에 두 개 만들면 잘 만드는 거라고 생각해. 시가 나오야志賀直哉(1900년대 초반 활동한 일본의 소설가—옮긴이)에 대해 말한 것처럼 결코 예쁘고 멋진 척하려는 단어를 쓰지 말고, 우리들이 일상적으로 '말하는' 단어로 쓸 것. 그건 내가 표시해 둔 와카를 읽어 보면 알 수 있듯이 최신 유행하는 단어를 사용해서 만든 와카에는 변변한 게 없어. 일단 만들어 보는 게 어때?

딱히 시간이 들지 않는 일이라 좋을 거라 생각해.

가능하면 편지에 써서 보내. 그러면 내가 고쳐 줄 테니까. 내가 시인은 아니지만 이래 봬도 만들어 본 경험이 있고, 또 따지고 보면 와카랑 소설은 같은 거니까. 다쿠보쿠의 와카를 모범으로 삼아서 만들어 보면 좋을 거야. 처음에는 다쿠보쿠의 작품을 흉내 내도 괜찮아. 그럼.

그리고 편지가 또 오지 않아서 많이 실망하고 있어. 또 느긋하게 인력거꾼이나 약국 점원하고 놀고 있는 거 아니야? 너무해.

처음에는 뭐든 상관없으니(보통 문장으로 끄적인 메모라도 상관없으니) 아무 생각 없이 그냥 쓰면 돼. 그러는 사이에 점점 와카가 될 것과 안 될 것

사이의 구별이 생길 테니 일단 처음에는 무조건 열심히 만드는 게 최선이야.

* "1926년 11월, 다구치 다키는 다키지의 집을 무단으로 나와서 하나조노초花園町의 오노병원에 살면서 자활의 길을 구했다."(『전집』 제7권 주)

6

다구치 다키에게

1927년 2월 오타루

Letter를 읽고 난 눈물이 흐르는 걸 느꼈어. 다키의 마음을 전혀 헤아려 주지 않고 그런 말을 해서 정말 미안하게 생각해.

Excuse me.('용서해 줘, 나를'의 의미. 일본에서도 쓰니까 기억해 둬.) 그리고 다키는 뭐든 내가 하는 말이라면 따르겠다고 했지? 그러면 한 가지 따라 줬으면 하는 게 있어. 그건 다키가 항상 자신에게는 어두운 그림자가 있다는 의식을 갖고 있다는 거야. 그렇게 생각하는 건 결국 다키 자신도 기분이 좋지 않을 뿐더러, 그런 말을 들을 때마다 내 마음도 견디기 힘든, 이른바 미저러블하고 멜랑콜리한 기분이 돼. 다키도 이해하지? 그리고 또 내 입장에서 말하자면 다키의 어디에 어두운 그림자가 있는 건지 물어 보고 싶을 정도야. 그건 다키의 인식 부족에서 오는 미몽이야. 다키는 진심으로 그런 일에 향락을 느껴서 그런 곳에 오는 인간에 대해 쉽게 호의를 가지거나 할 일은 절대로 없을 테니. — 다키가 그런 쓸데없는 그림자에 겁낼 필요 전혀 없어. 실제로는 없으니까. 요전에 "그래도 요즘 몸도 마음도 깨끗해진 것 같아……."라는 Sentence(문장)를 봤을 때 얼마나 내 마음이 놓였는지 말로 표현할 수 없을 정도였어. 부디 그렇게 됐으면 해. 이따금 불쑥불쑥 옛날 일들이 이것저것 떠오르겠지, 아마 괴로울 거야. 하지만 그럴 거라고 생각하는 내 쪽은 다키보다 훨씬 더 괴롭다는 사실을 알아줬으면 좋겠어. 마치 신을 믿듯이 힘내서 쾌활하게 지내면서 옛날 일은 잊으려고 노력해 봐.

그리고 또 한 가지 따라 줬으면 하는 일이 있어. 그건 다키가 결코 향후 절대로 자신을 하찮은 인간이라거나 교육을 받지 못한 인간이라며 비하하지 말 것. 난 다키만큼 영리한 사람[10]은 본 적이 없어. 여학교를 다녔다며 으스대지만 아무것도 모르는 어리석은 여자가 얼마나 많은지, '나 따위가……'라고 비하할 필요 없어. 절대 그럴 필요 없어. 알아들었지?

대체로 우리 남자들 입장에서 보면 여자들은 자신의 가치(merit)라는 것을 너무 가볍게 보는 경향이 있는 것 같아. 다키, 이것만큼은 Promise(약속)하겠다고 바로(당장) 답장을 해 줘.

*

메리야스 내복을 소재[11]로 쓴 소설은 한 잡지에 부탁한 상태이니 다음 달쯤에 나올 거야. 그때 한 부 증정할 테니 간직해 줘.

10) 3월 2일의 일기에 "T가 훨씬 영리하고 훨씬 더 훌륭하다는 사실을 알게 되었다!"라고 쓰고 있다.

11) 주 6)『원시림』에 게재된「만세 만세」의 후반에서 다루어지고 있다.

요이치 강연[12]은 '노라와 모던 걸에 대해서'라는 주제였는데, 1시간 반의 대강연이었어. 자세한 얘기는 나중에 또 해 줄게.

이 편지는 아마 일요일 기력이 생생할 때 도착하겠지. 그리고 이 편지가 반드시 다키의 기분을 좋게 만들어 줄 거라 생각해. 그때쯤 아마 난 다키도 익히 알고 있는 2층에서 아직(일요일이니까) 푹 잠들어 있을지도 몰라. 하지만 사실 난 심각한 불면증에 걸려 고생하고 있어.

지난번 밤에 시마다[13]와 그의 wife, 나까지 셋이서 쇼치쿠좌에서 하는 〈키튼 장군〉[영화 〈제너럴The General〉(1926)의 일본 개봉 타이틀—옮긴이]을 보러 갔어. 그때 재미있었던 이야기도 쓰고 싶지만 너무 길어지니 다음에 쓸게.

그럼 진짜 인형의 집의 종달새와 다람쥐처럼 시끄럽게 돌아다니며 어두운 과거 따위 날려 버려!!

—SAYONARA(안녕)—

(중간에 쓴 영어는 아마 사전 안에도 두세 개 있는 것이 있을 테니 조금씩 외워 두는 게 좋을 거야. 그럼.)

12) 3월 6일 요이치(余市)실과고등여학교의 『클라르테』 동인문예강연회. 홋카이도은행 요이치 지점의 와타나베 젠노스케의 알선으로 강연이 이루어졌다. 강연자는 다키지 외에 사이토 지로(齋藤次郎), 다케다 스스무(武田暹), 시마다 세사쿠(島田正策). 2월 16일 일기에 "요이치에서 하는 강연에 필요하여 입센의 『인형의 집』을 다시 한 번 읽어 보았다. 세세한 내용에 대해서는 이것저것 언급할 게 많지만, 여자가 극단적으로 자유를 빼앗긴 일본 같은 곳에서는 아직 의미 깊은 작품이라고 생각한다."라고 씌어 있다.

13) 시마다 세사쿠. 오타루상업학교의 동창생으로 회람문집 『소묘』나 동인잡지 『클라르테』에 참여했다. 다키를 '기적에서 빼내 올 때' 돈을 빌린 친구로 애칭은 시마세이다.

7

다구치 다키에게

1927년 2월 28일 오타루

너무 오랜만이네. 요이치 강연 준비로 편지를 쓸 시간이 없었어. 내가 느끼기에 지난번 다키의 편지는 정말 밝고 쾌활한 느낌이었어. 행복한 센티멘트를 내게 주었어. 고맙다는 인사를 해야겠네. 앞으로도 더욱 더, 예전의 어둡고 더러운 옷을 버리고 깨끗한 옷으로 갈아입듯, 그리스도가 요르단강에서 한 것처럼, 다키의 마음 구석구석까지 클리어하게 만들어. 그러면 그로부터 행복의 빛이 비치게 될 거야. 믿음은 곧 힘이라고 어떤 사람은 말하기도 했어. 믿기만 한다면 반드시 마음을 정화시킬 수 있는 힘을 얻을 수 있어. 그건 확실해. 자신의 마음이 깨끗해졌다는 자신을 가지면 자연스럽게 자신을 비하하는 일도 없어지지. 쾌활해지면 마음은 항상 기쁨으로 넘치고 어두운 그림자는 서서히 없어질 거야. 그러면 확실히 약속하는 거지? 내가 「사람을 죽이는 개」[14]라는 단

14) 오타루고등상업학교의 『교우회 회지』 제38호(1927년 3월)에 게재되었다. 1926년 8월 24일의 일기에 "한꺼번에 쓴 것이다. 옥방에서 일어난 일이다. 콩트. 적확하고 리얼하며 간결하게. 사상을 드러내지 않고, 사실에 기초해. 자신 있음. 하야마 요시키(葉山嘉

편을 썼다는 건 알지?[15] 막노동꾼이 개에게 살해당하는 것을 정면으로 다룬 작품이야. 그 작품을 고등상업학교의 잡지에 실었더니 우라베[16] 라는 윤리학(모르는 단어가 있으면 나중에 사전을 찾아봐.) 교수가 너무 잔혹하니 싣지 않겠다[17]고 말했다네. 하지만 위원이 "고바야시 군이 표현하고 싶었던 것은 그 잔혹한 부분이니까."라며 변호해 주었기 때문에 결국 실리게 되었다고 해. 잔혹하다고 해서 싣지 않는다면 안 실어도 돼. 그래 봤자 이보다 더 잔혹한 진짜 '사실'이 엄연히 이 세상에 존재하고 있잖아, 그렇지? 다키는 톨스토이의 걸작인 「어둠의 힘」을 읽었지? 그 작품 속에서 아기를 죽이는 장면은 러시아에서는 잔혹하다는 이유로 삭제됐다고 해.

요이치 강연에서 이야기할 '노라와 모던 걸에 대해서'는 집에서 시연을 해 본 결과 상당히 재미있다는 이야기를 들었어. 1시간 반 가까이 걸리는 강연은 대강연의 부류에 들어간다고 해. 잘 해낼 수 있을지 모르겠네. 3월 6일 오후 1시경부터 시작해. 단상에 올라가면 뒤에서 다키가 잘 하라고 기도해 줄 거라고 믿고, 둘이서 하는 거라는 마음가짐으로

樹. 일본의 프롤레타리아문학 작가—옮긴이) 씨의 「시멘[트]통에서 나온 편지」와 같은 정도의 작품이라 생각한다."라고 씌어 있다.

15) 다키지는 다키를 상대로 작품을 발표하기 전에 자신의 창작에 대해 이야기하고 있었음을 알 수 있다.

16) 정확하게는 우라베 이와타로(卜部岩太郎). 수신(修身)·윤리학 교수로 감생부장(나중에 학생주사)이었다.

17) 3월 2일의 일기에 "이것을 싣네 마네 하는 것은 별 문제가 아니다. 실었다고 해서, 싣지 않았다고 해서 '버젓이 있는' 사실을 어쩔 셈인가."라고 씌어 있다.

열심히 할 테니 기도해 줘.

사전에서 외운 단어는 공부를 위한 거니까 편지 속에 마음껏 써 보는 게 어때? 처음에는 하기 어렵겠지만 곧 좋아질 거야.

지난번에 내가 일부러 썼던 영어를 써 줘서 너무 기뻤어. 그리고 다쿠보쿠의 단카도 가끔 한 수 정도 편지 앞이나 뒤에 써 준다면 기쁠 것 같아.

『오타루신문』[18]에는 지난 일요일(2월 27일)에, 내 작품이 실렸어. 신문이 남아 있으면 읽어 봐 줘. 반응이 상당히 좋아서 기뻤어.

요이치에서 하게 될 이야기의 개요는 꼭 다키에게도 들려주고 싶은데, 언제 한번 나중에 보내 줄 테니 읽어 봐. 고등상업학교 잡지도 보여주고 싶은데……. 하지만, 그게 말이지.

이야기가 너무 길어진 것 같으니 이만 줄일게. 일요일에는 오후 1시 반경부터 1시간 반 정도 기도해 줘야 해. 그렇지 않으면 이야기 도중에 난 분명히 실패해서 어쩔 줄 모르는 상태가 될지도 몰라. 그럼 이만.

오로지 단 한 사람인 다키에게

18) 『오타루신문』 2월 27일 게재된 다키지의 서평 「오쿠마 노부유키(大熊信行) 선생의 『사회사상가로서의 러스킨과 모리스』」(『전집』 제5권 수록)

8

다구치 다키에게

1927년 3월 오타루

대성공이야![19] 다키가 일요일 그 시간대에 기도해 줬구나. 처음 나가서 그 정도 성공을 거두다니, 이게 기적이 아니면 뭐겠어. 아니 기적도 뭣도 아니라 오로지 다키가 뒤에서 기도해 준 덕분이야. 1시간 이상이나 조금도 지루하게 만들지 않고 가끔씩 웃겨 가며 이야기를 하다니, 마치 거짓말 같아. 하지만 내 눈으로 봤으니 진짜야.

신이 흙으로 인간을 만들어 숨을 불어넣었더니 남자—아담이 만들어졌어. 그리고 남자의 휜 늑골을 한 개 빼내 여자를 만들었다는 대목에서는 모두가 웃는 거야.

여자란 머리 길고 지혜가 부족한 동물이라는 대목에서도 웃었어. 아리스토파네스의 남자, 여자, 남녀 이야기를 하자 웃고……. 그렇게 웃겨

19) 3월 7일의 일기에 "단상에 오르기까지 걱정을 했지만, 막상 올라가니 아무렇지도 않았다. 마음껏 다 말할 수 있어서 좋았다. 처음부터 사람들을 웃겼다. 모던 걸을 깎아내리는 대목에서는 통렬함의 극치라고 말했다. 남자보다 여자가 많았던 것도 기쁘다."라고 씌어 있다.

가면서도 특유의 날카로움으로 입센의 '노라'를 이야기하고, '모던 걸'에 대해 비평했어. 상당히 유쾌했어. 특히 남자보다 여자가 많았던 것도 내 이야기의 취지에 맞아 재미있었어.

하지만 무거운 짐을 내려놓은 듯한 허탈한 기분이야.

*

어떻게 지내고 있어? 배가 아프지는 않은지. 나는 마치 주기적으로 기분이 가라앉거나 유쾌해지고 있어. 요즘 칼 마르크스라는 근세과학적 사회주의자의 『자본론』을 읽고 있어.[20] 프롤레타리아 문제를 다루고 있는 경제학(지금까지 부르주아 경제학과 전혀 다른)이야. 그리고 스트린드베리의 『결혼생활』[21]을 하루에 한 편씩 읽고 있어. 내 작품도 조금씩 쓰고 있어.

도쿄에 계신 선생님과 친구로부터 어서 오라는 재촉을 받고 있어. 그런 편지를 받을 때마다 우울해져. 마음먹은 대로 되지 않는 게 세상일

20) 3월 2일 일기에 "그 델리케이트한 과학적 두뇌에는 완전히 감탄해 버렸다. 칼 카우츠키의 작품이나 가와카미 하지메(河上肇), 다카바타케 모토유키(高畠素之) 씨의 작품을 곁에 두고 읽을 예정이다. 괴테, 도스토예프스키, 스트린드베리를 아는 것과 마찬가지로 마르크스를 알아야 한다."라고 써어 있다. 그러나 3월 8일 일기에는 "『자본론』은 너무 난해하기 때문에 마르크스의 『경제학 비판』 쪽을 공략했는데, 역시 모르는 부분이 엄청나게 많다."라며 약한 소리를 하고 있다.

21) 2월 16일부터 3월 14일까지 이따금 끊기기는 하지만 일기의 기록이 있는 부분에서는 스트린드베리의 『결혼생활』(신조사 판, 1921년)의 작품 하나하나에 대한 비평을 기록하고 있다. 그리고 4월 10일의 일기에 총평적으로 "내가 보기에는 스트린드베리는 부르주아 사상가다. '매춘부'에 대해서도 '여성'에 대해서도 '사회적 제도'에 대해서도 전체성(全體性)적으로 보고 있지 않다. 이것은 흥미로운 일이다."라고 쓰고 있다.

이라는 생각을 하게 돼. 지난번에 어떤 곳에 갔더니 많은 사람이 있는 곳에서 고등상업학교의 주조지十藏寺라는 법률 교수가 「사람을 죽이는 개」를 읽고 감탄해서 고바야시 다키지라는 사람은 어떤 인물이냐고 물었다는 이야기를 같은 학교의 마키타 교수[22]로부터 전해 들었어. 신문기자들이 있는 자리였어. 정말 기뻤어.

이삼일 전에 다키의 여동생 집 앞을 지나는데 여동생이 있었어.

*

다키의 근황—인형 씨와 종달새 씨처럼 소란스럽게 떠드는 모습을 보고 싶어. 다키 여동생 집은 그 앞을 지날 때면 안에 있는 여동생을 볼 수 있어. 특별한 사정이 없는 한 다키네 집 앞은 대체로 매일 4시 20분경 전후로 지나치는데 곁에서는 잘 보이지 않아서 언제나 실망하게 돼.

그럼 이만.

22) 오타루상업학교 이래로 친구 사이였던 마키타 에이치(蒔田榮一). 당시에는 조교수였다.

9

다구치 다키에게

1927년 3월 15일 오타루

첫 번째 편지.

창문 사건은 진짜 미안하게 됐어. 그런 말을 해 놓고선 매일같이 예정이 뒤엉키는 바람에 창문 앞으로 지나갈 수 없게 되어 버렸어. 앞으로도 그 시간쯤에는 지나갈 수 없다네. 이로나이[23]에서부터 기차로 돌아갈지, 아니면 하나조노구花園區를 가더라도 훨씬 늦어질 것 같으니 그 이야기는 취소해야 할 것 같아. 그만둬. 말도 안 되는 이야기를 해 버렸어. 그럼 창문 건은 그만둘게. 시계처럼 시간을 딱 맞춰서 지나갈 수가 없어.

그리고 〈레미제라블〉을 보고[24] 다키도 기분이 가라앉은 건 이해가 가. 하지만 그 작품을 쓴 위고도 생각한 것처럼, 시장(장발장) 같은 인간

23) 데미야(手宮) 선 이로나이(色內) 역. 다키지가 근무하던 다쿠쇼쿠은행 오타루 지점은 이로나이 역에서 항구 방면으로 걸어서 2~3분 위치에 있었다.

24) 3월 10일의 일기에 "T와 고토부키칸 영화관에 위고의 〈레미제라블〉을 보러 갔다."라고 되어 있다.

이 있어서 팡틴처럼 선량하기에 오히려 세상의 밑바닥으로 떨어져 고통을 받는 인간을 구원한 거야. 이 세상에도 시장처럼 진정으로 '알아주는' 사람이 있어. 다키는 그런 사람의 가슴에 기대면 되는 거야. 팡틴이 그때부터 구원을 받은 것처럼 다키도 '행복하게' 구원 받을 거야. 위고가 말하는 것처럼 세상 사람들, 세상의 법률, 세상의 습관, 그런 것들이 오히려 세상을 얼마나 나쁘게 만드는지 몰라. 하지만 그 속에서 싸워나가면서 정의를 사랑하고 자신의 모든 것을 희생해 가는 인간도 있는 거야. 다키, 나하고 약속했잖아. 결코 마음 약해지지 말고 씩씩하게 있어 줘. 그 사진[25]을 보고 온 다키가 기분이 가라앉았다면 위고가 울 거야. 왜냐하면 위고는 그런 사람을 진정으로 사랑해 주기 위해 그 작품을 만들었기 때문이야.

멜랑콜리해지면 다키는 그 사진을 진정으로 '이해하지' 못한 셈이 되는 거야.

회충약은 이삼일 내에 알리고 가지러 갈게. 어두워진 다음이 좋겠지?

지금은 (14일 오후 5시 반 지나서 은행에서) 이 편지를 쓰고 있는 거야. 때문에 지금쯤 다키가 역시 그 창가에 나와 기다리고 있을 거라 생각하니 괴로워. 하지만 이제 주오좌中央座 쪽에서 하는 '소작인 쟁의 연설회'[26]

25) 영화를 말한다.

26) 이소노(磯野) 쟁의 연설회. 이나호초(稲穂町) 혼간지(本願寺) 설교소에서 개최된 제2회 이소노 농장 규탄연설회이다.

에 가 볼 생각이야. 오타루의 이소노 스스무磯野進[27]라는 부자가 소유한 밭에서 일하는 소작인들이 흉년이 들어 굶고 있어. 그래서 일부러 산에서[28] 오타루까지 와서 올해만 소작료를 없애 달라고 부탁한 거야. 그런데 이소노는 경찰과 연락을 취해 소작인과 오타루의 노동운동가들이 연설회를 열거나 하면 (지난번 일이지만) 입장객의 몸 수색을 하거나 한 사람이 5분만 말해도 연설을 중지시키고 구속해서 유치장에 처넣고 있고, 200~300명의 청중이 모인 곳에 50~60명의 순사를 보내 경계하는 등 말도 안 되는 짓을 하고 있어. 그래서 오늘 밤에는 제2회 연설회를 여는 거야. 난 가 볼까 해. 몸 수색을 당해도 괜찮아. 모두 고통당하고 있는 사람들이야. 그런 사람들을 이 부르주아 사회는 점점 더 못살게 괴롭히려 하고 있어. 나는 가만히 있을 수가 없어. 그럼 다녀올게. 그럼 이만.

단 한 사람의 사랑하는 다키에게

27) 오타루의 해산물상·잡곡상, 오타루의 시회 의원이나 오타루 상업회의소 회장을 지냈다.

28) 홋카이도의 소라치군(空知郡) 후라노무라(富良野村)의 이소노 농장을 말한다. 소작인은 가족을 포함해 약 200명으로 홋카이도에서는 중간 규모의 농장이었다. 땅이 비옥하지 못해 수확량은 다른 농장의 절반 정도였으나 소작료는 50~60퍼센트 비쌌다.〔구라타 미노루(倉田稔), 『고바야시 다키지전』 참조〕

10

다구치 다키에게

1927년 3월 15일 오타루

두 번째 편지.

연설회에 갔지만 만원이라 들어갈 수 없었고, 밖에는 무장한 순사 수십 명이 서 있었고 들어가지 못한 사람들 수백 명이 돌아가지도 않고 그냥 밖에 서 있었어. 그리고 그런 노동자의 대다수가 얼마나 진보했는지는, 그때 서서 한 이야기로도 알 수 있어. 마르크스 같은 단어를 사용한 짧은 상의의 남자도 있었어. 어찌 됐든 난 흥분해서 돌아왔어. 아무래도 역시 이소노가 경찰에 돈을 대서 대충 무마하려 하고 있는 것 같아. 그럼 이만.

몸 건강하게 지내길. 내 감기는 조금씩 나아지고 있어.

나의 스위트 하트

다키에게

* 3월 14일의 일기에는 "이소노 스스무 소작쟁의 연설을 들으러 갔는데 수십 명의 순

사가 밖에 서서 입장을 막고 있었다. 밖에서는 많은 사람들이 돌아가지도 않고 흥분해서 관헌과 부르주아의 횡포를 규탄하고 있었다. 일개 노동자 같은 사람의 입에서 '착취'라는 단어가 상식처럼 나오고 있었다. 시대가 발전했다고 느꼈다. 모두 눈뜨고 있는 것이다. 나도 흥분해서 돌아왔다."라고 되어 있다. 3월 16일자 『오타루신문』은 「장외에 넘쳐나는 천여 명의 청중」이라고 보도하고 있다. 3월 15일자의 다키에게 보낸 편지 2통의 날짜는 소인에 따른 것이다.

11

다구치 다키에게

1927년 5월 오타루

『오타루신문』의 「13개의 비즈」[29)]에 대해 설명할게.

13이라는 건 ○의 1, ○의 2, ○의 3, ……같은 식으로 이번에는 ○의 5까지 나와 있고. 이게 ○의 13으로 끝나게 되어 있어.

○는 비즈를 의미해. 신식 '기교'를 사용한 거지. 나는 친구들 사이에서도 하여튼 논쟁만 하면 너무 열을 낸다는 소리를 모두에게 들어. 그래서 이번에는 하나쯤 한가한 주제로 써 보고 싶었어. 그게 '책상다리하고 앉아 쓰는 이야기'의 의미야.

다음 부분부터는 스크랩한 부분과 대조해 가면서 읽어 줘.

○의 1

이건 지난번 밤에 말한 하디의 작품에 대해, 그 특징이 무엇인지를

29) 다키지가 5월 23일자 『오타루신문』에 보낸 감상('○의 5'까지. 후반은 5월 30일에 게재, 『전집』 제5권 수록). '책상다리하고 쓰는 이야기'라는 부제가 붙어 있다. 5월 22일의 일기에 "이 글은 아마 내일 나오겠지만 문제가 된다고 한다. 나는 오타루에서 너무 지나칠 정도로 유명한 듯하다. 이상한 일이다. 하지만 외롭다."라고 되어 있다.

쓴 거야. 다키에게 이야기한 건, 그중에 「우울한 독일 경비병」(총살당하는 쪽), 「마을 사람들」(평생을 헛되이 날려 버린 이야기 쪽)의 두 작품이야. 내가 이야기한 것을 떠올려 보면 ○의 1은 금방 이해가 갈 거야.

하디는 인생의 단면을 표현하지 않고 대강의 줄기를 엮어 나가는 식으로 이야기를 이어 나가. 예를 들어 「만세 만세」에서도 모든 인생의 한 절단면을 표현하는 것인데도, 하디는 이러저러해서 그렇게 되어 갔다고 쓰는 버릇이 있어. 아이러니컬이란 '얄궂게도'라는 의미야. 일차원적인 남녀 관계란 단순히 남자와 여자의 관계만을 가리키는 의미로, 예를 들어 그 남녀 관계 외적으로 여러 물질적인 생활이라든가, 그 밖의 요소가 들어가지 않은, 단순히 남자와 여자의 사랑을 말해. 웨섹스는 하디가 태어난 곳이야. 하디는 그곳의 산과 강 같은 경치를 좋아해서 즐겨 그렸어.

○의 2

'향후'라는 건 향후 세상 속으로 걸어 들어가는 데 전혀 도움이 되지 않는 센티멘털한 것을 말해.

그리고 작자가 정말로 인생을 그런 잔혹하고 회색의 비참한 것이라고 생각했다면 미치지 않고 살았다는 게, 자살하지 않는 게 이상할 정도야. 적당히 소설을 꾸며 쓴 것이 아니라면 아무래도 그렇게 돼. 그걸 말한 거야.

○의 3은 특별히 설명은 필요 없어.

○의 4

머리가 아닌[30] 가슴으로……라는 건, 책만 읽고 사회주의란 이런 것이라거나 잘난 척하는 행동은 이른바 머리로 배운 사회주의자야. 하지만 가슴으로, 가슴 깊숙한 곳에서부터, 심장으로, 사회주의자가 되지 않고서는 도저히 견딜 수 없는 사람이 있어. 그걸 말한 거야.

이건 중대한 문제를 가리키고 있어. 왜냐하면 예술이란 단순히 인간에게 좋은 기분만 제공하는 것이 아니라 인간 행동에 절대적인 자극을 주는 것이라는 사실을 명확히 한 거야.

○의 5

여기부터가 귀찮아지는 대목이야.

"세상이란 결코 한 군데 가만히 머무르는 것이 아니다."라는 대목이야.

뭐든 전부 변해 간다는 뜻이야. 요컨대 이렇게 자명한 사실임에도 사회나 예술에 관한 것이 되면 그 누구도 알 수 없으니 재미있는 일이야.

모르는 게 있으면 물어봐. 다음번에는 간단한 것을 자세히 적은 거라서 대충 이해가 될 거야.

그리고 이 「13개의 비즈」 아래에 '무독무취한 이야기'라는 게 있어. 이건 내가 예전에 시 잡지인 『산맥山脈』에 논문 「시의 공식」이라는 글을

30) 이 부분은 「13개의 비즈」의 "'매춘부'나 '시멘트 통'을 통해 무산계급 의식을 (머리로가 아닌) 가슴으로 이해한 사람들이 다행히 많다는 사실을 알고 수긍했다."라는 부분에 대한 해설이다.

실었던 걸 와타베 뭔가[31] 하는 사람이 반드시 읽어야 할 논문이라며 일부러 추천해 준 거야. 덕분에 『산맥』이라는 잡지가 많이 팔렸대. 고바야시의 글을 꼭 읽어 보고 싶다면서 말이지. 재미있는 일이야.

*

「13개의 비즈」는 상당히 평[32]이 좋아. 다음번에는 조금 성가시겠지만 좀 더 유익한 글이야. 기다려 줘.

그때 또 설명을 해 줄 테니.

언젠가 유명한 벚꽃이라도 보러 가도록 해. 그럼 이만.

31) 5월 23일자 『오타루신문』에 게재된 와타베 고(渡部剛)의 「무독무취한 이야기」. 와타베는 다키지의 「시의 공식」을 "반드시 읽어야 할 글"이라 말한 뒤 "생활의 위기에 처하면 작사의식이 생긴다."라는 다키지의 「자연주의 문학적인 고찰」을 비판하며 "작사의식이 있고 나서 생활이 있다."라고 논하고 있다.

32) 6월 2일의 일기에는 "『오타루신문』에 두 번 실린 「13개의 비즈」는 상당한 평판을 얻었다. 가네이 등은 일부러 전화를 걸어 칭찬을 해 주었다. 그보다도 하코다테로부터 노리토미 미치오(乘富道夫. 뒤에 『게잡이 공선』 관련 자료와 정보를 제공)가 일부러 편지를 보내 와서 나의 자기청산을 기뻐해 주었다. 앞으로 더 열심히 공부해야겠다."라고 되어 있다.

12

다구치 다키에게

1929년 5월 16일 오타루

지난번 밤은(1929년 5월 14일) 또 한 번 우리에게는 잊을 수 없는 날이 되었어. 아야코(약간 익숙하지 않아 어색하지만 아야코의 행복을 위해 그렇게 부를게.)도 이런 일이 두 번 일어날 거라고는 생각하지 못했다고 말했지. 그때는 나도 모르게 가슴이 뜨거워졌어. 서로 그다지 변하지 않았다는 사실에 너무 기뻤어.

내가 하는 일, 하고자 하는 일, 그런 것들에 대해 아야코는 어떻게 생각하고 있는지 틈이 날 때 알려 줬으면 좋겠어. 나는 일을 위해서라면 내 인생까지 다 바칠 생각이야. — 그러니 언젠가 나는 아야코 앞에서 사라져야 할지도 몰라. 그걸 생각하면 마음이 너무 아파. 무리한 변명을 하지 않더라도 밖으로 나올 수 있는 기회가 생기면 언제든 전화해 줘. 우리가 하는 일, 읽어야 할 책, 이것저것 이야기해 두고 싶은 게 엄청나게 많아. 그리고 이런 것들은 꼭 알아줬으면 해.

한 번도 정거장 길로 가 본 적은 없었는데 그때는 일부러 친구한테 정거장에 한번 가 보자고 꾀어서 그 앞을 지나다 보니 (신의 뜻인 걸까!)

아야코가 서 있는 게 아니겠어. 뒤돌아봤어. 그랬더니 역시 아야코가 있잖아! 아무 말도 하지 못했어. 하지만 여지없이 두 사람의 마음이 통했어. 나는 가슴이 두근거릴 정도로 기뻤어. 그날 돌아갈 때 아야코의 모습은 보였지만 아야코 쪽에서는 알아채지 못했어.

마음만 확실하다면 다양한 생활을 하면 할수록 점점 더 그 사람은 단련이 돼. 아야코는 누구에게도 기대지 않고 살고 있어. 자발적으로 일하는 것이라는 '자부심'을 충분히 느끼면서 (결코 다른 사람의 말이나 비난, 소문에 비굴해지지 않고) 꿋꿋하게 일했으면 좋겠어. — 그리고 또 나는 어디에 있든 아야코를 굳건히 믿을 수 있어. — 뒤돌아보지 마. 언제나 어려움을 헤치며 앞으로 나아가자. — 나도 그럴게.

늘 하는 말 같지만, 시간이 있으면 책을 읽도록 해. 어디서든, 그리고 아무리 짧은 시간이라도 항상 공부하려는 마음만 있다면 공부할 수 있어. 다만 대충대충 엉터리로 읽지는 마. 다음번에 뭔가 읽기에 적당한 책을 가지고 갈게. 신문도 도쿄신문과 오타루신문 정도는 매일 읽도록 해.

*

서양식 미용기술 관련 일도 가능한 한 빨리 도쿄 친구에게 이것저것 부탁해 볼게.

언젠가 돈이 생기면 주오호텔 2층에 양식이라도 먹으러 갈까 해. 혼자서 가도 될까? 그런 식당이 위에 있을지, 그리고 아야코가 일하는 시간은 언제인지, 그런 것도 알고 싶어. 하지만 여하튼 언젠가 또 만나.

그렇게 되길 바라면서.

그리운

아야코에게

여동생 결혼을 축복해 주기 위해 있는 최선을 다하길 바랄게. 아야코의 마음을 생각하면 가슴이 무너지긴 하지만! 그렇게 말해 둘게.

* 다구치 다키는 1927년 5월, 행방을 알리지 않고 오타루를 떠나 무로란으로 간 뒤 삿포로에서 일하고 있었으나, 그해 오타루로 돌아가 이름도 '아야코'로 개명하고 역 앞 대로변에 위치한 주오호텔에서 일했다.(『전집』 제7권 주)

13

다구치 다키에게

1930년 2월 오타루 시외

다키, 내가 지금 어떤 마음으로 이 편지를 쓰고 있는지 그 심정을 편지로는 도저히 표현할 수 없다는 사실이 얼마나 아쉬운지 몰라.

확실히 받았어. 편지도 소포도! 이 산에 딱 한 채 뿐인 온천 숙소[33]에서 하루의 아침부터 밤 12시까지 앉아서 열심히 일하는 나에게 다키의 소포와 편지가 얼마나 감격과 기쁨을 줬는지 몰라! 일은 잘 진행되고 있으니 안심해. 지금 다키가 보내 준 만년필로 다키가 보내 준 사탕을 먹으며 소설을 일단락 지은 뒤 이 편지를 쓰고 있는 거야. 마치 내 소설이 다키에 관한 것으로 전부 채워지는 느낌에 내 심정을 뭐라 표현할 수가 없네.

여기서도 재미있는 일들이 많아. 나중에 천천히 알려 줄게.

『중외일보中外日報』라는 신문에 「종교의 '급소'는……」[34]라는 식으로

33) 곤부(昆布)온천을 가리킨다. 현재는 니세코 온천마을 중 한 곳. 오타루에서는 하코다테혼센으로 약 2시간 걸리는 곤부 역에서 버스를 탄다.

34) 『중외일보』 1930년 2월 2일, 4일, 5일, 6일자에 게재된 「종교의 '급소'는 어디에 있나?」

엄청나게 부담스럽게 기사가 실렸고, 더구나 『개조改造』의 대작[35]을 써야 해. 도쿄의 신문에도 씌었지만 일본에서 가장 인기 있는 작가라네. 나무가 크게 자라면 바람을 맞게 돼. 이러쿵저러쿵 떠드는 사람도 나오지. 하지만 그만큼 문제가 될 정도로 성장했다는 의미겠지. —

하지만 이런 상태는 그리 지속되지 않을 거야. 지금까지의 수많은 전례가 그 사실을 말해 주고 있지. 나는 다음에 닥쳐올 반동시대, 즉 누구도 거들떠보지 않을 시대(유행은 바뀌니까)에 대해 제대로 각오하고 있어. 그때를 위해 준비를 해 두려고 해.

오늘 이곳의 여종업원이 2, 3인실에 왔기 때문에(이곳 여종업원은 이런 곳에서는 드물게도 성실한 분들밖에 없어.) 오타루의 애인이 보내 준 것이라고 이야기하면서 사탕을 대접했어. 그 사람들은 조심스럽게 한 알씩 먹었어. 다키와 똑같은 일을 하면서 마찬가지로 힘들어 하는 사람들에게 이런 일을 해 주는 것을 나는 왠지 센티멘털한 기분으로 바라보고 있었어. 다만 다키가 정말 힘들게 일해서 번 돈으로 이런 것을 보내 줬다고 생각하면 도저히 아무 생각 없이 먹을 수가 없어. 이곳 여종업원의 생활은 다키가 있는 곳과 비슷해서 더 그런 마음이 들어. 한 달 5엔의 월급으로 아침 6시부터 밤 10시까지 쉴 틈 없이 일해. — 그래서 다키가 되

(『전집』 제5권 수록)를 가리킨다. 이 평론에서 다키지가 내린 결론은 "종교에 대한 투쟁은 결국 전도(顚倒)되어 있는 사회를 또 한 번 뒤집어엎어 정당한 사회로 만들기 위해 싸우는 '계급투쟁의 한 분야'로서, 그와 함께 싸워 나가야 한다."는 것이었다.

35) 『공장 세포(工場細胞)』를 가리킨다.

도록 이런 일에 그런 귀한 돈을 쓰지 않았으면 해. 구두쇠가 되어 줘.

이제 스토브도 꺼져 가고 있으니 이만 잘까 해.

내가 쓴 『게잡이 공선蟹工船』은 1만 5천 부 팔렸어.[36] 기뻐해 줘. 『부재지주不在地主』는 9천 부[37] 찍어 내기로 되어 있어. 『게잡이 공선』을 읽고 미국 공산당 사람들과 미국에 있는 러시아 영사로부터 멀리 일본의 고바야시에게 안부를 전해 달라며 전기사戰旗社로 편지가 왔어.

나는 올해 들어 『오사카아사히신문大阪朝日新聞』[38], 『요미우리신문讀賣新聞』[39], 『개조改造』 2월호[40], 『주간아사히週刊朝日』의 봄 분량[41], 『전기

36) 1929년 9월 간행된 『일본프롤레타리아작가총서』의 제2편으로 간행되어, 발행 금지를 당하면서도 『전기』 배포망을 통해 1만 5천 부가 팔렸다. 총서 제1편〔후지모리 세키치(藤森成吉), 『빛과 어둠(光と闇)』〕과 제3편〔야마다 세자부로(山田清三郎), 『5월축제 전후(五月祭前後)』〕의 초판은 각 3천 부였다. 11월 개정판, 이듬해 1930년 3월 개정보급판 전기사판 총 발행부수는 3만 5천 부에 달했다.

37) 1930년 1월, 『일본프롤레타리아작가선집』으로 일본평론사에서 간행되었다.

38) 『오사카아사히신문』 1930년 1월 9일자 「홋카이도의 '슌칸(俊寬)'」(『전집』 제5권 수록). "유배를 간 슌칸처럼 적어도 내지 땅이 보이는 곳까지라도 가고 싶어 바다가 있는 오타루, 하코다테로 오는" 돈을 벌기 위해 도시로 나온 노동자를 그려내며, "홋카이도의 겨울은 어둡다."라고 끝맺고 있다.

39) 『요미우리신문』 1930년 1월 14일, 15일, 17일자에 게재된 「프롤레타리아문학의 방향에 대해」(『전집』 제5권 수록). 다키지는 "1930년의 프롤레타리아문학"은 "그 '형식' 방면에 새로운 노력을 더해 간다."라며, "나선형의 지그재그로 된 길을 따라가며 프롤레타리아 리얼리즘의 방향으로 올라갈 것이다."라고 예측한다.

40) 「프롤레타리아문학의 새로운 문장에 대해」(『전집』 제5권 수록). 다키지는 "우리는 공장에서 일하는 노동자들의 명랑한 사투리 속에 기존의 예술이 갖지 못했던 약동적이고 신선한 어휘가 있다는 사실을 알고 있다.(나는 노동자 집회 때마다 그것을 느끼고 있다.) 우리는 그것을 무언가로 구체화시켜야 하지 않겠는가."라고 논하고 있다.

41) 『주간아사히』 1930년 4월 봄 특별호에 발표한 「다구치 동지의 감상」(『전집』 제3권 수록). 이것은 「다구치의 '언니와의 기억'」(『북방문예』 1927년 6월, 『전집』 제1권 수록)을 제목

戰旗』 2월호의 소설[42), 『전기』 3월호에 「은행 이야기」[43)를 썼어.

『게잡이 공선』은 삿포로의 유신당維新堂과 부귀당富貴堂[44)에서 300부나 팔렸다고 해. 오타루에서는 마루분서점丸文書店[45)에 입간판을 내놓고 이삼일 사이에 100부를 팔아치웠대. 어찌 됐든 기뻐해 줘. 나는 4월호 『개조』에 지금 쓰고 있는 이 대작을 발표하고 나면 그런대로 어깨의 첫 번째 무거운 짐은 내려놓을 수 있을 것 같아. — 다키가 힘을 보태 준 덕분이야. 꼭 훌륭한 작품을 쓸게.

을 바꾸고 개작한 것이다.

42) 「구원뉴스No.18부록」(『전집』 제3권 수록). 이는 「누군가에게 보낸 기록」(『북방문예』 1928년 6월, 『전집』 제1권 수록)을 제목을 바꾸고 개작한 것이다.

43) 실제로는 『전기』 1930년 4월호의 '강좌'란에 게재된 「은행 이야기」(『전집』 제5권 수록). 5년 반에 걸친 은행원으로서의 경험을 바탕으로 '은행의 가면'을 벗기려는 의도로 씌었다. "여기서 혁명이나 반란이 일어났다고 가정해 봅시다. 우선 첫째로 은행을 우리 손으로 제압하는 겁니다. 그러면 일본의 대(大)부르주아는 산란을 위해 몰려든 청어가 그물에 걸려들듯 모조리 걸려들 게 분명합니다. 게다가 그뿐 아니라 은행에 의존하고 있는 일본의 산업 기업도 무조건 그대로 수중으로 끌려올 겁니다."라고 되어 있다.

44) 「유신당은 미나미 1조 니시 4초메, 부귀당은 미나미 1조 니시 3초메의 서점」(『전집』 제7권 '주'). 쓰보이 시게하루(壺正繁治), 「고바야시 다키지를 회상하며」(『쓰보이 시게하루 전집』 별권 수록)에 따르면 "지방 거래처, 예를 들어 나고야의 가와세서점, 후쿠오카의 가네오분원도 같은 곳으로부터 300, 500 정도의 추가 주문이 올 지경이었다."고 한다.

45) 오타루시 하나조노초의 서점. 오타루고등상업학교의 신문 『녹구(綠丘)』 제38호(1930년 1월 27일자)의 「가와시마 생도」(고등상업 3학년생인 가와시카 도요아키) 「발길이 향하는 대로 지갑 전선 이상 있다」라는 에세이에 "고바야시 다키지 선배님의 『게잡이 공선』이 270부, 레마르크의 『서부전선 이상 없다』가 130부 팔린 가운데 그 대부분은 학생들의 손에 넘어갔다고 하는데, 문예사상의 전환기를 여실히 보여 주고 있지 않은가."라고 되어 있다. 또한 이 에세이가 실린 면에는 하나조노초 마루분서점의 광고가 등장하고 있는데, '최근 우리 가게에서 가장 많이 팔리고 있는 신간서'로 고등상업학교의 교수 다카하시 지로의 『스키 기술』, 후지타 쓰구하루의 『파리의 옆얼굴』과 나란히 『게잡이 공선』(50전)이 거론되고 있다.

다키가 나만을 생각해 준다면 나는 요즘 전혀 외롭지 않아.(중략)

그럼 또 편지 쓸게. 몸 건강히 잘 지내고 가능하면 책을 읽도록 해. 그럼 이만.

다키에게

14

다구치 다키에게

1930년 3월 5일 오타루

고난 속에서도 올바르고 씩씩하게 살아 나가는 다키에게 진심으로 고마워하고 있어. 얼마나 힘들었을지 상상이 가. 이렇게 편지를 보내는 데는 또 이유가 있어. 지난달은 내내 삿포로에 가 있었어. 25일에 삿포로에서 와카즈키若月 앞으로 보낸 편지는 받았을 거라 생각해. 그리고 먼 곳에서 온 동지가 집에 머물고 있었기 때문에 정신이 하나도 없어서 결국 편지도 못 보내고 만나러 갈 수도 없었어. — 그나저나 최근에 또 '대검거'가 있을 거라는 소문이 돌고 있고 삿포로의 형사가 성가시게 내 뒤를 캐고 다니는 모양인데, 집 정리나 그런 것들 때문에 한동안 완전히 정신이 없어. — 그래서 그쪽 상태를 보기 위해서라도 도쿄 행을 연기한 거야. 지난밤에도 스파이가 왔었어.

다키의 자세한 사정도 듣고 싶은 마음이 굴뚝같지만 이런 일들로 결국 늦어졌어. 나쁘게 생각하지 말아 줘. 어쨌든 이삼일 내로 만날 수 있도록 하자. 이삼일 내로 내 쪽에서 전화하도록 할게.

여동생처럼 요즘 사회에서 경험도 없고 젊고 예쁜 데다 가난한 여자가 대체 어떤 쪽으로 빠지게 될 수밖에 없는지는 다키가 더 잘 알고 있잖아. 하지만 아무리 해도 사정이 여의치 않다면 그 구쓰미인지 아사미인지 하는 남자에게 확실히 알리고 의논하는 게 어떻겠어? 그 사람을 충분히 신뢰한 상태에서 말이지. — 보호자로부터 떨어져서 그런 환경에 놓이면 그 남자로부터도, 손님으로부터도, 주인으로부터도, 같은 처지의 사용인들로부터도 이렇게 여러 유혹을 받기 마련이야. 그 점을 다시 한 번 충분히 재고해야 할 필요가 있을 것 같아. 하지만 가난한 사람은 언제까지나 그런 걸로 배부른 소리만 하고 있을 수는 없지. 그런 사실을 알고 있으면서도 들어갈 수밖에 없는 경우가 자주 있어. 제대로 각오가 섰다면 역시 그쪽을 선택해야겠지.

다키의 '서양식 미용기술'도 모두들 비관적이라고 떠들어대는 것도 충분히 이해가 가. 하지만 그렇게 따지자면 아마 어떤 직업이라도 그렇지 않은 게 없어. 그러니 결국 지금의 직업을 앞으로 몇 년간 지속하는 쪽이 좋을지, 아니면 서양식 미용 쪽으로 진출하는 게 좋을지, 이 두 가지를 비교해 보고 단호하게 결정을 내려야만 해. — 또 이렇게도 말할 수 있어. 만약 서양식 미용기술로 실패한다 해도 그때 다시 호텔에 들어가기는 쉬워. 하지만 그 반대는 상당히 어렵지 않겠어? 그렇다면 이 참에 한 우물을 파서 처음 세운 목적을 향해 나아가는 게 정말 올바른 방법이어야만 해.

여하튼 성명판단이나 쓸데없는 타인의 말에 그때마다 현혹된다면 아마 아무것도 할 수 없을 거야. — 이삼일 내로 다시 한 번 만나자. 그럼 이만.

15

다구치 다키에게

1930년 9월 4일 도쿄 도요타마형무소
(소재지: 도쿄시가이 노가타마치 아라이 336)

붓이 나빠서[46] 그런지 생각만큼 잘 써지질 않네. — 결국 드디어 이별의 때가 왔어. 6월 24일부터 한여름에 도쿄의 여러 유치장[47]을 전전

46) 도요타마형무소(豊多摩刑務所)에서 편지를 쓸 때는 형무소에 구비된 붓을 사용해야만 했기 때문에 다키지에게는 골칫거리였다. 다키지보다 먼저 도요타마형무소에 들어가 있던 무라야마 도모요시(村山知義. 일본의 소설가, 극작가—옮긴이)는 "당시 감옥 내에서의 통신은 엽서나 봉함엽서가 4일에 1통뿐이었다. 그래서 쓸 이야기가 엄청나게 많아 구비되어 있던 질 나쁜 펜으로 고생을 해 가며 작은 글자로 빽빽하게 썼다."(무라야마 가즈코 저, 도모요시 편집, 『생전 아내의 편지』, 1947)라고 쓰고 있다. 또한 역시 다키지보다 먼저 도요타마형무소에 수감되어 있던 나카노 시게하루(中野重治)는 "1주일에 세 번 편지를 쓸 수 있다."(하라 마사에게 보내는 편지, 1930년 8월 5일자. 『사랑하는 사람에게』 상권 수록)라고 쓰고 있다.

47) 다키지는 검거되자 스기나미·스가모·사카모토경찰서에 구류되어 취조를 받았다. 그러는 동안에는 편지를 주고받는 것이 금지되었다. 다키지 본인은 말하고 있지 않지만 심한 고문을 당한 흔적이 있다. 다키지의 검거를 포함한 1930년 5월 20일의 이른바 '공산당 지지자 사건'이 1년 뒤인 1931년 5월 21일자로 해금되었을 때 호외에서 다키지에 대해 "나카노 시게하루, 도쿠나가 스나오(德永直等) 등과 함께 NAPF의 중진이었고, 동인(同人)에 대한 당국의 취조는 가장 엄하고 매서웠기 때문에 출소 뒤 안면근육의 일부가 경직돼 버렸다고 한다."(『도쿄아사히신문』)라고 보도되었다. 소설 『독방(獨房)』(『중앙공론』 1931년 7월호, 『전집』 제3권 수록)에서 "나는 두세 번 조사를 받으러 나갔

하면서 8월 21일에 여기[48]로 보내졌어. 얼마나 오래 있을지 잘 모르지만, 전례로 보자면 재판이 열릴 때까지 2년 이상이나 걸린다[49]고 해. 사건에 대해서는 쓸 수 없도록 되어 있지만, 나는 바깥사람과는 다른[50] 부분이 더해진 모양이니 아마 길어질 것 같아. 하지만 이제 와서 그런 걸 계산해도 소용없기 때문에 참아 볼 생각이야. 지난번 일은 사이토齋藤한테도 들었으리라 생각하지만, 나카노中野의 여동생[51]에게는 정말이

고 죽도로 얻어맞거나, 구둣발에 차이거나, 묶이는 등 사흘이나 누워서 지낸 적도 있었다."라는 묘사는 실제로 다키지가 경험한 내용이었다. 그 뒤 『독방』에서는 "나는 결국 기소되었다. Y경찰서에서 29일을 지낸 뒤 법원에 불려 나가 예비판사로부터 검사의 기소 이유를 들었다. 그 뒤 간단한 조서를 작성했다. '이제 T형무소로 가시게 됩니다. 일간 그곳에서 또 뵙겠습니다.'"라고 묘사되어 있다.

48) 8월 21일, 치안유지법 위반혐의로 기소되어 도요타마형무소의 미결수로 수감되었다. 도쿄지방재판소에서 예심을 받을 피고인이 되었다.

49) 3·15사건과 4·16사건의 각지 재판에서는 기소 처분부터 예심·본공판까지 가는 데에는 시간이 걸렸다. 소설 『독방』에서는 T형무소로 향할 때 "2년 전에 수감된 3·15사건 놈들조차 아직 공판이 열리지 않고 있으니 순서대로 간다면 상당히 오래 걸릴 거야."라고 말한 담당 특별고등경찰의 말을 기록하고 있다. 또한 출옥 뒤에 집필한 「문전(文戰) 타도에 대해」〔제2문전타도동맹기관지 『전선(前線)』 1931년 7·8월 합병호, 『전집』 제5권 수록〕 가운데, "내가 작년 검거되어 취조를 받은 마지막 날에 담당 특별고등경찰이 '자네가 만약 NAPF를 그만두고 문전에 들어가겠다고 여기서 맹세해 준다면 이치가야로는 보내지 않을 건데, 어때?'라고 일본어로 똑똑히 내게 말했다."라고 기록하고 있다〔'문전'이란 『문예전선(文藝戰線)』을 가리킨다. 또한 이치가야형무소가 아니라 도요타마형무소로 배치되었다〕.

50) 경찰에서 취조를 받던 중 7월 4일, 다키지는 야마다 세자부로(『전기』 편집장·발행명의인)과 함께 도쿄구재판소 검사국에 의해 "천황의 존엄을 모독하는 표현이 들어 있는 소설 『게잡이 공선』을 집필·저작한 데다, 그 원고를 전기사 앞으로 보내 앞에 기록한 것처럼 그것을 출판했기 때문에 천황에 대해 불경 행위를 저질렀다."〔히라이데 히이즈(平出禾), 「프롤레타리아문화운동에 대해」, 사법성 조사부 『사법연구』 제28집 9, 1940년 3월〕는 이유로 불경죄·신문지법 위반으로 기소되었다.

51) 나카노 스즈코(中野鈴子). 시게하루의 여동생. 시인이며, 펜네임은 이치다 아키이다.

지 너무나도 큰 신세를 졌어. 그리고 지금까지 알리지 않았던 홋카이도 집에도 지난번에 결국 여기서 편지를 보냈어. 너무 놀라지 않도록, 아사리에 사는 매형[52] 앞으로 편지를 보내 매형에게 대신 말을 전해 달라고 부탁했고, 형무소 안에서 진짜 편하게 지내고 있다는 점을 반복해서 적었어. 연로하신 어머니가 이번 일로 얼마나 노심초사하실지 눈에 선해. 은행을 그만둘 때조차 식사도 못 하시고 밤에 잠도 설칠 정도였으니 얼마나 힘드시겠어.

다키도 걱정이야. 각종 일은 다카다에 사는 친구와도 의논하고 있겠지만, 나 대신 사이토[53]와 얘기해 봐. 사이토는 친절하게 도와줄 거야. 내가 걱정하는 건 미용학원[54]에서 교묘히 교육 기간을 늘려서 돈만 뺏기고 학원을 나올 때 돈 한 푼 남지 않는 사태가 생기지나 않을까 하는 거야. 학원을 나와 돈 한 푼 남지 않으면 아무것도 못 해. 기술을 배우는 것도 하나의 고난일지 모르지만 학원을 졸업해서 독립하거나 조수가 되는 일은 그것보다 더 어려워. 게다가 요즘 같은 불경기는 새롭게 일을 시작하는 것도 취직을 하는 것도 절대적으로 불가능하다고 여겨지는 시기인데, 거기에 맨손으로 뛰어들어야만 하는 다키를 생각하면 몸서리칠 만큼 공포스러워. 만약 내가 바깥에 있었다면 어느 정도 다키

52) 사토 후지요시(佐藤藤吉). 누나 치마코의 남편으로 오타루의 다이호쿠(泰北)은행에 근무했으며, 1922년에 결혼했다.

53) 사이토 지로(齋藤次郎).

54) 서양식 미용기술을 배우기 위해 5월부터 요요기미용학원에 입학해 그 기숙사에서 살고 있었다.

에게 도움을 줄 수 있었을 거라 생각하니 너무 안타까워. — 하지만 이제 결코 초조해 하지 마. 하나의 기술을 배웠다는 것은 어찌 됐건 언젠가는 도움이 될 큰 힘을 얻은 것이니까. 미장원 개업에 병원 하나를 개업하는 것과 비슷한 정도의 돈이 든다고 들었어. 그래서 솔직히 말하자면 변두리라도 좋으니 적당한 장소를 물색해서 일반적인 머리 매만져 주는 가게를 여는 편이 (이것도 상당히 개업하기 어렵지만) 현명한 방법이 아닐까 생각해. 그리고 간단한 미용을 하는 거지. 그것을 기반으로 자리를 잡아 나가는 거야. 하지만 어찌 됐든 앞으로 다키는 어떤 의미에서는 지금까지 다키가 겪은 것보다 훨씬 더 고생스러운 길로 나아가는 건 아닌지 모르겠어. 하지만 다키만 충분히 독립할 수 있다면 불행한 처지에 있는 많은 여동생들은 그렇게 해서 다키의 손으로 구할 수 있을 텐데 생각하면서도 그것을 쉽사리 감행할 수 없다는 답답함에 속이 타. — 자세한 내용은 다키 쪽에서 이것저것 상황을 알려 주면 그때 다시 편지를 쓸게. 하지만 사양하지 말고 사이토와 의논해 봐.

지난번에 감옥에 여러 가지 넣어 준 물품은 정말 고맙게 잘 받았어. 특히 성게알은 나카노에서의 짧긴 했지만 아마도 가장 즐겁게 보낸 나날[55]을 떠올리게 만들어서 눈물이 났어. 내가 이곳에 미결수로 올 때 때마침 경시청 자동차가 늘 다니던 식당 앞을 지날 때는 감개무량하더군. 돈은 다키에게 소중한 것이니 나한테 넣어 주지 마. 내 쪽은 내 쪽대로

55) 4월의 3주간 정도를 다키와 나카노마치(中野町) 카미초(上町)에서 함께 지낸 일을 말한다.

어떻게든 할 수 있으니까. 그리고 나한테 너무 신경을 쓰느라 다키 일에 지장을 주거나 일을 미루지 않도록 해. 어쨌든 오랫동안 여기 있어야만 할 테니까. 그리고 (중요한 이야기인데), 나한테 구애 받지 말고 필요하거나 중요한 일이 있으면 언제든 다키 자신의 자유의사로 일을 결정해 나가도록 해. 내가 말한 뜻 알겠지? 또 편지 쓸게. 다키도 길고 긴 편지를 써 주길 바랄게.

16

다구치 다키에게

1930년 10월 2일 도쿄 도요타마형무소

오늘은 10월 2일이야. 벌써 가을이네. 요 이삼일 하늘이 너무 푸르러서 마음에 사무칠 정도야. 특히 높게 달려 있는 빨간 벽돌 창을 통해 푸른 하늘을 보면 그 푸른색이 또 다르게 보여. 다키가 지금까지 한 번도 편지를 보내 주지 않아서 궁금하게 여기던 참이야. 감옥에 물품을 넣어 주고 있기 때문에 안심하고는 있지만, 남동생에게 물어보니 아직 한 번도 못 만난 것 같더군. 지금까지 13일에 밖에서 부친 편지가 도착했으니 만약 그 전에 편지를 부친 적이 있다면 편지에 쓴 내용에 문제가 있어서 허가를 받지 못했을지도 모르니 빨리 알려 줬으면 해.

그 뒤로 다키의 일이 어떻게 되어 가고 있는지가 제일 신경 쓰이는데 편지도 안 오니 불안해서 못 살겠어. 미용학원에 9월 말까지 다녔다고 치면 5개월이고, 한 달에 60엔 지불했다고 치면 300엔이 돼. 그러면 갖고 있는 돈이 모자랄 거라는 건 안 봐도 뻔해. 그래서 그 뒷일이 걱정이 되는 거야. 오타루에서 일하고 있는 미쓰한테 돈을 무리하게 보내 달라고 하는 건 아니야? 하지만 그런 일은 웬만큼 뒷일까지 생각하지 않으면 두 사람 모두 돌이킬 수 없는 실패를 하게 될 수도 있어. 오타루 집에서는 지난번 편지에서 여하튼 다키가 도쿄에 있으면서 감옥에 물품도 넣어 주고 있다는 사실만은 알려 두었어. 그 이상의 이야기는 아무것도 말하지 않았어. 뭐라고 하실 거라 생각해.

그리고 전에 내가 보낸 편지는 전부 받았어? 그것들도 아무런 답장이 없어서 걱정하고 있어. 감옥 안에 있는 사람은 외부의 평범한 편지라 해도 얼마나 그걸 애타게 기다리고 있는지 알아줬으면 좋겠어. 몸은 어때? 도쿄에서 보내는 첫 여름을 나는 형무소 안에서 지내느라 얼떨결에 진짜 더위를 모르고 지나친 격이지만, 다키의 경우 더위를 잘 타고 열이 잘 오르는 체질이 치료로 얼마나 효과가 있었는지 꼭 알고 싶어. 가끔 편지를 보내 주거나 면회를 오면 이곳 안에 있더라도 조금은 의논 상대가 되어 줄 수 있을 거야.

나는 바깥에 있는 사람한테는 전부 하루에 한 통씩 편지를 써 달라고 부탁했어. 나카노 스즈코 씨는 언제나 재미있는 뉴스를 벌써 대여섯 통 이상 써서 보내 줬어. 이곳에 있으면 가끔 그 편지를 다시 읽어 보곤 해. 그리고 그 한정된 내용을 통해 바깥세상에 대해 이것저것 상상하는 게 최고의 즐거움이 되고 있어. 다키가 편지를 보내 주지 않으니 내 쪽에서도 편지를 쓸 수가 없어. 지금 어떤 상황인지 모르는 데다 만약 다키가 미용학원을 나왔다면 지금 어디에 있는지도 모르니까. 이곳에서는 그런 상상을 그저 쓸데없이 반복하는 것에 불과해.

29일에 스즈코 씨가 면회를 왔어. 스즈코 씨는 내가 경찰에 잡혀 있을 때 모두에게 미쳤다는 소리를 들을 정도로 매일같이 와서 사식과 그 밖의 물품을 부탁해서 넣어 줬어. 스가모[56)]에 29일[57)] 있는 동안 16번 와서 겨우 4번인가 3번 정도 물품을 넣어 주는 일을 허락 받았고, 그 외에는 줄곧 경찰에게 호통을 들었어. 사카모토에 있었을 때도 하루걸러 한 번씩 와서 이것저것 먹을 것을 넣어 주고 속옷 빨래까지 해 줬어. 그러다가 내가 결국 이곳에 오게 되자 누군가 스즈코 씨한테 가서 고바야시에게 물품을 넣어 주는 일은 다키가 해야 한다고 말했나 봐. 그 사람은 나한테 물품을 넣어 주는 일에 대해 다른 사람들한테도 이상한 오해를 받았는데 무리를 하고 있었나 봐. 그런 상황에서 — 해야 한다는 말을 들었으니 완전히 충격을 받은 모양이야. 이곳에 있으니 잘은 모르지만 정말 다른 사람의 마음을 배려하지 않고 제멋대로 그 사람한테 무례하게 행동한 셈이야. 내가 자세한 편지를 보냈기 때문에 그 편지를 보고 면회를 왔어. 다키도 그런 일들을 잘 생각해 봐야 한다고 생각해. 그래서 가을이 되어서도 옷이나 그 밖의 물품에 대해서는 그 사람과 다키가 만나서 의논해 주도록 부탁해 두었으니 그렇게 해 줄 거라 생각해. 〔그리고 털이 따뜻한 셔츠가 꼭 필요해질 것 같으니 사도 좋고 짜도 상관없어. 그것도 의논해 줘. 가지 와타루鹿地亘의 부인이(사이토네 집 근처) 짜 준다는 말도 했었는데 어떻게 할는지.〕 여하튼 이곳에 와서 40일, 6월부터 계산하면

56) 경시청의 스가모경찰서(巢鴨警察署).

57) 경찰 취조를 위한 구류의 최대기간이다. 이것을 초과하면 다른 경찰서로 '뺑뺑이 돌림'을 당했다. 현재는 경찰 구류 등을 포함해 23일이 구류의 최대기간이다.

100일, 세월 참 빨라. 바깥 상황도 여러모로 바뀌었겠지. 그저 상상할 뿐이야. 이치무라좌市村座에서 하는 〈부재지주〉라는 연극 봤어? 그 재미없는 소설을 얼마나 소설 같지 않게 연극으로 만들었는지 걱정이야. 만약 보게 되면 자세한 감상평을 써 주면 고맙겠어. 어찌 됐든 다키는 하루에 한 통 편지를 써야 하는 의무를 갖고 있어. 지난번에 넣어 준 햄은 맛있었어. 이 편지가 도착할 무렵에 그 햄을 한 개만 더 넣어 주면 좋을 텐데. 하지만 다키는 돈이 없을 테니 산고에게라도 이야기해 줘. 통조림 같은 종류는 넣어 주지 마. 기간도 길고 무리하게 먹고 배탈이 날 수도 있으니 말이야. 그럼 이만.

17

다구치 다키에게

1930년 10월 11일 도쿄 도요타마형무소

이곳에 온 지 40일째인데 처음으로 다키의 편지를 받았어. 가엾게도 편지를 보내도 되는지 안 되는지조차 몰랐구나. 사이토가 알고 있으니 당연히 알려 주었을 거라 생각했어. 여러 가지 일이 있다 보니 나도 내가 잘못한 일을 깨닫게 돼. 이곳의 자세한 사정은 쓸 수 없지만 한 마디로 말하자면 다키가 알아 둘 일이 엄청나게 많다는 건데, 다키에게는 이 편지 전에 사이토네 집 주소로 보낸 편지가 한두 통 있을 테고 그 편지도 받았을 거라 생각해.(이치무라좌에서 공연하는 내 연극[58] 봤어?)

산고가 도쿄에 와 있는 거 알고 있어? 지난달 말에 산고가 면회를 왔는데 아직 다키와는 못 만났다고 하더군. 감옥에 넣어 주는 물품이나 그 밖의 것에 대해서도 만나서 의논하지 않으면 똑같은 물품을 넣어서 겹치게 돼. 그리고 사이토로부터도 이야기가 있었겠지만, 사이토가 오타루에 갔을 때 아사리의 매형과 어머니에게 다키에 관해 말했대.

58) 도쿄좌익극장에 올려진 〈부재지주〉 공연을 말한다.

그리고 이쪽에서도 감옥에 넣어 주는 물품이나 그 밖의 것들은 다키가 해 주고 있다는 식으로 말해 둔 것 같은데 그 뒤에 받은 사이토의 편지 내용으로는 다키가 한 번 오타루로 돌아갈 거라고도 말했어. 그리고 그저께 받은 다키의 편지로는 이쪽에 있을 거라고 되어 있고, 이삼일 전에 산고가 면회를 왔는데 추워지니 오타루 집 쪽에 옷을 보내라고 말한 것 같은데 역시 여러 세세한 것들은 산고는 잘 모를 거라 생각해.

다키는 어떻게 지내고 있는지 궁금해. 나카노의 여동생도 면회를 왔기 때문에 추워진 다음 감옥에 넣어 주는 물품은 다키와 만나서 둘이서 의논해 달라고 말해 두었는데, 만나 줬는지 영 모르겠네. ─ 이곳에서 지내다 보면 요컨대 아무것도 모르기 때문에 그저 상상만 해. 게다가 무슨 일을 편지에 적어도 그게 상대방에 도착하는 데 20일이나 걸리니, 답장을 받으려면 겨우 한 가지 일에 40일이나 걸리고 그러는 사이에 완전히 영문을 모르게 되어 버리는 거야.

내가 각종 일로 나카노의 여동생에게 부탁한 것은 감옥에 넣어 주는 물품에 대해 잘 알고 있기도 하고, 상당히 열심히 세세한 부분까지 신경을 써 주는 데다 평소부터 우리를 잘 이해해 주기 때문에 부탁하기 편했어. 게다가 같은 동료들 가운데 있으니 이쪽이 부탁한 일이 바로 도움이 되도록 전해 줄 수 있어. 다키의 경우, 다키에게는 독립해야 하는 일과 사정이 있으니 방해하고 싶지 않기도 하고, 이런 일에는 익숙하지 않고 동료들과도 또 동료들 속에 들어갈 일도 없으니 일부러 전심전력으로 일에 매진하도록 할 셈이었어. 그게 아마도 사이토가 다키를 정당한 ……가 있듯이 ……해 갔기 때문에 이상하게 혼동해서 겹쳐 버린 거야. 이런 것도 감옥 안에 있는 나는 잘 알지도, 사실이 뭔지도 모르지만, 요컨대 감옥에 넣어 주는 물품이나 그 밖의 일에 대해서는 사이토나 산고(근처에는 NAPF 사람들도 있으니)와 연락을 취해서 잘 처리해 줬으면 좋겠어. 하지만 책에 관해서는 사이토나 동료들에게 부탁해 뒀으니 특별한 문제는 없을 거라 생각해. 어쨌든 한 번 산고와 만나 봐.

뭔가 집요하게 쓴 것 같지만 — 진심을 말하자면 다키에게는 그게 아니라도 어찌할 바를 모르는 일터에 내 일을 가지고 가서 수고스럽게 만드는 일은 해서는 안 된다고 생각해.

감옥에 넣어 주는 물품은 추위를 견딜 수 있는 옷, 셔츠, 잠방이, 버선 등이 있으면 또 한참을 견딜 수 있어.(이건 산고에게 말해 두었고, 나카노의 여동생에게도 다키와 의논해 달라고 부탁했어. 앞에도 썼지만 산고는 그것을 오타루 집 쪽에 전한 모양이야. 사실 짜증이 나는 건 이런 내용을 열심히 적어 보내도 이 편지가 도착할 즈음에는 완전히 쓸모가 없어진다는 거야. 20일이나 걸리니.)

지금 약간 서둘러야 하니 나중에 천천히 쓰겠지만, 다키는 이제부터가 가장 큰 문제라고 생각해. 그렇게 수월하게 작은 곳이라도 일(조수)이 있을지 없을지 의문이기 때문이야. 호텔에서 일하는 여동생이나 어린 사람들에게 별일은 없는지 걱정돼. 어머니는 어떻게 지내고 계신지. 머리가 아플 지경이야. 하지만 수많은 역경을 겪어야만 최상의 기쁨도 얻을 수 있을 거야.

또 쓸게.

18

다구치 다키에게

1930년 10월 31일 도쿄 도요타마형무소

12일 편지를 받았어. 내가 보낸 지난번 편지는 약간 신경쇠약으로 짜증이 났을 때 쓴 것이라 이상한 불평을 했던 걸로 기억해. 그건 지난번 면회와 이번 편지로 취소하거나 정정해 주는 걸로 해 줘.

면회를 와 줘서 무엇보다 기뻤어. 그리고 안색도 괜찮은 걸 보고 안심했어. 충분히 햇빛을 얼굴에 쬔 행복한 얼굴이라고 느꼈어. 우리는 해바라기처럼 햇빛의 뒤를 좇으며 빙글빙글 얼굴을 가져가려 해도 가져갈 곳이 없고, 다키에게 '창백하다'라는 말을 들을 정도가 되기 때문이야. 가을의 청명한 햇빛 아래를 걸어온 다키의 밝은 얼굴을 보는 것은 내게는 무엇보다 기쁘고 행복한 일이야. 6월 중순 이래 첫 면회였기 때문에 왠지 보기 드문 것처럼 다키의 얼굴을 봤지만 머리에 웨이브를 넣은 걸 발견하고 약간 놀랐어. 누가 해 준 건지, 본인이 한 건지 잘 모르겠지만 내 생각에는 다키는 머리를 좀 더 자연스럽게 놔두는 편이 얼굴에 잘 어울리는 게 아닌가 생각해. 하지만 이건 아무것도 모르는 아마추어가 하는 말이니 크게 신경 쓸 필요는 없어. 그리고 또 이런 말을 하는 것 자체가 제일 나답지 않은 일이니 그만둘게.

아사리에 사는 매형이 내 '공판'[59] 때문에 일부러 도쿄에 오셨어. 다키와도 만났다니 이래저래 이야기를 들었을 거라 생각해. 사이토는 다키에 관해서 상당히 재미있는 이야기를 해 줬어. 무슨 이야기인지는 사이토한테 물어보면 알거야. 지난밤에는 비바람이 심하게 쳤어. 하지만 두꺼운 콘크리트와 벽돌로 만들어진 이곳은 바람이 전혀 들어오지 않고, 춥지도 않아. 아마 홋카이도의 텅 빈 우리 집보다 훨씬 더 견고하고 따뜻하게 만들어졌다고 생각해. 와카타케초로 편지를 보낼 때 이런 이야기를 적어서 안심시켜 주면 고맙겠어.

내가 지난번 기분 나빠 하며 불평을 잔뜩 쓴 건 한마디로 말하자면 다키가 여러 면에서 이른바 우리의 일과는 동떨어져 있고 잘 모르기 때문에 이번 같은 일이 생기면 갈팡질팡하게 된다는 거였어. 다키의 지금까지의 상황, 다키가 하고 있는 일을 생각하면 그건 전혀 무리도 아니라고 생각해. 하지만 언제까지나 그러면 역시 곤란해. 나에게는 좋은 친구들이 많으니 그렇다고 해도 전혀 곤란하지 않지만 만약 '감옥에 책을 넣어 주는 일'이 되면 다키가 갖고 있는 그런 점이 확실히 드러나게 돼. 책 선택을 할 수 있고 감옥에 넣어 줄 수 있게 되면 한 사람 몫을 다하는 거라 생각해. 하지만 이건 예를 들었을 때의 얘기야. 무엇보다 신문이나 잡지 정도는 읽어 둬야 한다고 생각해. 또 내가 이곳에서

59) 『게잡이 공선』의 불경죄·신문지법 위반혐의로 도쿄구재판소에서 열린 공판.

밖으로 내보낸 책 중에서 재미있는 게 있으면(『두 도시 이야기』 등) 읽어 두는 편이 좋을 거야. 다키는 언젠가 감옥에 넣어 주는 물품 때문에 무라야마 도모요시의 부인을 만난 적이 있을 거야.(무라야마 가즈코 씨 편지에 씌어 있었어.) 그 사람은 영어가 상당히 능숙해서 진짜 가려운 곳을 잘 긁어 주는 여러 방면의 책을 잘 넣어 줘. 다키에 대해 '얌전하고 귀여운 분'이라고 적었더군. 하하하.

감옥에 넣어 준 책으로 홍수를 이루고 있어. 산고도, 무라야마 씨도, 하라 씨도 책을 넣어 줘서 넘쳐 나고 있어. 그래서 최근 약간 신경쇠약 상태가 됐을지도 몰라. 아사리의 매형이 면회를 왔을 때 나를 보고 깜짝 놀라더군. 마르고 창백한 얼굴을 하고 있어서일 거야.

오타루에 사는 많은 여동생들의 근황도 가끔 알려 주면 좋겠어. 호텔 쪽은 잘 해 주고 있는지 걱정이야.

언젠가 준 골든 배트 담배는 다키가 답례로 준 것이었을 거야. 나도 이쪽에서 잘 부탁한다고 말했다고 전해 줘. 그리고 더 걱정인 건 치요마쓰의 여동생이야. 혹시 나쁜 짓을 하지는 않을까 생각하면 불안해 죽겠어. 아버님도 아직 일할 수 있으신지, 어머님은 아마도 여러 가지 일로 꼼짝도 못할 정도로 걱정하고 계시지는 않을까도 생각돼. 이런 것들을 생각하면 조금 초초해질 것 같기도 해. 다키는 감옥 안에 있는 나를 안심시키기 위해 건강해졌다는 둥 거짓말을 해서는 안 돼. 만약 정말 몸이 좋아졌다면 그보다 기쁜 일은 없을 테고 또 머리도 산뜻해지면 책도 읽을 수 있을 테니 많은 공부를 해 줬으면 해. 지난번까지 다키는 본인이 읽은 것을 바로 깡그리 잊어버리는 게 장기인 것 같았는데, 그건 물론 들뜬 탓일 테니 다음에야말로 확실히 해 줘.

그리고 산고에게도 이렇게 전해 줘. 음악잡지를 보면 여러 사람들의 주소는 바로 알 수 있기 때문에 그걸 바탕으로 과감하게 가정방문을 할 것. 만약 도쿄에 필사적인 마음을 먹고 왔으면서 아직 오타루에 살던 때처럼 부끄럽다는 둥 패기 없는 말을 하고 있다면 오타루로 돌아가 음악을 그만두고 어딘가의 월급쟁이가 되든가, 떡장수라도 돼서 살라고 그렇게 전해 줘. 나도 편지를 부쳤지만. 내가 지금까지 산고를 너무 귀여워하기만 한 것일지도 몰라. 그럼 또 쓸게.

악수를 건네며.

19

다구치 다키에게

1930년 11월 22일 도쿄 도요타마형무소

오늘(11월 22일) 하늘은 높고 청명해. 너는 지난번 편지에서 비가 내린 날 이곳에 있는 우리들이 어떤 기분일까라고 썼어. 하지만 나는 하늘이 푸르고 맑게 갠 것을 보면 우울해져. 비가 내리면 독방 구석에는 추워 보이는 그림자가 괴어 있고, 책상 아래에 세워 놓은 거울이 가라앉아. 하지만 바깥 세계 사람들도 그런 날에는 우리들과 마찬가지로 집 안에 갇혀 있을 거라는 애 같은 유치한 생각이 더할 나위 없이 나를 안심시켜 줘. 나는 햇빛을 듬뿍 쬐고 푸른 하늘 아래를 사람들이 자유롭게 걷는 모습을 생각하면 쓸쓸해져. — 어찌 됐든 옛말대로 비 오는 날, 바람 부는 날이라고 이곳에 있는 우리들을 언제나 생각해 주는 사람이 바깥 세상에 있다는 생각처럼 힘이 나는 건 없어.

나는 밤을 좋아해. 홋카이도에 계신 연로하신 어머니가 보내 주신 두껍고 폭 넓은 빳빳한 이불과 담요는 내 몸을 충분히 데워 줘. 그리고 나는 꿈속에서는 어디든 자유롭게 산책할 수도 있고, 많은 친구들과 큰소리로 갖가지 이야기를 나누는 나는 자주 오타루 거리를 걷고 있어. 그런 나는 정말로 행복해.

언젠가 너와도 만나서 이야기를 했어.

지금 6시 반 기상이지만, 나는 30분 일찍 일어나 냉수마찰을 하고 있어. 나는 요즘에 이곳이 오타루나 삿포로의 형무소가 아니라는 사실을 얼마나 기뻐하고 있는지 몰라. 홋카이도의 추위에 내가 어떻게 지내고 있을지 상상하면 등골이 서늘해져. 나는 봄이라도 맞이한 듯 여유를 만끽하고 있어. 바깥에서 아무리 매서운 바람이 불어도 이곳 안에는 전혀 바람이 들지 않아. 마치 바람도 이 두꺼운 콘크리트와 붉은 벽돌의 감옥 속에는 들어오는 것을 꺼리는 것처럼 보여. 와카타케초의 빈틈투성이 우리 집보다 이곳은 겨울을 훨씬 따뜻하게 보낼 수 있을 거라 생각해.

밤에 단젠丹前(솜을 두껍게 둔 소매 넓은 일본 옷으로 방한용 실내복이나 잠옷으로 쓰인다.—옮긴이)을 껴입고 요즘 영어를 읽고 있어. 그런 때 나는 어쩌면 온천에 공부라도 하러 온 게 아닐까, 이런 환상에 사로잡히는 일조차 있어. 언젠가 가 봤던 곤부[60]보다도 이곳에서의 내가 더 유유자적한 것 같아. 그때는 돌아와서 그곳의 여관방은 외면하고 앉은 채 신음했으니 말이야.

형무소 위를 비행기가 지나가고 있어. 나는 비행기 소리를 들으면 마치 어린애처럼 사소한 일에 목숨이라도 걸듯 창문 아래로 가서 발돋움

60) 곤부온천을 가리킨다. 1930년 2월에 다키에게 보낸 편지 13 참조.

을 해. 밤이 되면 꼭 내 방 창문에서 바로 보이는 곳 위로 별 하나가 보여. 내게 그 별은 밤새 독방 안에서 자고 있는 나를 따뜻하게 바라봐 주는 사람의 눈처럼 여겨져. 지금 이 글을 쓰는 와중에도 이 엽서 일면에 높은 창문 가득 빛이 쏟아져 들어와. 시계탑 공사장에서 석공이 치는 정 소리가 낮게 메아리쳐 들려와. 사람들이 바깥에서 생각하는 것보다 이런 분위기는 우리의 마음을 부드럽게 만들어 줘.

이번 달 17일 면회에서 왠지 네가 춥고 쓸쓸해 보였던 것을 떠올리고 있어. 그리고 어딘가 연약해 보이기조차 했어. 많은 사람들이 매일같이 면회를 오지만,(여자가 많은 건 재미있네.) 그 사람들은 목소리를 높여 푸른 하늘에 화사한 웃음소리를 흩뿌려. 내가 있는 방에선 그 목소리가 또렷이 들려와. 그리고 나는 우리들이 생각하는 것처럼 마치 연극이나 영화에 나오는 것처럼 그게 결코 쓸쓸하고 눈물을 머금은 것이 아니라는 사실을 깨닫고 자주 불가사의하다는 생각조차 하게 돼. 네가 도중에 그만둔 이야기[61]는 편지에 잘 써 주면 좋을 것 같아.

나는 기뻐. 어찌 됐든 두 가지 큰일을 네게 해 줄 수 있었으니까. 첫째로 네가 오랫동안 고생하던 몸을 낫게 만든 것, 둘째는 하나의 기술을 자신의 것으로 만들어 준 거야. 지금 당장 가게를 열고 안 열고는 둘째치고 무엇보다 너는 한 가지 무기를 자신의 것으로 만들었어. 혹시 무슨 일이 닥쳤을 때 언제든 목숨을 걸고 할 수 있어. 그건 더할 나위

61) 이 책 104쪽 노마 필드의 해설 참조.

없이 나를 기쁘게 해. 그러니 넌 전혀 서두를 필요 없고 무리할 필요도 없어.

오타루에 돌아가 보는 것도 한숨 돌리는 데 좋을 것 같아. 네가 같은 도쿄 하늘 아래 없다는 건 '약간' 섭섭하지만 물론 그런 건 전혀 상관없어.

오타루에 가면 와카타케초에 가는 게 어때? 아줌마[62]는 나보다도 너를 더 좋아하시고 아줌마가 얼마나 든든해하시겠어. 공부에 관해서는 만약 그렇게 정했다면 내 쪽에서 말해 줄게. 지금은 아무것도 안 하니 시간이 충분히 많을 것 같아. 무엇보다 네가 더 마음고생 하지 않고 공부할 수 있는 곳이 있다면 그보다 더 좋은 건 없어. 돈은 우리가 어떻게든 해 볼게. 네가 돌아갈 때 40~50엔 건네주도록 사이토에게 부탁해 뒀어. 너의 불행한 여동생들에게 선물이라도 사 가는 게 좋을 것 같아. 미쓰[63]에게는 배트 담배에 대한 답례 인사를 전해 줘. 감옥에 있는 악당이 잘 부탁한다고 말이야. 하하하.

나는 이곳에서 책을 많이 읽을 수 있어 무엇보다 행복해. 많은 책을 읽다 보니 지금까지 내가 열심히 써 온 소설은 소설이 아니라 '글짓기'였다는 걸 깨닫게 됐어. 그래서 나는 지금까지의 내 소설을 이제부터 '글짓기 문학'이라는 이름으로 부르기로 했어. 진짜 건강하게 살아서

62) 다키지의 어머니 세키.

63) 다키의 여동생.

모두의 앞에 훨씬 건강한 얼굴을 보여 주고 싶어. 하지만 이곳은 너무 슬프게도 햇빛이 드문 곳이야. 난 점점 풀숲 아래서 자라나는 냉이처럼 희고 투명한 몸이 되어 가는 것 같아. 가끔 '장어' 꿈을 꿔.

추워지면 매일 다니던 나카노 식당의 그 여름을 떠올리고 몸을 데워 봐. 하지만 여하튼 오타루에 가기 전에 도쿄 어딘가에서 월급이라도 받아 일할 수 있는 곳이 있다면 그것보다 좋은 일은 없으니 그런 곳이 생기길 진심으로 기원할게. 최근 『체호프의 편지』를 읽었어. 상당히 재미있는 책이었어. 체호프는 편지 끝에 자주 "마지막으로 당신의 작은 손에 진심으로 키스합니다."라고 적고 있어.

그럼 이제 돈 3전도 없어졌으니 그만 쓸게. 감기 걸리지 않도록 조심해. 책은 읽도록 하고. 재채기를 하면 단젠을 입도록 해.

그럼 또 편지할게.

20

다구치 다키에게

1931년 1월 26일 도쿄

나와서[64] 바로 알릴 생각이었는데 사이토[65]가 와카타케초로 전보를 쳐 주었기 때문에 동시에 알았을 거라는 생각에 지금까지 늦어졌어. 여하튼 건강하게 출소했어. 나와 보니 세상 여러 가지 일들이 정신없이 덮쳐 오는 바람에 (출소할 때는 건강했는데) 지금은 오히려 신경쇠약 상태야. 요즘 정신없는 상태인 데다 나가 봐야 하는 곳이 많아서 전혀 안정이 안 되고 아무 일도 못한 채 몸이 안 좋아지고 있어. 그리고 무엇보다도 내가 없는 사이에 남아 있던 녀석들이 전부 출세를 해서 나는 아

64) 예심이 끝나고 보석이 인정되었기 때문에 다키지는 1931년 1월 22일, 도요타마형무소에서 출옥했다. 출옥 직후의 상황은 소설 『독방』의 앞머리에 "누구나 그렇듯 다구치도 그곳에서 나오자 마치 딴사람이라도 된 것처럼 말수가 많아졌다. 8개월 동안 벽, 벽, 벽, 벽의 사이, 즉 좁아터진 독방 한 칸에서 홀로 지냈기 때문에 스스로 혼잣말이라도 하지 않는 이상 자신의 목소리조차 들을 수 없었다. 뭔가 말을 했다 쳐도 혼잣말을 중얼거리는 정도였을 것이다. 자유의 몸이 된 지금, 그렇게 긴 시간 동안 계속 억눌러 두기만 했던 말들이 한꺼번에 터져 나오고 있는 것이다."라고 묘사하고 있다.

65) 사이토 지로. 형무소 문 앞에 남동생 산고, 사이토, 쓰보이 사카에(壺井榮) 등이 마중을 나왔다. 한때 사이토의 집에서 지냈다. 와카타케초는 다키지의 오타루 집이 있는 곳이다.

무래도 쓸모가 없어지고 있어. 하지만 가능한 한 빨리 자신을 되찾아서 큰일을 하고 싶어.

감옥에 보내 준 편지로 자세한 내용은 모르겠지만 아버지가 돌아가신 뒤[66] 당신도 얼마나 신경 쓰면서 살고 있을지 걱정이 돼.

밤에 잠을 잘 못 자서 (여러 가지 자극 때문에) 머리가 잘 안 돌아가.

그러니 오늘은 이 정도로 그만두자. 『게잡이 공선』의 불경죄에 관해서는 아직 아무것도 정해진 게 없어. 세상에 나와 보니 감옥 안이 훨씬 편했다는 생각이 들어.

66) 12월 27일, 아버지의 죽음을 알리는 소식을 받고 오타루로 돌아간 다키는 어머니와 어린 동생 네 명의 생활을 책임지게 되었다. 이 편지는 아직 오타루에 머물고 있는 다키에게 쓴 것이다.

21

다구치 다키에게

1931년 8월 1일 도쿄

당신은 이미 봤겠지만, 28일 시사[67]에 「벽소설의 백미」라는 제목으로 나의 「편지」[68]를 격찬하더군. 어제 아사히[69]와 국민신문[70]에서도 「편지」가 벽소설 가운데 가장 훌륭한 작품으로 평가를 받고 있어. 무엇

67) 『시사신보(時事新報)』 1931년 7월 28일자 에구치 간(江口渙), 「8월=프롤레타리아 진영의 작품(2)」. 다키지의 「편지」에 대해 "종반에 접어들면서 처참하기 그지없는 사건들이 연달아 분위기를 고조시키고, 숨 막힐 정도의 날카로움으로 독자들의 가슴을 후빈다. 『중앙공론』 8월호에 실린 벽소설 가운데 백미다."라고 격찬하고 있다.

68) 『중앙공론』 1931년 8월호에 게재된 단편소설(「벽소설」, 『전집』 제3권 수록).

69) 『도쿄아사히신문』 1931년 7월 29일자 미야지마 신자부로(宮島新三郎), 「벽소설과 적색 리뷰」. '벽소설'을 "자질구레하고 사소한 사건, 행동, 감정의 움직임을 포착하거나 혹은 움직이는 가운데의 모습을 정(靜)의 한순간으로 멈추게 하는, 때로는 프롤레타리아의 현미경이며 때로는 프롤레타리아의 조각이다."라고 핵심을 찌른 뒤, 「편지」에 대해 "공장노동자의 부상, 죽음, 아내의 죽음, 아이들의 닥쳐올 죽음을 직접적이고 간결하며 알기 쉽고 명료하게 전달해 작자의 이른바 '증오', 바꿔 말하자면 프롤레타리아의 정열을 벽 뒤에 감추고 있다."라고 쓰고 있다.

70) 『국민신문』 1931년 7월 29일자 사카이 도쿠조(坂井德), 「벽소설 8편」. '벽소설'에 대해 "부르주아문화가 아직까지 미처 갖지 못한, 프롤레타리아가 그 투쟁의 과정 속에 생산해 발달시킨 새로운 형식의 소설!"이라고 설명한 뒤, 「편지」에 대해 "어머니가 죽고 아이가 굶주리는 비참한 사실을 그 어떤 감상이나 과장 없이 열의를 삼키며 쓰고 있다."라고 평가한다.

보다 기뻐해 줬으면 좋겠어. 그 소설이 어떤 내용을 쓴 것인지 안다면 특별히 당신에게 기뻐해 달라고 말하는 의미를 이해할 거야.

나는 여전히 바쁘게 돌아다니고 있어. 하지만 일을 할 수 없다고 해서 그 때문에 불평하는 건 그만둘게. 이런 바쁜 와중에 정말 좋은 작품을 써내는 게 중요한 거야. 이제 난 그렇게 비장한 각오를 다지기로 했어. 무더위 속에서 바쁘게 돌아다닐 거야. 그날 밤엔 많은 사람들이 있는 곳에 어머니를 주무시게 해서 모두에게 폐를 끼친 것 같아.

여동생들과 어머니께 안부 전해 줘.

22

다구치 다키에게

1932년 8월 20일 도쿄

오랜만이야.

올해는 특히 더워서 서향 방 때문에 어머니가 얼마나 골치가 아프셨을지 그 심정이 이해가 돼. 내가 사는 3평짜리 방[71]도 해가 비치는 바람에 재작년 여름 유치장에 있을 때보다도 괴로운 여름이었어. 하지만 아직 나는 무사하고 게다가 일도 잘 하고 있으니 안심해도 돼. 언젠가 한 번 찾아가야지, 생각은 하면서도 돈이 없거나(왕복만으로도 1엔이 드니까) 짬이 나지 않아서 결국 가지 못했어. 나는 최근 다키를 만나면 왠지 말이 안 나와. 여러 이야기를 많이 해야겠다고 생각하고 나서는데 말이야. — 하지만 역시 보고 싶어.

이삼일 정도면 어떤 일[72]이 끝나니 이달 말까지 꼭 한 번 하루 정도

71) 데즈카 히데타카(手塚英孝)는 『고바야시 다키지』 하권에서 "새로운 주거지는 삼면이 유리창으로 되어 있어 늦은 오후 서쪽에서 햇빛이 정통으로 들어왔고, 함석지붕의 반사열로 인해 엄청나게 더운 2층의 3평짜리 방이었다."라고 기록하고 있다.

72) 『당 활동가(黨生活者)』의 집필을 말한다.

여유롭게 앉아서 이야기하고 싶어.

동봉한 돈은 돈이 생명인 내가 보내는 돈이라고 생각하고,(왜냐하면 가끔은 가지장아찌만으로 3일이나 지낼 때가 있어.) 한여름 무더위를 잘 견뎌 내신 당신 어머니를 하루 정도 시원한 곳에 모셔 가서 즐겁게 해 드리는 데 써 줘.

그럼 무엇보다 건강을 잘 챙기도록 해!

* 이 편지는 최초의 서간집인 나우카사 판 『고바야시 다키지 서간집』(1935) 이래, 남동생 고바야시 산고에게 보낸 것으로 알려졌지만, '다키', '당신 어머니'라는 표기나 문면 전체 등을 보아 다구치 다키에게 보낸 것으로 보인다.

23

다구치 다키에게

1933년 1월 ◇남겨진 편지 그림엽서

오랜만에 와 봤어.(9시경) 아마 없을 거라고 예상했지만 어머니라도 만나 볼까 해서 말이야. 언젠가 시즈에 씨로부터 들은 말대로 그 뒤로 집에 돌아가지 않고 다른 곳을 전전하는 생활을 계속하고 있어. 하지만 난 건강하게 일하고 있어.

22일은 늦은 시간 근무라니 만약 일이 없으면 9시경에 나와 보려고 생각하고 있어. 확실한 건 아니야. 만약 그게 안 되면 24일이라도.

어머니는 건강이 안 좋으시고 머리도 상태가 안 좋으시다니 조심해서 친절히 보살펴 드리는 게 좋을 것 같아. 그럼 건강해! 행복하고!

다키지

그리고 나에 관해서는 가능한 한 화제로 삼지 않도록 조심해 주면 좋겠어. 어머니께도 그렇게 말해 줘.

* 체신성 그림엽서 '애국11(나가오카)'의 앞뒤로 적혀 있다. '애국11'호는 만주사변에 대한 헌납 운동 가운데 1932년 4월 10일, 나가오카 시민들이 육군성에 헌납한 것이다. 이 그림엽서는 육군성이 발행한 「애국 나가오카호의 늠름한 모습」 2장 세트 중 1장으로, 다구치 다키의 집에 놓아 둔 것이다. 우표를 붙이지 않고 써 놓고 간 것으로 남겨져 있었다. "그리고 나에 관해서는" 이하의 문장은 그림이 그려진 면에 기재되어 있다.
이 남겨진 편지는 다구치 다키가 고바야시 집안에 양도한 것으로(시기는 불명. 현재는 시립오타루문학관 기탁), 전후 최초의 아오키서점青木書店 판 『고바야시 다키지 전집』 제11권(1954)에 처음 수록되었을 때 데즈카 히데타카 씨 등이 어떤 판단에 근거한 추정에 따라 쓰인 시기는 '1933년 1월'이라고 하여 그 뒤 『전집』에서도 그것이 그대로 답습되었다. 여기서는 그것들을 존중해서 '1933년 1월'로 했지만 1932년이라고 판단하는 의견도 있다. 다키지가 1932년 4월에 지하생활을 시작해 8월 20일자 다키에게 보낸 편지 22를 쓴 이후의 시기라는 것은 아마도 확실한 것 같지만, 1932년 8월 이후 어느 시기의 편지인지 판단할 수 있는 결정적인 단서가 없다.

다키지가 다키에게 보낸 편지

노마 필드

짧았던 고바야시 다키지의 생애는 몇 가지 수수께끼와 그에 따른 농밀한 과제를 남기고 있다. 자료 하나하나가 질문을 기대하고 있는 것처럼 보이는데, 편지는 그 가운데서도 가장 그런 성격을 가진 예일 것이다. 특히 평생 마음을 주었던 여성 다구치 다키(이하 다키)에게 보낸, 현재 남아 있는 23통(해석에 따라 편지 22를 포함)의 편지는 읽는 사람의 마음에 호소할 뿐 아니라 다키지의 생애에서 중심적인 과제를 검토해 볼 수 있는 자료이다.

글을 쓰는 입장도 아니고, 동지도 아니었던 다키에게 접근할 수 있는 단서는 드물다. 그녀가 보낸 편지는 다키지의 편지에 종종 화제로 등장하지만 한 통도 전해지고 있지 않은 듯하다. 그렇다고는 해도 여기서는 다키 자신에게 접근하는 것이 주안점은 아니다. 다키에게 보낸 편지에 초점을 맞추는 것은 다키지에게 다키가 어떤 의미인지를 생각하기 위함이다. 일기와 비교해 보면서 다키를 앎으로써 탄생한 작품군을 염두에 두고, 작가로서, 운동가로서 다키지의 인생관 형성을 더듬어 보려는 시도이다. 프롤레타리아문학 운동에 있어 '정치와 문학'은 격렬하게 논의된 과제이지만, 고바야시 다키지에게 있어서의 다구치 다키에 대해 주목함으로써 '정치와 여성'(이 프레임에 '연애'와 '가족'도 우선 넣겠다)이 마찬가지로 무시할 수 없는 과제라는 것을 알 수 있다. 전후 다키지의 『당 활동가黨生活者』에 등장하는 여성에 대한 취급이 '정치와 문학'이라는 명목으로 엄격한 비판을 받았지만, 실제로는 '정치와 여성'이라는 과제가 단락적으로 '정치와 문학'과 결부되거나, 혹은 바꿔치기 된 느낌마저 있다. '정치와 문학'도 '정치와 여성'도 모두 지금에 와서는 중요한 과제이며, 다키 앞으로 보낸 편지를 음미하는 것은 전후 엉켜 버린 실타래를 푸는 계기도 될 것이다.

또한 대대로 서간집에서 마지막 편지라고 알려져 있는 것은 다키에게 보낸 편지로는 유일하게 현존하는 그림엽서 23이다. 하지만 주에도 나와 있듯 1933년 1월경에 씌었다는 판단의 근거는 밝혀지지 않았다. 그렇다고는 해도 확실한 근거 없이 바꿀 수는 없다. 마지막 편지라는 자리매김이 오늘날까지 정착한 것은 그때의 상징성에 의거하는 부분이 많기 때문이 아닐까. 엽서의 그림은 커다란 일본 국기가 그려진 전투기이며, 전투기 기체 근처에 다키지의 메시지가 적혀 있다. 독자는 다키지 자신이 메시지를 쓰면서 느꼈을 아이러니와 '애국11'이 상징하는 침략전쟁의 책임자인 국가권력이 얼마 안 있어 그를 죽여 버린다는 이중의 아이러니를 느끼게 된다.

겨우 23통에 불과하긴 하지만 쓰인 시기에 따라 셋으로 구분해 다루기로 한다. 첫 번째는 만남부터 기적妓籍에서 몸을 빼내기까지, 이어서 다키의 두 번째 가출 뒤 재회했을 때부터 상경 직전까지, 그리고 마지막으로는 옥중편지부터 지하생활까지로 나누기로 한다.

만남과 기적에서 몸을 빼내기까지, 혹은 구제(1~11)

다키 앞으로 보낸 편지로는 1이 가장 오래된 것으로 알려져 있다. 하지만 1925년 3월 2일이라는 날짜는 전년도 가을에 만나서 넉 달 이상 경과했다는 것을 나타내므로 이것이 최초의 편지라고는 보기 어렵다. 1과 다음의 2에는 다키지가 다키를 생각하는 마음의 특징—즉, 사랑의 절대적인 힘에 대한 신앙("정말 다키를 구해 줄 거야.")과 동시에 현실적인 배려심("빚지고 있는 돈은 전부 얼마야?"), '성스럽고 비관하지 않는 마음'을 유지하기 위해, 또한 교양을 몸에 익혀 주기를 바라면서 독서를 추천—이 거의 빠짐없이 나타나 있다. 다른 남성과의 교제를 상상할 때의 괴로움은 초기에만 등장하는 테마이다.

1이 쓰인 같은 달에 다키지는 상경해서 도쿄상과대학(지금의 히토쓰바시대학)의 입학시험을 보지만 실패하고 오타루로 돌아온다. 다키와 만난 시기는 진로와 남녀 관계에 대해 고민이 많은 시기였다. 친우였던 시마다 세사쿠島田正策는 다키지가 곧잘 "나는 여대 나온 여자를 아내로 맞을 거야."라고 말했다고 회상하지만(오타루상과대학동창회 오사카지부지 『녹구綠丘』 42호), 어쩌다 운 좋게 엘리트교육을 받을 수 있었던 청년의 심정으로서 수긍이 간다. 그렇기에 더더욱 1925년 말에 다키와 만나 거의 1

년 뒤, 시마다에게 돈을 빌리고 다키의 저금과 어머니 세키의 양해를 얻어 자신의 보너스를 다 써 가며 다키를 기적에서 빼내는 데 성공한 것이 놀랍다.

새해가 밝고 1월 13, 14일(3, 4)에 마바시에 있는 집으로 돌아온 다키에게 편지를 보내고 있다. 3에서는 첫머리부터 어려운 문제에 부딪힌 다키지의 모습을 엿볼 수 있다. "모든 사정을 알고" 다키를 가여워할 뿐만 아니라 자신이 "돈이 없는 탓에 다키와 다키의 가족을 얼마나 불행하게 하고 있는지" 등의 자책을 하고 있다. 이는 스스로 자유를 확보하기 위해 저금을 하던 다키가 어린 동생이 많은 집안의 가계도 어느 정도 돕고 있었다는 것을 가리키는 걸까. 그렇다면 수입원을 잃고 집으로 돌아간다는 건 가족들에게는 부담일 수밖에 없다. 다키지는 다키 한 사람을 구하는 것만으로는 일을 해결하기에 얼마나 불충분한지, 비로소 깨닫게 된 건 아닐까. 기적에서 빼내는 것이 구원이 되기 위해서는 무엇이 필요한지에 대한 과제를 발견했다고 할 수 있다.

구제의 사회성을 깨달은 다키지였지만 기적에서 몸을 빼내는 것은 개인적인 갈등도 의미하고 있다. 그 모습은 약 1년 반에 걸쳐 기록한 일기와 작품을 단서로 할 수밖에 없다. 왜냐하면 집에 있다가는 다시 팔려 갈 수밖에 없는 다키를 자신의 집으로 데려가 한 지붕 아래서 살기 시작한 다음에는 편지를 주고받는 일이 없어졌기 때문이다. 일기는 첫날(1926년 5월 26일)부터 다키의 문서궤에 있던 과거 손님들로부터 받은 편지를 발견한 다키지의 의혹을 토로하고 있다. 골치 아프게도 의혹에서 해방되지 못한 것 자체가 가치관의 모순을 의미한다면서 다키지는 더욱 고민한다. 남성이 여성을 외적 아름다움으로 고르는 기존의 여성관(6월 1일)과 정조관(6월 10일)과는 선을 긋고자 하면서도 역시 그녀의 "'얼굴'에 집착해", "보통 여자일 것을 은근히 요구하고 있는" 자신을 부정할 수 없다. 그리고 남들 눈을 의식해서 결혼을 권하는 매형에게는 "망연하게 동의"(5월 28일)하고 있다.

친구가 가지고 있는 것 같은 여성관은 매춘을 정당화하는 것으로서 동의할 수 없었던 다키지였지만, 결국 그들과 함께 "Over the hill", 즉 유곽 체험을 단행한다. '체험'이라고는 하지만 일기에 적혀 있는 내용은 돈을 주고 산 "Woman"의 취재다(10월 21~22일). 그 뒤로 약 2주 뒤에 다키는 상경해 공부를 하고 싶다는 다키지의 발목을 잡고 싶지 않다며 고바야시 집안을 나오더라도 "타락의 길은 걷지 않겠다"는 편지를 써 두고 사라진다(일기, 11월 11일). 눈이 빨개질 정도로 운 다키지는 그녀를 찾지만 일주일 뒤 오타루병원에 취직해 먹고 자면서 자활을 시작했다는 사실을 알게 된다. 다키 입장에서 보자면 다키지의 아내로서는 아니지만 다키지의 어머니와 동생들에게 사랑을 받으면서도 애매한 입장 때문에 점점 집에 있기 어려웠을 테고 다키지의 현장 조사 차원의 'over' 체험에 이르러서는 견디기 어려워졌다고 해도 이상하지 않다.

그러는 동안 다키지의 창작 내용을 보면 부르주아 여성의 경박함 때문에 고민하는 남자 주인공의 내면을 다룬 것에서부터 빈곤과 성으로 관심이 옮겨 가는 과정이 보인다. 하나는 곤궁한 가족을 구하기 위

해 몸을 팔 처지에 놓인 여성을 사랑하는 남성의 곤혹스러운 이야기와, 다른 하나는 「작부 이야기酌婦もの」 혹은 「다키 이야기瀧子もの」로 나중에 알려지는, 매춘을 강요당한 여성의 시점에서 다른 작부와 위선적인 인텔리 손님을 그린 두 가지 계통의 작품이 나타나고 있는데, 이들을 개작하는 과정에서 다키지는 "구해 내자면…… 이런 생활의 경우, 거짓말처럼 생각된"다고 8월 15일 일기에 고백하기에 이른다.

1926년 11월 재회한 뒤, 다키지는 다키의 의지를 존중해 각자 생활을 하면서 영화를 보거나 편지를 주고받으며 교제를 이어나간다. 1927년 전반부터는 7통의 편지(5~11)가 남아 있는데 다쿠보쿠의 시를 암기하라거나, 영어 표현을 배우라는 등 천진난만한 교육자 흉내를 내는 점이 눈에 띈다. 게다가 자신의 창작 활동과 마르크스나 스트린드베리의 독서에 대해서도 언급하게 된다. 다키의 지성을 높이 평가하고 관심사나 가치관을 공유하고 싶다는 마음이 전해지지만, 다키는 그 열의를 어떻게 받아들였을까. 젊은 연인을 즐겁게 그린 작품(「만세 만세」, 6)을 보내고 목이 빠져라 그녀의 반응을 기다리는데 한마디도 없다(일기, 4월 15일). 영화 〈레미제라블〉을 보고 그는 "kiss happy"였지만,(일기, 3월 10일) 그녀는 우울하다(9). 이소노 소작쟁의(10, 11)를 통해 사회운동에 접근하는 다키지는 『오타루신문』에 기고한 감상문 「13개의 비즈」를 다키를 위해 해설해 주고(11), 머리가 아닌 가슴으로 사회주의를 열심히 설명한다.

하지만 여기서 또다시 다키에게 보내는 편지는 중단되고 있다. 5월

28일 다키가 다시 모습을 감춰 버리기 때문이다. 22일 일기에 따르면 다키가 작부 시절에 소바 가게인 야마키야의 아들과 'body & heart'의 관계였음을 고백해 다키지는 충격을 받았다. 이후 서로 용서했지만 다키는 역시 사라졌다. 당초 다키지는 도쿄로 가서 그녀와 결혼할 수밖에 없다고 생각했다(일기, 6월 2일). 작가로서 염원하던 상경의 꿈을 이루고 연인도 확보한다는 일석이조의 안이었다. 얼마 뒤 다키가 무로란에 있다는 사실이 판명되자 조금 안정을 되찾고, 일기에 그녀의 어머니와 여동생에 관한 것, 다키가 꿈에 나타난 일 등이 등장하는데, 사회과학 공부에 발을 들여 바빠지면서 일기도 점차 쓰지 않게 된다. 그리고 1928년 1월 1일, 'T'를 톨스토이의 작품 『부활』의 카추샤에 비유하며 "자신에게서 떠나갔다."고 기록했고, 이어서 자신은 "사상적으로 훨씬 마르크시즘으로 전진해 나갔다."라고 쓰고 있다. "새해가 밝았다. 우리의 시대가 왔다."라고 선언하며 일기에 종지부를 찍는다.

이는 다키지와 다키가 풋풋한 연인으로서의 시간이 끝났음을 알리는 것이지만, 되돌아봤을 때 '풋풋함'이라는 표현이 얼마나 적절한 것일까. 혹은 이 편지들의 연서로서의 성격은 어떤 것일까. 앞서 나온 「13개의 비즈」를 설명한 편지에서 다키지는 "일차원적인 남녀 관계"를 "예를 들어 그 남녀 관계 외적으로 여러 물질적인 생활이라든가, 그 밖의 요소가 들어가지 않은, 단순히 남자와 여자의 사랑"으로 설명하고 있지만 다키에게 준 마음이 처음부터 '일차원적'이 아니었다는 것은 편지에서 쉽게 찾아볼 수 있다. 다키와 연인 관계가 되는 것은 그녀를 전면적으로 받아들인다는 것—기적에서 빼내는 것부터 독서지도, 회충약 챙기는 일(9)까지—을 의미했다. 그것은 다키지의 자질이며, 그 자질의 특징으로서의 정의감이며, 그 정의감이 계속 추구하는 사상이 사랑과 일체화된 결과일 것이다. 이 전면적인 사랑이야말로 '풋풋하다'라는 형용사에 걸맞다. 이런 다키지의 정열은 다키에게 눈부시게 느껴졌을 테고 당황해 망설이는 경우도 많았을 것이라는 건 다키지의 편지를 통해서도 파악된다. 하지만, "이 편지 가득 키스해 줘."(3)나 "단 한 사람의 사랑하는 다키에게"와 이어지는 편지(9)의 몇 시간 뒤에 보내온 "나의 스위트 하트 다키에게"(10)와 같은 단어를 읽은 다키는 순수하게 사랑의 두근거림을 느꼈을 것이다. 게다가 무엇보다도 끊임없이 "다키, 다키"라며 때로는 들이대고 때로는 들떠 있는 연인 다키지의 붙임성 좋은 성격에 다키의 마음이 열린 게 아닐까. 거기에는 유쾌함도 있고 안도감도 있으며 그것이 그녀가 그에게 평생 이끌리는 요인이 됐을 거라는 생각이 든다.

사회운동가가 된 뒤, 연인에 대한 기대(12, 13, 14)

다키가 없던 2년간은 다키지에게 어떤 시기였을까. 오타루항만쟁의(1927년) 지원이나 (남자)보통선거(1928년 2월)의 노동농민당 후보인 야마모토 겐조山本懸藏 응원을 거쳐, 3월 15일의 대탄압을 그린 『1928년 3월 15일』에서 다키지는 일약 프롤레타리아문학의 별로 전국에 이름이 알려진다. 다키와 재회하는 이듬해 1929년 5월은 『게잡이 공선』의 전반부가 『전기』에 게재된 달이다.

이 2대 작품은 차치하고 다키를 시야에 넣고 그 사이의 집필 활동을 살펴보면, 『작부 이야기』라는 장편을 포기하고 그 대신이라고나 할까, 짧은 아동기도 제대로 거치지 못한, 술집에 팔려 갈 처지에 직면한 소녀 이야기를 쓰기 시작해 1930년 「구원뉴스No.18.부록」에 이르게 된다. 「부록」으로 쓰인 소녀의 이야기는 옥중 동지 가족에 대한 구원 호소를 구체화한 것으로 읽을 수 있다.

또 매춘과 운동을 다른 각도에서 묶으려는 시도가 야마모토 겐조의 응원을 그린 『히가시쿳찬행東倶知安行』에 나타나 있다. 몸을 팔아 늙은 사회운동가 아버지를 뒷바라지하는 딸이 등장하는데, 조합 활동도 이따금 지원하는 그녀는 예전에 다니던 공장의 공장장에게 강간을 당해 자살 충동에 시달리는 체험을 주체적으로 바꿔 간다.

재회(1929년 5월 14일)한 다음 첫 편지(12)에 다키지가 "내가 하는 일, 하고자 하는 일"에 대해 다키가 어떻게 생각하는지 그 어느 때보다 적극적으로 묻고 있는 것이 눈에 띈다.

다키가 얼마나 호응을 했는지는 모르지만 적어도 작가로서의 작업에 성원을 보낸 것은 그녀가 보낸 만년필에 대한 감사 답장(13)을 통해 알 수 있다. 다키지는 그 전해 11월에 이미 『부재지주』가 직접적인 원인이 되어 은행에서 해고되었기 때문에 운동에 대한 의지는 물론이거니와 창작에 일가의 생활이 달려 있다는 의식을 갖고 있었다. 동시에 다키의 생활도 구체적으로 신경을 쓰면서 여동생의 진로까지 걱정하고 있다. 그 건에서는 14에 "젊고 예쁜 데다 가난한 여자"의 운명이 얼마나 위험으로 가득 차 있는지 다키야말로 잘 알고 있지 않느냐며 나무라는 식으로 적고 있다.

동지와 연인—옥중에서 지하로(15, 16, 17, 18, 19, 20, 21, 22, 23)

다키에게 보낸 다음 편지들은 다키지가 도요타마형무소에서 보낸 것들이다. 1930년 봄, 연달아 상경한 뒤 잠깐의 시간이었지만 나카노에서 두 사람만의 생활을 처음으로 경험한다. 다키는 서양식 미용기술을 배우기 위해 미용학원 기숙사에 들어가기로 되어 있었지만, 두 사람은 형무소의 두꺼운 벽에 의해 서로 떨어지게 된다. 현존하는 도요타마형무소에서 보낸 첫 번째 편지는 다키 앞으로 보낸 편지(15)로, 다키지는 미용학원에 돈만 뺏기는 거 아니냐며 보호자나 배우자인 양 걱정하는 한편, 그녀가 "자유의사로 일을 결정"하도록, 독립된 인격으로서 대하려 노력하고 있다.

하지만 그 다음의 옥중편지에서는 두 사람의 뒤틀린 심사를 느낄 수 있다. 편지 15는 첫머리 부근부터 나카노 시게하루의 여동생인 스즈코에게 "정말이지 너무나도 큰 신세"를 졌다고 적혀 있는데, 옥중에서 다키지는 운동가의 친인척이며 스스로 운동에 관여하고 있는 여성들의 신세를 져서 누가 봐도 다키보다 시간적인 여유도 있는 그녀들과 면회나 서신교환을 통해 친해진다. 현존하는 다키에게 보낸 편지 23통은 친구인 사이토 지로 앞으로 보낸 29통 다음으로 많지만, 옥중에 한해서 보면 그녀 앞으로 보낸 편지 5통에 대해 무라야마 도모요시의 아내로 아동작가인 가즈코 앞으로 보낸 편지 5통이라는 식으로 다키가 밀리는 형세다. 내용으로 보자면 독서 체험이 중심으로, 당연하지만 그녀들이 감옥에 넣어 준 물품이 화제에 오르고 있다.

이는 다키와는 나누지 않는 대화였다. 10월 들어 다키로부터 전혀 편지가 없었기 때문에 원망하는 마음에서였을까. 감옥에 넣어 주는 물품에 유달리 열심이었는데, 취조를 위해 구류되어 있던 때는 "이것저것 먹을 것과 속옷 빨래까지" 해 준 나카노 스즈코가 누군가로부터 감옥에 있는 "고바야시에게 물품을 넣어 주는 일은 다키가 해야 한다."라는 말을 듣고 불쾌하게 여겼다는 것을 일부러 다키에게 보고한다(16). 향후에는 스즈코와 연락을 취하면서 물품을 넣어 달라고 요구하는데, 그것을 다키는 어떻게 받아들였을까? 게다가 편지 15에서는 "다키도 길고 긴 편지를 써 주길 바랄게."라며 조르고 있는데 여기서는 편지를 "하루에 한 통" 쓸 "의무"가 있다고 주장한다.

다음 편지(17)에는 다키가 옥중에 처음으로 보낸 편지, 다음으로는 첫 면회(18)의 기쁨이 나타나 있는데, 연이어 긴장과 모순이 은연중에 보인다. 전자에서는 스즈코를 믿고 의지하게 된 경위를 구구절절 변명하면서 옥바라지에 관해 다키가 익숙하지 않은 건 어쩔 수 없다는 것, 또 "독립해야 하는 일"을 방해하고 싶지 않다고 하고 있으나 후자에서는 다시금 익숙하지 않은 점을 거론하며 "언제까지나 그러면" 곤란하다며 단호하게 쓰고 있다. 오랫동안 추천해 온 독서도 지금이야말로 도움이 되지 않겠는가. 무라야마 가즈코 등은 "가려운 곳을 잘 긁어 주는" 책을 감옥에 넣어 준다고 하니 다키도 설 곳이 없었을 것이다. 다키와 만나기 전에는 '여대 출신의 아가씨'를 찾던 다키지는 이제 동지적인 교양과 능력을 갖춘 파트너를 찾고 있는 듯하다.

다음에 오는 것이 충격적인 11월 22일(19)의 편지다. 왜 충격적이냐 하면 다키지가 다키를 가끔 "너"라고 부르고 있기 때문이다. 처음이자 마지막일 것이다. "너는" "너와" "너를"이라며, 정말이지 유대감을 음미하는 것처럼 형무소의 '질 나쁜 붓'으로 써 내려가고 있다. 마치 '아내' 다키가 갑자기 출현한 것 같다. 이전과는 달리 여기서는 연달아 요구를 하는 게 아니라 진지해서 오히려 슬픈 분위기가 떠돌고 있다. 특히 눈에 띄는 것은 다키가 이야기를 꺼내려다 도중에 그만둔 것을 다키지가 눈치채고 내용을 "편지에 잘 써" 달라고 지시하는 부분이다. 교사 역할로 돌아온 것 같지만 충격을 미리 예측하고 태세를 갖추는 것으로도 보인다.

이것을 마지막으로 남은 옥중생활 2개월 동안 다키에게 보낸 편지는 없다. 다음은 출옥한 뒤 4일이나 지난 뒤의 짧은 편지로, 호칭이 '다키'로 돌아온 게 아니라 '당신'으로 거리를 둔다(20). 전前 다키지라이브러리 학예원인 사토 사부로佐藤三郎 씨의 가설에 따르면 옥중에서 다키지는 내연의 처 다키를 정식 부인으로 생각했으나, "너"라고 부르는 편지의 5일 전 면회 시점에서 어머니나 동생들의 사실상 부양자였던 다키는 다키지와의 결혼을 단념하고 그 이야기를 꺼내려 한 게 된다.

이 설을 받아들이면 다키지의 편지에서 전해지는 다키의 소극적인 태도, 그에 대한 다키지의 초조감, 그리고 출옥 후 그답지 않은 "신경쇠약"의 호소가 선명하게 연결이 된다.

출옥한 뒤 봄, 다키지는 이듬해 지하생활을 함께하게 되는 이토 후지코伊藤ふじ子와 만나게 된다. 그렇다면 남은 다키에게 보내는 세 통(21, 22, 23)의 편지는 후지코와 알게 된 다음, 혹은 생활을 같이하게 된 뒤부터 쓰인 것이 된다. 그리고 또한 편지 22에 있는 대로 다키지는 다키를 무척 보고 싶어 하지만 막상 만나 보니 "왠지 말이 안" 나온다. 하지만 보고 싶다는 마음에는 변함이 없다. 여기서 다키지의 불성실함을 지적하기 위해 후지코를 거론하는 것은 아니다. 후지코는 유능하고 아름다우며 매력이 넘치는 동지적 파트너였던 것 같다. 그러면 동지는 될 수 없는 다키는 왜 다키지에게 버릴 수 없는 존재로 계속 남았을까? 물론 '첫사랑 상대'였다는 이유도 있지만 그것만으로는 전부 설명되지 않는 부분이 있으므로 마지막으로 검토해 보고자 한다.

그전에 왜 다키가 다키지와의 결혼을 단념했는지에 대해 짚고 넘어가겠다. 기존에 알려진 바로는 다키지 수감 말기에 다키의 아버지가 죽고, 어머니와 동생들을 돌보는 일을 다키지에게 부담 지우고 싶어 하지 않았다는 주장(데즈카 히데타카, 『고바야시 다키지』, 1973년), 다키지의 사상을 따라갈 수 없었다는 설(친동생 미야노 슌宮野駿의 회상), 거기에 다키 본인이 반박해서 "전심전력을 다해 고바야시를 사랑"했기 때문에 "고바야시의 이름을 더럽히고 싶지 않았다."(모두 미야노 슌, 「다구치 다키—역설적인 사랑을 고수한 성실함」『북방문예』 171호, 1982년 4월) 등의 주장이 있다. 제각각 일리가 있다. 실제로 다키는 전후에 결혼해 안정된 생활을 누리게 된다.

이미 서술한 대로 다키지는 이른 시기부터 다키적인 존재를 문학작품에서 탐구했다. 「다키 이야기」에서는 무엇이 구제인지에 관한 과제에 부딪혔고, 『히가시쿳찬행』에서는 몸을 팔아 운동에 헌신하는 여성을 등장시킨다. 『공장 세포工場細胞』(1930년)에서는 공장에서도 몸을 팔아 저임금을 보충해서 가족들을 먹여 살리던 여공이 운동에 참가하기 시작하는 모습을 그린다. 그리고 다키와 헤어진 뒤, 그녀가 그에게 상징하는 문제에 가장 접근한 신문소설 『신여성 기질新女性氣質』(1931년 8월부터 연재, 고친 제목 『야스코安子』)을 집필한다. 이 작품에서는 영리한 여동생인 야스코는 아무런 망설임 없이 운동에 빠져들게 되는데 화자의 시선은 소극적이며 새로운 것에 뛰어들 수 없는 언니인 게惠에게 주목한다. 앞서 설명한 "너"라는 호칭이 등장한 편지(19)에서 다키지는 다키에게 바싹 다가가며, 면회를 온 여성운동가의 "목소리를 높여 푸른 하늘에 화사한 웃음소리를 흩뿌"리는 모습을 그리고 있는데 『신여성 기질』에서는 게의 시점에 밀착해서 법정 대기실에서 "배려 없는" 행동을 취하는 남자들과 침착한 한 여성을 바라본다. 게는 서서히 자각해 가지만 어머니와 오빠를 위해 땅을 기어가는 달팽이 같은 생활로 되돌아가게 된다. 다키지는 그녀와 같은 "수백만이나 되는 여자"들을 "일어서게 만들어야—일어설 수 없다면 이 운동은 진정한 뿌리를 가진 강력함은 갖지 못할 것이다."라며 한 조직책의 생각으로서 서술하고 있다.

게에 이르러서 다키지는 자신과 다키를 떼어 놓아 버린 상황—운동이 구해야 할 사람들이 그 운동을 필요로 하는 조건 때문에 운동에 참가할 수 없다는 것—을 그려 냈다. 물론 답은 나와 있지 않다. 다키를 사랑하고 운동이 지향하는 것을 믿는 그에게 이 모순은 쉽게 풀릴 리도 없다. 무라야마 가즈코에게 보낸 옥중편지에서 어머니와 누나의 사랑이 무거운 짐이 되고 있다는 것을 호소하고 있는데 탄압을 각오해야 하는 운동에 참가하는 사람에게 가족과 연인만큼 무거운 문제는 없을 것이다. 하지만 이렇게도 생각해 볼 수 있지 않을까. 사랑은 이론을 따르지 않는다. 사랑하는 여성과 운동의 접점을 계속 찾는 일은 운동이 열린 것으로서 지속될 가능성도 의미하고 있다. 공산당원으로서 살해당한 다키지에게 다키는 대체 불가능한 마음 속 타자이지 않았을까? 그렇기 때문에 더욱 "여러 이야기를 많이" 나누고 싶은 것이다(22). 언제나, 말이다.

2부

어머니가 말하는 고바야시 다키지

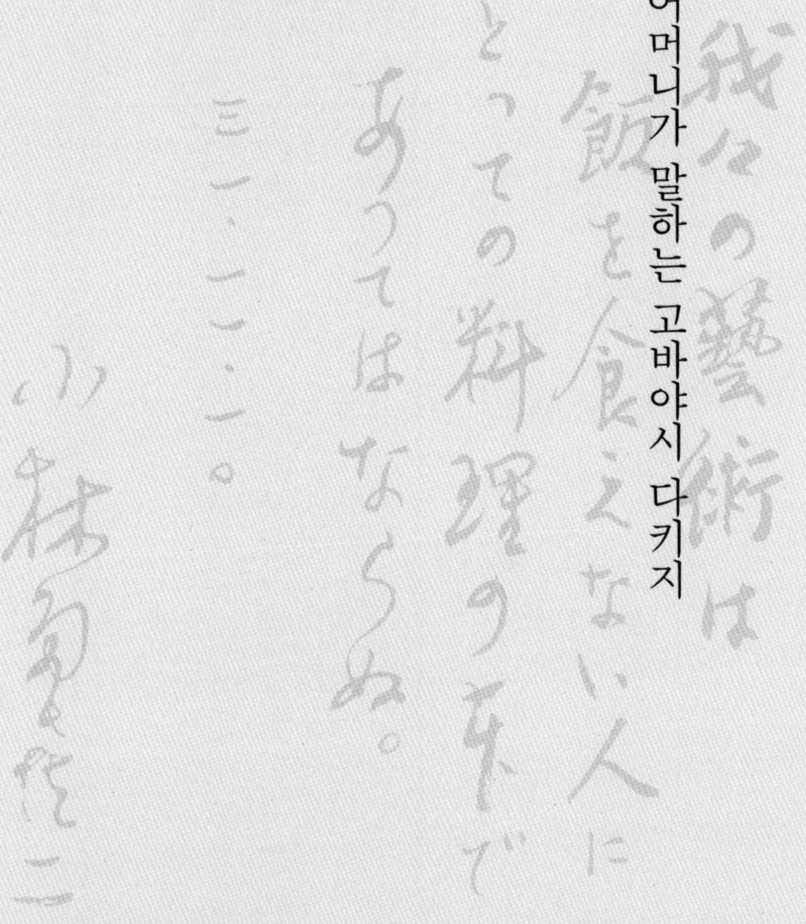

고바야시 세키小林セキ(술회)

고바야시 히로시小林廣(편저) / 오기노 후지오荻野富士夫(해설)

원서 편집자의 말

쇼와 21년(1946) 2월 20일, 고바야시 다키지 군이 비명횡사한 지 딱 13주기가 되던 날이다. 나는 그날 아침 묘한 꿈을 꾸었다. 반짝거리는 검은 머리카락 가르마를 타고 감색 양복을 입은 잘생긴 청년이 손에 원고 같은 종이 다발을 가지고 뭔가 말하려는 듯 입을 웅얼거리고 있었지만, 좀처럼 아무 말도 하지 않고 오로지 손에 있는 종잇조각을 뒤적거릴 뿐이라 나는 한동안 그 모습을 응시하다가 무슨 일이냐고 물었는데, 웬일인지 아무리 해도 내 입에서 목소리가 나오지 않았다. 답답하고 짜증이 나서 몸부림을 치다가 꿈에서 깼다. 이상하게 느꼈지만 오늘은 다키지 군의 기일이니 분명 다키지 군이 꿈에 나타난 것일 거라고 생각하면서 다시 잠들었다.

그 뒤 이삼일이 지나 아내가 다키지 군의 어머니—할머니라고 부르는 편이 친근하게 느껴진다—를 찾아갔다가 돌아와서 말하길, 기일인

20일에 삿포로, 오타루에서 추도기념회[1]가 열리니 꼭 참석[2]해 달라며 사람들이 할머니를 모시러 왔지만 할머니는 참석하지 못했으며, 그날 집에서 조촐하게 제사를 지냈는데 우리 부부가 왔으면 좋았을 거라는 이야기를 했다고 했다. 그날 밤 할머니는 내가 할머니를 돌보는 꿈을 꿨다고 했는데, 그 대목에서 나는 문득 생각이 나서 아내에게 말했다.

"나도 20일 아침에 다키지 군의 꿈을 꿨어."

아내도 내 말을 듣더니 깜짝 놀라 말했다.

"뭔가 신기하네요."

1) 1946년 2월 20일자 『홋카이도신문』에 「고(故) 고바야시 다키지 추도의 밤」으로 "인민해방의 문화전선에 자신의 모든 작가생활을 바치고 흉수에 의해 스러진 오타루 시 출신 고바야시 다키지 씨의 13주기 추도의 밤이 오타루민주주의미술연구회, 일본공산당 오타루지구위원회, 일본사회당오타루지부의 공동 개최 하에 20일 오후 6시 이나호여자국민학교음악교실에서 개최된다. 다키지 씨의 생애와 작품에 대해 말하는 강연 및 좌담회가 열리며, 일반시민의 참가를 기다리고 있다."라는 기사가 게재되었다.
다키지의 모교인 오타루경제전문학교(전 오타루고등상업학교)에서 전후(戰後) 복간한 『녹구(綠丘)』 제198호(1946년 3월 25일)에는 「고바야시 다키지를 기념하며」와 같은 제목으로 다음과 같이 보도하고 있다.
"본교가 낳은 천재 프롤레타리아 작가, 고바야시 다키지의 육체가 격렬한 폭풍의 밤, 진흙탕 한가운데 스러진 지 13년이 되는 2월 23일, 가루눈이 조용히 쌓이는 밤, 다키지의 고향 근처의 거리에 그를 추도하는 모임의 불빛이 밝혀졌다.
그를 사랑하고 아끼며, 끔찍하게도 그의 생명을 앗아간 자들의 머리 위를 날아 더욱 높이 허공으로 비상하는 그 영혼을 칭송하는 사람들의 손에 의해 갖가지 꽃이 차가운 갈색 데스마스크에 바쳐졌다.
해변에 위치한 그의 어머니 집에서는 향 연기 가운데 어떤 기도가 피어올랐을까.(생략)
고바야시 다키지의 생명은 맹렬한 원색으로 불타올랐다. 우리 세대는 그런 불꽃같은 태도를 내면에 품는 화산대이고 싶다."

2) 이 책이 원본으로 삼고 있는 '제2차 원고'에는 이 부분부터 "뭔가 신기하네요."까지의 한 장이 없기 때문에 그 부분은 '제1차 원고'로 보충했다.

그 뒤 며칠 지나지 않은 밤, 나는 할머니를 찾아가 다키지 군과 관련된 여러 가지 이야기를 물었다. 다키지 군이 상경한 이래 어머니로서 겪은 고생, 세상에 떳떳하지 못해 참아 온 심정, 다키지 군의 죽음에 대한 당시 경찰 당국의 폭력, 그 뒤 13년 동안의 인고, 그런 심정을 다 털어놓는 할머니의 마음에 진실로 동정하게 되었다.

"지금은 고마운 세상이 돼서 다키지에 대해서도 눈치 보지 않고 마음껏 말할 수 있습니다. 하느님을 우러러볼 때처럼 떳떳하고 밝은 기분이에요."

할머니는 너무나도 후련하다는 듯 밝은 얼굴로 말했다. 그런 다음 할머니는 다음과 같이 말을 이었다.

"다키지가 죽었을 때의 제 무너지는 심정이란! 그런 제 마음을 어떻게든 세상 사람들한테 알리고 싶다고 늘 생각했어요. 다키지가 쓴 글은 많지만 다키지를 낳고, 다키지를 키우고, 그리고 다키지를 위해 기나긴 인고의 세월을 보낸 어머니로서의 제 심정을 어떻게 하면 세상 사람들에게 알릴 수 있을까 생각했습니다."

그 말을 들은 나는 문득 다키지 군의 꿈도 그렇고, 지금 들은 할머니의 이야기도 그렇고, 이건 내 부족한 글 실력이나마 할머니의 이야기를 엮어서 할머니 소원대로 세상에 발표해 드려야겠다는 생각이 들어 그 자리에서 내 아이디어를 설명했다. 그러자 할머니도 기뻐하시며 제발 꼭 그렇게 해 달라고 부탁하셨다. 그 결과, 그 뒤로 며칠 밤을 할머니의 이야기를 들으러 찾아뵙고 여하튼 완성한 것이 바로 이 글이다.

여기서 확실히 해 두고 싶은 것은, 난 원래 공산당원도 아닐 뿐더러 공산주의자도 아니라는 사실이다. 오히려 그것과는 반대되는 사상을 가지고 있다고 해도 좋을 것이다. 하지만 나는 할머니의 말을 충실히 기록해야 한다는 점에 주의를 기울였다는 것을 명확히 해 두고 싶다. 나는 단지 할머니의 심정을 있는 그대로 표현하고, 세상 사람들에게 부모 마음이란 이런 것이라고 알려 주고 싶은 마음에 글을 썼을 뿐이다.

원래 이 책은 고바야시 다키지 군의 정식 전기는 아니다. 굳이 말하자면 하나의 전기 자료에 불과할 것이다. 누군가의 손에 의해 나중에 다키지 군의 전기가 편찬될 경우, 이 책이 그 자료로서 도움이 된다면 할머니도 나도 더할 나위 없이 기쁠 것이다.

나는 다키지 군과 성이 똑같지만 아무런 연관도 없음은 물론 생전에 한 번도 만난 적이 없는 사이이다. 다만 없는 인연을 억지로 끌어다 붙이자면 다키지 군이 오타루고등상업학교 시절이었나, 한 단카短歌(하이쿠俳句와 더불어 일본의 전통적 시가를 대표하는 정형시로 5구 31음절로 되어 있다.—옮긴이) 잡지[3)]에 함께 이름이 실린 적이 있다는 기억뿐이다. 다키지 군의 저작을 읽고 프롤레타리아 작가로서의 다키지 군에 대해 일종의 경외심을 가진 것도 사실이고, 다키지 군이 나아가야만 했던 길에 대해서도 이해할 수 있을 것 같다는 생각이 들었다.

다키지 군의 누나와 매형(사토) 부부와 우리 부부는 같은 동네에서

3) 오타루 신수(新樹) 단카회 발행 『신수(新樹)』, 혹은 야마시타 히데노스케(山下秀之助)가 주재한 『원시림(原始林)』 중 하나인 듯하다.

특별히 친하게 지내는 사이며, 특히 사토 군과 나는 어릴 때부터 친구이기도 하다. 사토가 사는 곳은 우리 집과 거의 집 10채 정도 떨어진 가까운 곳이라, 노후를 사위(사토)에게 의탁하고 있는 할머니도 서로 왕래하는 친밀한 관계다. 할머니가 내게 집필을 부탁한 것도 우연이 아닌 것이다.

춥디추운 홋카이도의 겨울날이었다. 바깥은 옆집도 보이지 않을 정도로 눈보라가 휘몰아치지만, 집 안은 난로가 있어 따뜻했다. 당시 사토 부부는 아이치현에 사업차 가 있느라 집을 비웠다. 할머니는 여학교에 다니는 손녀 가즈에와 단 둘이서 집을 보고 있었다. 할머니는 바깥의 눈보라에도 개의치 않고 차분하게 말을 이었다.[4] 이시카리石狩 만의 파도 소리, 바로 집 앞을 돌진하며 지나가는 러셀 식 제설차(차체 앞에 있는 쐐기 모양의 삽으로 눈을 치우는 제설차—옮긴이)의 울림, 또 점차 거세지는 바람소리! 그런 겨울밤에 이 이야기가 탄생한 것이다.

그 뒤로 벌써 만 2년이 흘렀다. 그동안 이 책의 출판에 차질[5]이 생겨서, 나는 적지 않게 고민했다. 내년 77살이 되는 할머니는 시간이 지나면서 이 책이 세상에 나오기를 고대하고 있었다. 나는 할머니께 죄송하

4) '제1차 원고'에는 이 다음 부분에 "다키지 군의 다양한 유품 등도 구경했다."라고 되어 있다. 그 '유품'의 일부는 이 책 '11. 사토 이사오에게 보낸 옥중편지', '15. 『도신문』 기사', '17. 해부 거절' 등에 인용되었다. 이것은 어머니 세키와 누나 치마코가 모은 것으로, 거의 대부분이 2권의 스크랩북으로 정리되어 현재는 시립 오타루문학관에 기탁되었다.

5) 이 책 247쪽 해설 참조.

다는 자책감으로 할머니 이상으로 초조해졌다.

홋카이도에도 다시 봄이 돌아왔다.

"새가 울고, 꽃이 핀다."라며 아이들이 노래한다.

긴 동면생활에서[6] 깨어난 홋카이도의 사람들, 푸른 하늘 아래, 대낮에 크게 손을 흔들며 길을 활보하는 발걸음도 가볍다. 그것은 일본을 재건하는 우리 국민의 모습이 아닐까. 그와 함께 오랫동안 지하에 파묻혀 있던 다키지 군이 농사일을 좋아하는 어머니의 손에 의해 흙이 파헤쳐져 칭칭 얽매여 있던 밧줄이 풀리고 밝은 하늘 아래로 뛰쳐나온 것이라 할 수 있다.

나는 할머니와 주위 사람들을 위해 기뻐하고, 다키지 군의 영혼에게 '오랫동안 얼마나 괴로웠는가' 하는 위로의 말을 바친다.

쇼와 23년(1948) 4월 20일[7]

6) '제1차 원고'에는 이 부분이 다음과 같이 되어 있다. "겨울이 찾아왔다는 것은 따뜻한 봄이 눈앞에 다가왔다는 뜻이다." 그 겨울도 엄청난 청어 떼가 몰려왔다가 사라지고, 홋카이도에도 향기가 은은하게 퍼지며 절벽에는 붉은 싹이 자라나 어느새 봄이 몰래 찾아왔다. 긴 동면생활에서 해방된 홋카이도 사람들, 푸른 하늘 아래, 대낮 크게 손을 흔들며 거리를 활보하는 발걸음도 가볍다. 그것이 오늘날 일본 재건에 한창인 일본 국민과 똑같다고 생각한다. 동시에 오랫동안 지하에 묻혀 있던 다키지 군이 속박에서 벗어나 대명천지로 뛰쳐나왔다고도 할 수 있을 것이다.

7) (편집자의 맺음말) '제1차 원고'에서는 다음과 같이 끝맺고 있다.

쇼와 21년(1946) 4월 10일

신생 일본, 중의원의원 총선거 날

청어 떼가 몰려온 바닷가 아사리에서

라쿠도(樂堂) 고바야시 히로시(小林廣)

오타루 시, 아사리朝里에 사는 어민
라쿠도樂堂 고바야시 히로시小林廣

1

고향에 관해

다키지에 관해 말하려면 제일 먼저 고향에 대한 이야기부터 시작해야겠죠.

우리 고향은 아키타현의 기타아키타군인데 그중에서도 제일 북단에 위치한 곳으로 야타테 고개라 불리는 곳 하나만 넘어가면 아오모리현의 미나미쓰가루군이 되고, 서쪽으로는 같은 아키타현이라고는 해도 옛날에는 난부령이던 가즈노군이 됩니다. 제가 살던 마을은 기타아키타군의 샤카나이무라라는 작은 농촌으로, 지금의 오다테마치까지는 1리 떨어져 있어서 웬만한 볼일은 오다테마치에서 다 볼 수 있었습니다. 물론 그 주변 일대는 예전 구보타한久保田藩—지금의 아키타 시—의 사타케 님의 영지로 성 아래까지 왕복하기 위해서는 며칠이나 걸렸습니다. 오히려 쓰가루 성 아래 히로사키 쪽이 산을 넘으면 가까울 정도였습니다. 메이지 32년(1899)에 먼저 아오모리에서 오다테까지 철도가 생겼고, 3년 뒤 메이지 35년(1902)에 아키타 시까지 연장된 철도(오우혼센奥羽本線) 덕분에 이 산골도 엄청나게 편리해졌습니다.

바다라고 하면 하타오리(지금의 히가시노시로 역)에서 환승해서 노시로까지 나가야만 구경할 수 있었습니다. 노시로까지는 대략 15에서 16리 정도의 거리였고, 마을 한쪽을 흐르는 강이 오다테에서 더 하류로 흘러가 가즈노군의 게마나이 방면으로부터 흐르는 요네시로 강과 합쳐진 다음 노시로에서 바다로 흘러들어 갑니다. 게마나이 부근의 오타키온천, 오유온천, 야타테 고개 너머의 이카리가세키온천, 오와니온천 등은 당일치기로 놀러가기 좋은 곳이었고, 오유에서 핫카 고개를 넘으면 도와다 호수가 나오지만 그곳은 1박을 해야만 놀러갈 수 있는 곳이었습니다. 또한 이 지역에는 광산도 많아 아시는 바와 같이 고사카, 오사리자와 등이 유명합니다.

샤카나이무라의 전설 가운데 재미있는 이야기가 있습니다. 옛날 쓰가루령이던 오샤카(오샤카는 석가모니, 즉 부처라는 뜻—옮긴이)라는 곳에 선종 계열의 절이 있었는데 절의 본존불을 누군가 훔쳐 가는 바람에 사방으로 찾아본 결과, 아키타령이던 샤카나이무라에 도난당한 불상이 있다는 소문이 있어 쓰가루한에 속한 사람이 불상을 찾으러 왔지만 모든 집이 불상 같은 건 없다고 대답하는 바람에 '부처 없다'는 말(샤카나이는 부처가 없다는 뜻—옮긴이)이 그대로 굳어져 마을 이름이 되었다는 얘깁니다.

샤카나이무라에 히카게 진파치라는 농가가 있었습니다. 히카게라는 성씨는 상당히 드물다고 알려져 있지만 메이지유신 때 평민들에게 성을 붙이는 것이 허락되었을 때 산기슭의 그늘진 곳에 집이 있었기 때문에 히카게(일본어로 그늘이라는 뜻—옮긴이)라고 붙여졌을지도 모르지만 그 점은 확실하지 않습니다. 진파치라는 당주의 전성기는 막부 말기부터 메이지 초반이었지만 마을을 위해 애쓴 공적도 있어 우선 마을의 얼굴 역할을 했다고 할 수 있습니다. 메이지 10년(1877) 사이고 씨의 전쟁(세이난西南 전쟁, 1877년 메이지유신에 반대하여 사이고 다카모리西鄉隆盛가 일으킨 반란—옮긴이)에 참가했는지 안 했는지에 관해서는 확실히 기억이 안 나지만 가고시마 이야기를 자주 꺼냈고 가고시마에서 끌고 왔다는 흰색 털의 말을 길렀습니다.

진파치의 딸 오후리가 바로 제 어머니입니다. 어머니가 같은 마을에 살던 기무라 이하치에게 시집을 가서 장녀인 저와 남동생인 유하치, 유키치 등 세 명을 낳았습니다. 저의 어머니도 약간 특이한 분이셨는데 제대로 배우지도 못하고 문맹이었음에도 기억력이 좋았습니다. 집 앞에 선종 계열의 절이 있었는데 절의 주지승 부인에게 사이고쿠 33번 찬불가를 배워 암기했습니다. 어머니의 암기 방법을 들었는데 우선 첫째로 '후다라쿠야' 노래를 외워 버릴 때까지 그것만 몇 번이고 몇 번이고 반복해서 부른 뒤, 다 외우고 나면 다음 두 번째를 외우는 식의 암기법이었다고 합니다. 그 절의 이름은 기억이 안 나지만 다이샤카에서 가져온 불상은 물론 있을 리가 없었습니다.

조부인 진파치는 제가 열 살 무렵 음력 1월 2일에 대영주였던 히카게 벤키치 집에 새해인사를 갔다가 집에 돌아와 바로 뇌일혈로 쓰러져 그대로 숨을 거뒀습니다만, 아마 60을 넘긴 나이였을 겁니다. 마을 사람들의 헌금으로 화강암으로 만든 훌륭한 묘가 만들어진 것만 봐도 조부가 생전에 얼마나 공적을 쌓았는지 알 수 있을 겁니다.

제 아버지인 기무라 이하치는 소작농으로 특별히 말씀 드릴 이야기도 없습니다. 너무나 정직했고 성품이 좋았으며 다른 사람들에게 나쁜 소리를 듣는 일도 거의 없었고 성실하게 일만 하는 사람이었습니다. 아버지는 70살에 아키타 시에서 돌아가셨습니다. 지금은 동생 두 명도 저세상으로 갔고 저 혼자만 남았습니다.

2

시아버지 다키지로多喜次郎[8]

오다테마치에서 아키타에 가까운 다음 역은 하야구치 역이었습니다. 하야구치에서 동북쪽으로 1리 반 정도 떨어진 곳에 시모카와소이무라 아자카와구치라는 작은 농촌부락이 있었습니다. 그 부락에 자작농 겸 소작농이던 고바야시 다키지로의 집이 있었는데, 그 집 차남 스에마쓰末松에게 시집을 간 것은 메이지 20년(1887)[9]으로, 제가 15살, 남편 스에마쓰가 22살의 나이였습니다. 요즘에는 15살 새댁이라고 하면 젊은 여

8) 데즈카 히데타카(手塚英孝, 일본의 문학연구가, 작가—옮긴이)의 『고바야시 다키지』에는 시아버지를 '다키치로(多吉郎)'라고 하고 있다. 데즈카는 '다키치로(多吉郎)'에 대해 "청년 시절에는 히라타 아쓰타네(平田篤胤, 에도 후기 일본의 국학자—옮긴이)의 영향을 받아 국학을 배우고, 에도에서 교토, 이세 등을 거쳐 여행을 하며 견문도 넓혔으며, 마을의 지식인이기도 했는데, 온후한 인품으로 지역 사람들의 신망도 두터웠다고 한다." "만년 그는 축하연이나 장례식 등에 초대를 받아 꽃꽂이를 부탁 받거나 마을 사람들의 편지를 대필해 주는 일로 여생을 보냈다."라고 기록되어 있는데, 이는 이 책과 거의 같은 내용이며, 데즈카도 세키로부터 들은 내용이라 생각된다.
그리고 오타루문학관의 다키지 기탁자료 중 '고바야시가 친족의 씨명·계명·죽은 연도 등'(원고 용지에 펜글씨, 누나 치마코가 쓴 글씨인지를 의심하는 부분)에는 '다키치로(多吉郎)'라고 되어 있다.(1895년 1월 16일 사망, 「大眞院先考全祖居士」)

9) 데즈카의 『고바야시 다키지』에 따르면 스에마쓰와 세키의 결혼은 메이지 19년(1886)이 된다.

자들은 웃을지도 모르지만, 옛날 일이고 마을 풍습도 있어 15, 16살부터 20살 전에는 시집을 가는 게 보통이었고, 20살을 넘기고도 결혼하지 않은 사람은 어디가 성치 못하거나 지병이 있는 사람이라는 소문이 나서 본인이나 부모도 입장이 난처할 지경이었습니다. 하지만 무엇보다 15살은 아직 어린애에 불과하기 때문에 시집을 가더라도 전혀 어른스럽지 못했고 오로지 시댁 시부모님의 명령에 따르는 것에 불과했습니다. 그렇게 어렸을 때부터 시댁 가풍에 익숙해지는 것이 오히려 좋았기 때문에, 어른으로서 생각할 수 있을 때가 되면 완벽하게 시댁 인간이 되어 예로부터 이어져 온 가풍대로 한 집안을 꾸려 나갈 수 있게 됩니다. 요즘 시대에는 너무 봉건적이라거나 여자의 개성을 존중하지 않는다는 이유로 여자들이 항의할지도 모르지만 저희 세대에서는『온나다이가쿠女大學』[10] 식의 관념이 별 불평 없이 전 일본 여성에게 침투해 있었습니다. 과연 그런 습관이 좋은 건지 나쁜 건지에 관해서는 지금에 와서 생각해 보면 저 같은 늙은이도 의심이 갈 때가 있습니다.

하여튼 당시 저는 오로지 순종하며 일했습니다. 고바야시 집안은 옛날에는 우체국 역할을 했는데 제가 시집을 갔을 때도 아직 여행자들을 위한 여관을 운영하고 말을 키워 짐을 부쳐 주는 일을 하고 있었습니다. 집도 규모가 커서 방도 아주 많았고 가재도구도 다 갖춰져 있었으며, 전답도 꽤 소유하고 있어 마을에서도 상당히 여유로운 생활을 하

10) 에도 시대 여성의 올바른 모습에 대한 교훈서.

고 있었습니다.

제가 시집을 간 고바야시 가문은 본가에서 독립한 분가分家였는데 본가는 고바야시 다지에몬이라고 같은 곳에 살고 있었습니다. 다지에몬은 마을에서도 손꼽히는 인물이었는데, 술을 엄청나게 좋아하는 주당으로 유명해 거의 죽기 직전까지 아침부터 술을 마실 정도였습니다. 본가였기 때문에 물론 저희 집보다도 몇 배나 재산이 많았으며 유복하게 살았습니다. 시아버지 다키지로의 부인, 즉 시어머니는 오쓰네[11]라는 이름이셨고 근처에 있던 사와다테무라의 부호인 다야마라는 집안에서 시집을 왔는데 제가 시집을 갔을 때는 이미 시어머니가 돌아가신 뒤로, 시아버지는 오다테에서 후처를 얻은 상태였고 후처에게는 자식이 없어 남편 스에마쓰와 시아주버니 게이기慶義는 전처의 자식들이었습니다.

시아버지 다키지로는 엄청난 독서가였습니다. 73살로 돌아가실 때까지 책을 손에서 놓은 적이 없었고 마을에서도 학자, 만물박사로 유명했습니다. 메이지유신 전 아키타에서는 히라타 아쓰타네平田篤胤라는 국학자가 유명했는데, 그분은 일본 각지의 훌륭한 분들과 친분을 맺고 여러 책을 써서 현 안에서도 자랑스러운 인물로 존경을 받았고, 시아버지도 학문을 좋아하는 사람으로서 자연스럽게 그 선생님에게서 감화

11) 이 부분은 세키의 기억이 잘못된 것으로 보인다. 데즈카의 『고바야시 다키지』에 따르면 다키지로의 첫 부인은 '오요'이며, 2남(게이기와 스에마쓰) 2녀를 남기고 죽었다. 후처로 오다테에서 '오쓰네'(데즈카의 책에서는 '쓰네')를 맞이했지만 아이는 없었다.

를 받은 것 같습니다. 시아버지 다키지로는 30대 젊은 시절 마을 사람들과 일본 각지의 명소와 옛 유적을 돌아다니며 국내 정세 조사나 일본 역사로부터 살아 있는 학문을 얻기 위해 수개월에 걸쳐 가미가타上方(에도 시대에 오사카나 교토 부근 지역을 부르던 명칭—옮긴이) 방면을 여행한 일이 있다고 합니다. 물론 당시에는 철도가 없어 전부 짚신을 신고 다녔습니다. 오이 강은 옛날 방식으로 사람 어깨 위에 목말을 타고 건넜다고 합니다.

그런 시아버지이셨기 때문에 마을에서도 유일하게 만물박사로 통해 마을 사람들도 여러 가지 부탁을 하거나, 골치 아픈 일이 생겼을 때 의논을 하러 오거나, 편지 대필을 부탁하러 오곤 했습니다. 게다가 취미도 많아 꽃꽂이 같은 취미도 갖고 있었는데, 축하연이나 장례식에 부탁을 받고 가서 꽃꽂이를 해 주곤 했기 때문에 마을에서도 상당히 떠받드는 존재였습니다.

3

게이기와 스에마쓰

원래 다키지로의 뒤는 장남인 게이기가 잇는 것이 정당하지만 차남인 스에마쓰가 시아버지의 가업을 이었습니다. 아키타 지방에서도 한때 유행처럼 홋카이도에 열광하던 시기가 있었는데 비좁고 답답한 마을에 있기보다는 새로운 길이 열리는 광활한 홋카이도로 건너가 일을 하면 어떤 바보라도 부자가 될 수 있고, 홋카이도에는 바다에도 산에도 돈이 넘쳐 난다는 소문이 있어 서로 앞다퉈 홋카이도로 건너갔습니다.

무엇보다 메이지 20년(1887) 전인 개척사開拓使(메이지 초기인 1869~1882년에 홋카이도의 행정·개척을 맡은 관청—옮긴이) 시대였기 때문에 홋카이도가 나날이 발전해서 약간 머리를 굴릴 줄 아는 사람은 그대로 척척 출세했다는 이야기는 정말일 겁니다. 그런 연유로 제가 스에마쓰에게 시집을 가기 1년 전쯤[12)]아주버니인 게이기는 홋카이도로 건너가 오타루에 정

12) 이 부분은 세키의 기억력이 잘못된 것으로 보인다. 게이기가 홋카이도로 건너간 것은 1893년으로, 1902년에 고바야시 미쓰보시빵을 개업한다. 1886년 스에마쓰와 세키의 결혼 전후로 게이기는 투기사업에 실패하여 소송문제로 도쿄에 가 있었다. 그 뒤 홋카이도로 건너간다.(데즈카 히데타카, 『고바야시 다키지』)

착한 뒤 신토미초의 류토쿠지龍德寺라는 절 앞에 미쓰보시라는 이름의 빵가게를 시작했는데 세월이 흐르면서 가게도 점점 더 발전해 메이지 말기에는 미쓰보시빵집이라고 하면 오타루에서도 손꼽히는 빵가게로 성장했습니다.

게이기 아주버니가 가끔 고향에 돌아와 홋카이도의 발전상, 오타루의 번창한 모습, 청어 시장의 활기찬 모습 등 여러 가지 신기한 이야기를 해 주기도 하고, 선물을 잔뜩 가지고 와서 부모님과 저희 부부를 기쁘게 해 주었으며 또 마을 사람들에게도 부러움을 샀습니다. 아주버니 게이기의 권유로 마을에서 홋카이도로 이주한 사람들도 한두 명이 아니었습니다. 저희에게도 몇 번이나 홋카이도로 오라고 권유했지만 저희 부부는 부모님의 가업을 잇고 있기 때문에 특별히 생활이 힘든 것도 아닌데 선조가 잠들어 있는 땅을 떠나 타지에서 살 생각은 없었기 때문에 그냥 성실하게 마을에서 일하고 있었습니다.

남편 스에마쓰는 사람 좋은 성격으로 연극이나 소설을 아주 좋아해서 틈만 나면 책 읽는 것을 즐겼습니다. 마을 젊은이들 사이에 예능을 배우는 게 유행했는데, 샤미센을 배우는 사람, 전통춤을 배우는 사람, 아마추어 연극을 하는 사람, 노래를 부르는 사람, 요즘 말로 전통예능이라고 하나요, 그런 활동적인 사람들에게 같이 하자는 권유를 받아도 난 그런 걸 배우는 것보다 책 읽는 편이 더 좋다면서 책에 빠져들곤 했습니다. 그런 기풍은 시아버지 다키지로의 성향을 그대로 물려받은 거겠지요.

저와 남편 사이에는 연달아 아홉 명의 아이들이 태어났습니다. 그중에 세 명은 어릴 때 일찍 죽었습니다.[13] 장남 다키로를 낳은 게 제가 23살 되던 해였는데 확실히 그해에 시아버지 다키지로가 돌아가셨습니다. 장남의 이름도 할아버지 같은 학자가 되라며 시아버지의 이름을 따라 다키로라고 지은 것입니다. 제 나이 29살에 장녀인 치마코가 태어났고 2년 뒤 차남인 다키지가 태어났습니다. 남편은 39살, 제가 31살, 메이지 36년(1903) 음력 8월 23일[14]이었습니다. 당시 저희가 살던 곳에서는 아직 음력을 사용했습니다. 호적에는 12월 1일로 되어 있습니다만 여러 사정 때문에 늦게 올린 걸 겁니다. 다키지의 이름도 시아버지 이름에서 따왔다는 건 말씀 드릴 필요도 없을 겁니다. 출산 때도 그다지 힘들지 않았습니다.

13) 앞서 게재한 '고바야시가 친족의 씨명·계명·죽은 연도 등'에 따르면 1890년 4월 30일에 남자아이가, 1899년 2월 17일에 여자아이(야에)가 죽었다. 오타루로 이주한 뒤 1913년에 '다시키(多志喜)'가 태어나지만 곧바로 사망한다.

14) 양력으로 고치면 10월 13일이다. 당시에는 일반적이었지만 신고가 늦어 호적상 출생일은 12월 1일이 된다.

4

다키로의 죽음, 오타루로

다키지의 어린 시절은 순조롭게 잘 자랐다는 이야기 외에는 특별히 말씀 드릴 일도 없습니다. 먹일 젖도 충분했고 밥을 먹게 되고 나서는 시골은 시골이라 맛은 없어도 영양가 충분한 음식이 많았기 때문에 농가의 아이들은 건강하지 못한 아이가 없을 정도였습니다. 다키지가 태어난 이듬해 러일전쟁이 일어났고, 러일전쟁도 2년 남짓으로 끝나 평화를 되찾아 경기도 점점 좋아졌습니다. 다키지가 네 살이 됐을 때 여동생 쓰기코가 태어나 네 명의 아이들로 활기 넘치는 가족이 되었습니다.

그런데 얼마 못 가 우리 일가는 전부 홋카이도로 이주할 수밖에 없었는데, 그 이유는 하나였습니다. 시아버지 다키지로가 세상을 뜬 뒤 태생적으로 사업을 좋아하는 오타루의 아주버니는 한 사업관계로 채무가 발생하여 분쟁이 일어났고 소송사건으로 번지는 바람에 오랫동안 아키타구재판소에서 센다이공소원으로 옮겨져 결국에는 대심원까지 상고하게 되어 심리를 받았지만 애석하게도 패소했습니다. 그 결과 우리 집 전답의 일부를 상대방에게 넘겨주게 되었고, 그 밖에 막대한 소송비용도 감당하게 되었습니다.

전답 일부를 빼앗긴 일은 우리 같은 농가에게는 큰 타격이었습니다. 결국 규모가 줄어든 땅[15]만으로는 먹고살기 힘들 거라는 건 안 봐도 뻔했고, 아주버니 게이기가 남은 땅과 집을 저희에게 맡겼다고는 하지만 그 뒤 아무래도 생활하기에는 농사일만으로 먹고살 수가 없어 우리 부부는 여러 가지 일을 하면서 생활비를 벌 수밖에 없었습니다.

오타루의 아주버니는 자신이 벌인 일의 실패를 보상해 주려는 생각에, 우리에게 마을을 버리고 오타루로 이사를 오라며 번번이 재촉했습니다. 그렇다고는 해도 오랫동안 살아서 정든 마을에는 여러모로 미련이 남았고, 이때가 기회라며 마을을 떠날 결심은 좀처럼 생기지 않았습니다. 너희들이 오지 않을 거면 장남 다키로를 보내라. 그러면 훌륭하게 공부시켜서 출세시켜 주겠다며 아주버니가 제안을 해 왔습니다. 그래서 우리 부부는 며칠 밤에 걸쳐 의논한 뒤 다키로도 올해로 13살이고 이런 산속의 좁은 땅에 그냥 두면 출세할 방법도 없으니 평생 농사꾼으로 만들 생각이 아니라면 차라리 아주버니 있는 곳으로 보내 홋카이도에서 공부를 시키자고 마음을 먹고 본인에게 물어보았는데, 다키로도 흔쾌히 큰아버지가 있는 곳으로 보내 달라고 말했기 때문에 우리는 각오를 하고 그 소식을 오타루에 전했습니다. 오타루의 아주버니는 곧바로 오셨고, 자신이 전부 책임지겠다며 다키로를 데리고 오타루로 돌아간 때가 메이지 40년(1907) 봄 5월이었습니다.

15) 약 80아르의 자작 겸 소작농으로 되어 있다.

다키로를 홋카이도로 보냈을 당시 왠지 집안이 텅 빈 것 같아 당분간 우리 부부는 다키로의 안부 이야기만 주고받았습니다. 그러면 그 뒤로 우리 생활에 어느 정도 여유가 생겼냐면 절대 그렇지 않아서, 남은 땅만으로는 농사일은 전망이 없었고 일도 몸이 힘들어져서 이른바 생활고라는 것을 절실히 느끼는 나날을 보내고 있었습니다. 오타루로 건너간 다키로는 오타루의 번화함, 신기한 것들에 관해 편지로 소식을 전해 주었습니다. 아주버니로부터도 홋카이도로 오라는 편지가 왔습니다. 그로 인해 우리 마음도 무의식적으로 홋카이도에 이끌리게 되었습니다.

그래도 그해 밭농사가 끝날 때까지는 마을에서 일했습니다. 그런데 갑자기 오타루에서 다키로가 죽었다는 전보를 받았습니다. 그 소식을 듣고 저희 부부는 너무나 놀랐습니다. 남편은 바로 오타루로[16)] 출발했습니다만 다키로는 뇌막염으로 10월 5일에 급사했습니다. 이것도 그 아이의 운명이라고 체념할 수밖에 없었습니다만, 우리 부부의 낙담은 이루 말할 수가 없었습니다.

우리 부부는 다키로의 죽음, 남편이 오타루에 가서 본 것들로 인해 이참에 차라리 오타루로 이사 가는 게 좋겠다는 쪽으로 의견을 모았습니다. 그러는 사이 밭농사도 끝나 겨울이 다가왔는데 겨울을 넘기고

16) 데즈카의 『고바야시 다키지』에는 "아키타로부터 급히 달려간 양친의 간호를 받으며 양친이 오타루에 오고 나서 1주일 되던 10월 5일에 죽었다."라고 되어 있어, 이 책의 기술과 다르다. 오타루로 간 것은 아버지 스에마쓰 한 사람인 것으로 보인다.

봄이 오면 다시 미련이 생겨 못 떠날 테니 이사를 갈 거면 연내에 이사를 마치자는 결론에 다다라 조금씩 이사 준비를 시작했습니다.

당시 우리 집에는 아베 야키치라는 마을의 교장 부부가 동거하고 있었습니다. 아베 교장은 20년이 넘게 마을 교장을 했는데 그동안 우리 집에 방을 얻어 살고 있었기 때문에 거의 가족이나 마찬가지로 친했습니다. 우리 집은 원래 여관이었기 때문에 처음 부임해서 방을 빌린 것이 인연이 되어 어느새 20년 넘는 세월이 흘러 버린 것입니다. 아베 교장은 정말 훌륭한 인물로 마을 내에서도 존경을 받았으며, 항상 마을 청년들에게 특별한 공부를 가르쳐 주었고 사모님은 여자아이들에게 재봉과 예능을 가르쳐 주었습니다. 제가 기억하고 있는 첫 월급은 15엔으로 그 뒤 18엔으로 월급이 올랐는데, 그 돈으로 집세 같은 것은 4평짜리 두 칸에 전에는 80전, 나중에는 1엔을 받는 식이었습니다. 두 사람 사이에는 아이가 없었기 때문에 생활이 여유로웠을 것이고 도리가타(오다테 시 하나오카)의 개량술을 한 말들이 통으로 사다 마셨습니다. 우리 집 아이들을 무척 귀여워 해 주셔서 사모님이 8살이던 치마코, 5살 다키지에게는 기모노를 한 벌씩 만들어 입혀 주시기도 했습니다.

드디어 우리가 아이 셋을 데리고 홋카이도로 이사를 간다고 하자, 아베 선생님 부부는 특히 많이 아쉬워하셨습니다.[17] 마을 사람들도 헤어지기 아쉽다며 출발할 때까지 매일같이 말해 주었습니다. 이렇게 메

17) '제1차 원고'에는 이어서 "다키지가 어린 마음에도 아베 선생님에게 감화를 받은 사실은 부정할 수 없다."라고 되어 있다.

이지 40년(1907) 12월, 우리 부부는 치마코, 다키지, 쓰기코 세 아이를 데리고 하야구치 역을 출발해 추운 홋카이도로 향했습니다. 치마코, 다키지 두 명은 당연히 아베 선생님께 받은 기모노를 입고 있었습니다.

이참에 아베 교장 선생님에 대해 덧붙여 말씀 드리겠습니다. 우리가 홋카이도로 이사를 가고 나서도 두 집안은 친척 이상으로 친하게 지냈습니다만, 몇 년 뒤 선생님은 도쿄에 있는 대학병원에서 돌아가셨습니다. 마을에서는 선생님의 덕을 기려 학교 교정 한쪽에 멋진 기념비[18]를 세웠습니다. 선생님 재직 중에 학생들을 시켜 심었던 교정의 삼나무는 이젠 하늘을 찌를 정도로 큰 나무가 되어 멋진 삼나무 숲을 이루고 있습니다. 사모님—이마코라는 이름이었는데 선생님이 돌아가신 뒤 한동안 아키타 시에서 쓸쓸한 여생을 보내며 제자들이 보내 준 돈으로 생활했습니다만, 아무래도 나이가 많다 보니 만일의 경우가 생길까 걱정이 돼서, 오타루에 사는 오빠의 둘째 아들 슌지라는 분이 홋카이도 도마코마이에서 상당히 큰 과자 장사를 하면서 매달 선물이나 돈을 부쳐

18) 오다테 시 시모카와조이(下川沿) 역의 다키지 '탄생의 땅' 비석 근처, 시모카와조이중학교 뒤쪽 산 중턱에 아베 교장의 기념비가 세워져 있다. 고바야시 미치오(小林三知雄), 「고바야시 다키지에 관한 것들」(1973년 2월 20일, 게재지 불명, 오타루문학관 다키지 기탁자료)에 따르면 "큰아버지 게이기 일가가 홋카이도로 건너간 뒤 여관이던 넓은 집을 나누어, 사와구치소학교에서 전임해 온 아베 야키치 교장 부부에게 현관이 딸린 앞쪽 절반을 빌려 주고 뒤쪽 절반에 다키지 일가가 살았다."라고 한다. 비문에는 "가와구치소학교에 교장으로 15년 동안 아동 교육에 종사하여 그 공적이 뛰어났을 뿐만 아니라, 또한 학교 부지와 교사의 확장, 정리, 기본 재산의 축적, 농업보습학교 및 학림의 창설 등 모두 당신 덕분이다. 게다가 그러는 동안에도 청년 지도, 풍속 개량 등 소위 사회교육에 힘을 쏟아 그 공적이 매우 크다."라고 새겨져 있다.

준 관계로 쇼와 20년(1945)에 80살의 이마코 사모님을 도마코마이로 불러 부모님처럼 모시며 효도를 다했다고 합니다. 그것도 돌아가신 선생님의 은덕 덕분이라 여겨 저희도 멀리서 기뻐하며 가끔씩 도마코마이로 사모님을 뵈러 가서 옛 이야기를 하곤 했습니다만, 올해—쇼와 23년(1948) 1월 19일 잠들듯이 세상을 떠나셨습니다.

5

칫코築港의 미쓰보시빵 지점

우리 가족은 오타루로 이사를 한 뒤 그 번화함[19)]에 놀랐습니다. 당시 홋카이도는 아직 시市 제도가 구축되지 않은 상태로 오타루 구로 불렸습니다만, 매년 근해의 청어 잡이도 희귀해 러일전쟁 뒤 오타루 항의 경기는 배의 출입으로도 알 수 있듯 모든 도매상과 소매상이 엄청나게 번창해 도시에 인가도 엄청나게 늘어나는 한편, 평소 산속에서만 살다가 가끔 아키타 시에 나가는 정도에 불과했던 우리들에게는 정말 경이로움 그 자체였습니다.

이사한 해는 연말이 다 되어 가는 시기였기 때문에 이듬해 정월에 상품 첫 출하로 북적대는 거리, 마수걸이하느라 여념 없는 가게, 새로운 겉옷에다 단골 거래처의 문양, 같은 문양을 넣은 새 수건을 머리에 두

19) 스에마쓰·세키 일가의 오타루 이주 직전에 삿포로에서 오타루로 이주한 이시카와 다쿠보쿠(石川啄木)가 느낀 '처음 본 오타루'의 인상은 "오타루 사람들이 걷는 건 걷는 게 아니다. 돌격이다."(『오타루일보』, 1907년 10월 15일)였다. 다쿠보쿠는 도쿄 시절에도 오타루를 회상하며, "그들의 남성적이며 급한 성격의 모습이란 상쾌, 용감, 씩씩, 환호의 영역을 넘어, 오히려 비장감마저 들게 한다. 그들은 쉬지 않으며, 노래 부르지 않고, 바라보지 않으며, 질주하고 돌진한다."(「위약통신(胃弱通信)」『이와테일보』, 1909년 5월 27일)

른 젊은이들 7, 8명이 짐을 실은 말 썰매를 타고 깃발을 휘날리며 말 가슴에 방울을 단 채 기세 좋게 달리는데, 신년 축하주로 빨개진 얼굴의 그 젊은이들이 빈 석유 깡통을 두들기며 첫 출하를 하는 단골 거래처를 도는 일은 가장 볼 만한 당시 오타루의 정월 풍경이었습니다. 그리고 새해 처음으로 물건을 사기 위해 몰려든 근방 지역 사람들로 인해 큰길도 축제 때 이상으로 북적였는데, 그중에서도 하나조노초에서 이나호초에 걸친 소매상점가, 이로나이초, 사카이초, 이리후네초에 있는 도매상 거리는 지나다니는 말 썰매와 사람들로 인해 말할 수 없이 혼잡했습니다. 자연스럽게 신토미초 방면 가게들도 엄청나게 장사가 잘 돼서 미쓰보시빵집도 눈이 돌아갈 정도로 바빴습니다.

정월이 지난 뒤 우리는 오타루에서는 변두리에 해당하지만 앞으로 발전할 걸로 예상되는 와카타케초에 집 한 채를 구해 미쓰보시빵집 지점인 조그마한 빵가게를 열었습니다. 와카타케초는 옛날 아이누어로 아쓰토마리[20)]라고 하는데, 오타루에서 삿포로로 연결되는 철도 선로를 따라 만들어진 해안도로 옆의 어촌마을이었습니다만, 아주버니 가게가 있던 신토미초에서도 가깝고 우리가 이사하기 1년 전부터 오타루 항만 매립공사가 시작되어 카와무라구미라는 거대한 토목청부업자의 손에 의해 수천 명이나 되는 인부들이 투입되어 앞에 있던 산을 엄청난 기세로 헐어 해안을 메웠습니다. 공사가 완성되자 예전의 와카타케초

20) 청어가 무리지어 온다는 의미.

에서 완전히 새롭게 탈바꿈해 수만 평에 이르는 광장이 생기고 지금과 같이 철도용지가 되었으며 배와 수레의 연락설비와 석탄처리장이 되었습니다만, 매립공사를 전후로 시공된 것은 제2방파제 건설로 2년 정도로 완성된 것 같습니다. 매립공사도 그렇고, 방파제공사도 그렇고, 우리 가게에는 상당히 도움이 되었습니다만, 어린 다키지의 눈에도 그런 노동의 환영이, 혹은 어른이 되어서도 각인된 게 아닐까 합니다. 공사가 완성된 뒤에 오타루 칫코 역이 건설되었습니다만 확실히 메이지 43년(1910)이었다고 기억합니다. 와케타케초에도 주택이 점차 늘어 선로에서 산 위의 고급주택지 쪽은 이와이라는 사람이 도로를 만들거나 택지 땅고르기 작업을 한 뒤 집을 건설하는 바람에 한때 이와이초라는 이름까지 생겨날 정도였습니다. 이와이초에 청립廳立 수산학교가 설립된 것은 우리가 이사하기 1년 전이라고 들었습니다.

우리 가게도 순조롭게 번창해 갔습니다. 그 거리는 교외의 아사리, 구마우스에서 시내로 나가는 길목이었기 때문에 마을 사람들도 점차 얼굴을 익혀 자주 가게를 찾아 주었습니다. 남편은 우리 가게와 신토미초 본점을 오가며 매일 바쁜 나날을 보냈습니다. 게다가 고향에서 각종 힘쓰는 일을 하던 때보다는 일에 긴장감과 재미도 있고 즐거움도 있었기 때문에 우리 부부는 큰마음 먹고 오타루로 이사를 오길 잘 했다며 서로 말하곤 했습니다.

그해 장녀인 치마코가 시오미다이소학교에 입학했고 1년 건너뛰고 다키지도 같은 학교에 입학했습니다. 그 학교는 오타루에서도 변두리에 있어서 비교적 하층 계급의 아이들이 많았기 때문에 가르치는 선생님도 고생이 많으셨을 테고, 학생들도 도심에 비하면 입고 다니는 옷이나 쓰는 말투, 노는 것만 봐도 한눈에 구별[21]이 될 정도였는데, 우리도 가정교육에 상당히 신경을 썼습니다. 그럴 때마다 고향에 계신 아베 선생님을 떠올리고 치마코와 다키지에게 아베 선생님이 평소에 말씀하시던 것을 설명해 주었습니다. 기특하게도 두 아이 모두 학교 성적이 의외로 좋아서 우리도 두 아이를 격려해 주었고, 그러면 아이들도 기분이 좋아져 점점 더 공부를 열심히 하게 되었습니다.

오타루 명물 가운데 하나로 꼽히는, 1년에 한 번 열리는 소학교 연합운동회는 약간 다른 곳에서는 볼 수 없는 광경으로 학교 선생님들은 물론 학부모와 학생들도 상당히 정성을 쏟았습니다. 5월 20일 전후로 벚꽃이 만개했을 때에 맞춰 시가지 중앙 뒤쪽에 하나조노공원이라 불리는 언덕이 있었는데 한쪽 구석에 넓은 운동장이 있어 구 전체 십여 개 학교의 학생들 총 수천 명이 모여 각 학교가 장기로 하는 종목 경기를 펼쳤는데, 운동장 주위는 언덕을 이루는 경사지로 구 전체 은행, 회사, 상점 등도 그날은 특별히 휴가를 주었기 때문에 산 전체가 관중으로 가득 차서 축제 이상으로 북적거렸습니다. 각 학교가 장기로 삼은 종

21) 소학교 간의 격차에 관해 다키지는 「지구 사람들(地區の人々)」(『개조』, 1933년 3월) 속에서 '연합운동회'에 대해 "나는 지금도 운동회가 다가오는 하루하루가 얼마나 '괴로웠는지'를 기억하고 있다. 그것은 아무리 해도 견디기 어려운 기분이었다."라고 묘사하고 있다. 다만 이 책에 나와 있듯 어머니 세키에게는 "아침부터 운동회장에 가서 하루를 즐기는 일"이었다.

목은 료토쿠의 '대행진', 료토쿠조의 '아름다운 자연', 이나호조시의 '직녀', 이로나이의 '이로나이 행진' 등으로 남학생들은 하얀 챙이 달린 모자에 하카마袴(일본 옷의 겉에 입는 주름 잡힌 하의—옮긴이)를 입은 늠름한 모습이었고, 여학생들은 겐로쿠소데元綠袖(일본 의복의 소매 모양의 하나—옮긴이)에 하카마를 입고 검은 양말을 신은 모습으로 일렬로 늘어서 있었는데, 정말 장관이었습니다. 그날은 가게를 남편에게 맡긴 채 저는 아이들이 좋아하는 도시락을 준비해서 아침부터 운동회를 보러 가서 하루 종일 즐겼습니다.

연합운동회도 체육을 위한 운동회가 아니라 대중에게 보여 주기 위한 운동회였기 때문에 취지에 반한다는 이유로 어느새 중지가 된 것은 왠지 아쉽다는 느낌이 많이 들었습니다. 메이지 44년(1911) 8월, 다이쇼 천황이 황태자 시절에 오타루로 행차했을 때는 운동회를 볼 수 있었습니다.

다키지의 소학교 시절은 얌전하고 성실해서 6년간 결석 한 번 한 적이 없습니다. 담임 선생님도 대단히 귀여워해 주셨고 졸업할 때는 특별한 포상을 받았습니다. 소학교를 졸업하고 곧바로 청립 오타루상업학교에 입학했는데, 다키지가 소학교 2학년 때 동생 산고가 태어났고 청립 오타루상업학교에 입학했을 때는 여동생 유키코가 태어나 다 합쳐 7명의 대가족이 되었습니다. 세월도 빨라 아키타로부터 이사를 온 지 10년이고, 메이지에서 다이쇼로 연호가 바뀐 지 5년이 되는 해였습니다.

6

청립 오타루상업학교 시절

다키지는 14살이 되던 해 4월에 청립 상업(지금의 홋카이도 오타루상업고등학교)에 입학해 19살이 되던 해 3월에 졸업했습니다만, 중등학교 5년 동안에 관해 두세 가지 이야기를 해 드리겠습니다.

청립 상업은 오타루에서도 가장 서쪽에 위치한 고등상업학교 아래에 있었고, 뒤쪽에는 마쓰야마라는 산이 자리 잡고 있었으며, 하나조노공원을 사이에 두고 동쪽 시가지가 내려다보였는데, 멀리 아사리의 가모이코탄이라 불리는 낭떠러지를 바라보고 있었습니다. 교정에는 아주 큰 바위가 있었는데, 땅고르기 작업을 할 때 옮길 수가 없어 그냥 그대로 두는 게 좋다는 의견에 따라 그 주위에 나무를 심고 정면 현관의 풍치를 더했습니다. 이게 바로 청립 상업의 오이시大石(일본어로 큰 바위라는 뜻—옮긴이)로, 무사 47명 중 하나인 오이시 구라노스케大石内藏助(일본의 에도 시대에 활동한 무사. 아카호의 영주 아사노 노리나가가 할복자살하고 가문이 해체되어 가신들도 뿔뿔이 흩어지자 아코의 무사 47명과 함께 주군의 복수를 맹세하고 원수를 갚았다.—옮긴이)로 비유되어 학생들 사이에서는 향학의 상징이 되었다고 합니다.

와카타케초에서 그곳까지는 약 1리나 떨어져 있었지만 다키지는 매일 묵묵히 걸어 다녔습니다. 부모란 자기 자식이 가장 예쁘게 보이는 법이라, 다키지가 새 옷에 흰 선이 들어간 새 모자를 쓰고 가방을 어깨에 멘 채 학교 다녀오겠다는 인사를 한 뒤 가게를 나서는 모습을 보면, 남편은 '이제 다키지도 중학생이구나'라는 듯 눈을 가늘게 뜨고 바라보았으며, 누나 치마코가 청립 오타루고등여학교(지금의 홋카이도 오타루오요고등학교)의 여학생이라 두 남매가 나란히 걸어가는 뒷모습을 가게에서서 언제까지고 바라보았습니다.

중학생 시절에는 공부를 하는 한편, 아버지를 도와 빵공장 일을 하거나 배달을 했으며, 본점과 우리 가게 일을 여러모로 도와주었습니다. 우리 가게는 본점의 소매점이라 가족 7명이 입에 풀칠을 하는 정도로, 다른 집처럼 번듯하게 두 아이를 중등학교에 보내는 것은 상당히 경제적으로 힘든 일이었기 때문에 자연히 본점에 신세를 져야 하는 면도 있었습니다. 본점 아주버니는 걱정할 것 없다며, 아이들만큼은 제대로 공부를 시켜야 한다면서 비용 같은 건 자신이 대 줄 테니 괜히 사양하지 말라며 친절하게 힘을 보태 주셨기 때문에 우리에게는 큰 도움이 되었습니다. 다키지는 그런 사정도 납득을 하고 있어서, 겉으로 싫은 내색 한 번 하지 않고 불평불만 없이 일해 주었습니다. 다키지 소설 중에 『전형기 사람들轉形期の人々』이라는 작품이 있는데 중학생 일가가 아키타 시골에서 오타루로 이주해 백부의 신세를 지면서 빵공장에서 일하는데, 여러 사건과 학생들 간 감정 충돌로 인해 결국 중학교를 중도에

그만두고 직공이 된다는 줄거리로, 그간의 경로—고향을 떠나 오타루로 이주해 중학교에 들어갈 때까지의 줄거리는 다키지가 실제로 체감한 것을 표현한 작품이라고 들었습니다만, 어린 다키지의 뇌리에 남아 있는 당시 기억은 다소 착각을 한 부분도 있는 것 같습니다. 다키지의 중학교 생활은 세상 사람들에게 손가락질 당할 일도 없었고, 친구들에게 무시당하는 일도 없었으며, 즐거운 일상이었습니다. 공부도 다른 학생들에게 지지 않았고 성적표를 보고 우리가 기뻐하면 뒤를 봐 주시는 본점의 백부도 크게 칭찬하며 격려해 주는 식이었습니다.

당시 중등학교는 모두 운동에 열심이었는데, 청립 상업의 스키는 특히 전국에서도 유명했습니다. 또한 운동선수가 아니면 사회에 나가더라도 취직 채용에서 밀리는 시대였기 때문에 학교에서도 타교에 지지 않는 선수를 배출하려 했고, 학부형도 좋은 조건으로 희망하는 곳에 취직을 시키고 싶어 했기 때문에 자기 자식의 체육에 열을 올렸습니다.

하지만 다키지는 운동에는 그다지 재능이 없었습니다. 부모 된 입장에서 본인의 의사에 맡겨서 검도 장비든 스키 장비든 세상 사람들이 하는 만큼 웬만한 건 다 갖춰 주었습니다만, 역시 다키지는 체육보다는 문학을 좋아했고, 학교에서도 문학 부원이 되어 일을 담당했던 것 같습니다. 하지만 수영은 상당히 잘했습니다. 어릴 때부터 항구 안쪽이나 구마우스 해안에 가서 해수욕을 한 덕택인 것 같습니다만, 어느 날 우리 집 뒤쪽의 안벽에서 앞바다 방파제까지 수영으로 왕복을 할 테니 저한테 보러 오라고 하는 겁니다. 그때 마침 저는 다른 볼일 때문에 모처럼 다키지가 큰마음 먹고 말했는데 보러 가지 못해 아쉬웠지만 다키지는 훌륭하게 완주했다면서 돌아와 이야기했습니다.

그즈음 구마우스 해안의 여름은 해수욕장을 개설해 복날 같은 날에는 인산인해를 이루었습니다. 특히 오타루교육회에서는 매년 수영강습회를 열고, 수산학교에서는 천막을 치고 학생 연습소를 설치하기도 했습니다.

구마우스 해안이라고 하면 다키지의 소설 중에 「다구치 동지의 감상同志田口の感傷」[22)]이라는 작품이 있는데 그중에 아이들이 바라본 구마우스 해안의 청어장 풍경을 묘사한 부분이 있다고 들었습니다만, 그건 다키지의 실제 경험이라 생각합니다. 청어장의 활기찬 분위기와 엄청난 청어 떼가 육지로 밀려들 때의 진귀한 볼거리는 실제로 목격한 사람이 아니면 알 수 없습니다. 홋카이도 봄의 호화판이라고나 할까요, 물고기 어魚에 비非를 붙이면 청어 비鯡라는 글자가 생기고, 봄을 알리는 물고기春告魚라고 써서 청어로 읽는 것으로도, 청어가 홋카이도 조업의 원

22) 콩 선별이나 코크스 줍기 일을 나가면서도 삼태기 등에 메고 청어 나르는 일은 싫어했던 '누나'를 다키지는 「다구치의 '누나와의 기억'」(『북방문예』 제4호, 1927년 6월), 그것을 개작해서 제목을 다시 단 「다구치 동지의 감상」(『주간아사히』, 1930년 4월)에서 그리고 있다. 후자의 한 부분—"풍어가 들면 오타루의 회사원이나 학생, 그런 부류의 사람들이 일요일을 이용해 '청어장 구경'을 나오는 것이 상식이다.—잔무늬의 '누빔옷'에 각반을 차고 뺨을 덮는 볼끼를 쓴 채 삼태기를 등에 메고 있는 것을 그 사람들이 보게 된다. 이것은 누나에게는 아마 견딜 수 없는 일이었을 것이다." 다만 이 책에서 세키가 말하는 것과 마찬가지로 치마코 자신도 이 아르바이트에 대해 "콩 선별 공장에도 나간 걸요. 근처 사람들도 전부 그랬고, 저도 학교에 들어갔었기 때문에"라며, 고통스럽지 않았다고 말한다.(좌담회 「고바야시 다키지의 추억」 『북방문예』, 1968년 3월)

조로 일컬어지는 이유를 알 것 같습니다.

그 소설에 누나가 청어장에서 삼태기를 등에 메고 날품팔이 일을 나가는 내용이 나온다고 하는데 다키지의 누나 치마코도 다키지가 상급생이 될 무렵에는 이미 여학교도 졸업해서 집 근처 화산재공장의 사무원으로 일하고 있었으며, 그 뒤 도청 농산물검사소에 근무하게 되었습니다만, 봄철에 임시로 며칠 정도 휴가를 내고 청어장에 나가 일한 보수로 신선한 청어를 하루에 10관 정도 받아 오는 게 보통이었는데, 대개 양가 규수들도 삼태기로 청어를 실어 나르는 날품팔이 일을 했습니다. 머리와 꼬리를 잘라 말린 청어를 만들고, 청어회라고 해서 지게미에 절인 청어를 만들거나 해서, 청어가 모여드는 지역의 모든 집에서는 1년 내내 반찬으로 먹었습니다. 특히 가을에는 말린 청어를 잘라 무, 양배추와 함께 절인 고노모노香の物(채소를 소금·겨에 절인 것—옮긴이)로 만드는데, 이게 또 맛이 기가 막혀서 홋카이도에서만 맛볼 수 있는 장아찌로, 다키지가 좋아해서 즐겨 먹었습니다.

다키지도 중학생 시절부터 종종 청어장에도 일을 도우러 나갔습니다. 빵공장에서 일을 돕고, 빵 배달, 빵 재료 구입 같은 일들은 매일 일과처럼 했지만, 다키지 본인의 자서전[23)]에 어떤 때는 잠수부의 펌프질

23) 「연보」(『프롤레타리아문학집』(『현대일본문학전집』 제62편), 1931)와 「코스의 변천—고등상업 출신 은행원으로부터—」(『신문예일기』, 1932)에 이와 관련된 기술이 있다. 후자에는 "빨리 졸업해서 월급을 받아 가난한 부모를 돕고 싶었다. 여름방학에는 잠수부에게 펌프로 공기를 보내 주는 작업을 해서 약간의 보수를 얻어 집으로 보냈는데 그 일은 너무 단순해서 무서울 정도로 격한 노동보다도 더 괴로웠을 것이다. 그건 형무소 작

도 도운 적이 있다는 이야기가 씌어 있다는 말을 듣고, 정말 그런 일도 있었던가 생각하며 새삼 놀랐습니다. 그렇게 가게 일을 도우면서 공부도 열심히 했는데, 좋아하는 문학도 열심히 해서 책을 읽거나 글을 쓰고, 또 그림을 그리는 것도 좋아해서 화판을 들고 어딘가로 사생을 나가는 등 여하튼 시간적으로는 조금도 쉴 틈이 없어 평소 밤에 다키지가 몇 시에 자는지 우리는 모를 때가 있었습니다.

이렇게 다이쇼 10년(1921) 3월, 청립 상업 5년간의 과정을 마치고 계속해서 오타루고등상업학교로 진학하게 되었습니다.

업과 어딘지 닮아 있는 듯하다."라고 되어 있다.

7

오타루고등상업학교 시절

남녀를 불문하고 아홉 살에서 스무 살 전후의 애들이란 워낙 실수가 많은 나이다 보니 부모가 하는 말은 귓등으로도 듣지 않고, 심한 경우에는 학교 성적이 떨어지거나 나쁜 친구를 사귀어서 자기도 모르는 사이에 불량 청소년이 되기 십상이라, 각 가정에서도 되도록이면 주의를 줘서 길을 잃지 않도록 부모 책임 하에 잘 지도해야 한다고 생각합니다. 다키지도 딱 그럴 나이가 됐지만 우리 부부 입장에서 보자면 어릴 때부터 보여 준 행동, 다키지가 어울리는 친구들의 성격 등으로 미루어 봤을 때 보통 부모들이 걱정할 만한 일은 무엇 하나 한 적이 없을 정도였습니다. 어릴 때나 커서나 우리가 입에 올렸던 건 돌아가신 아베 선생님 이야기로, 평소 아베 선생님이 말씀하신 것들을 아이들에게 이따금씩 들려주어 자연스럽게 가정교육의 단초로 삼았습니다.

다키지는 고등상업학교에 입학한 뒤 자기가 좋아하는 방향으로 쑥쑥 나아갔다고나 할까요, 부모인 우리는 온전히 다키지를 믿고, 다키지가 좋아하는 대로 하도록 맡겼고, 뭘 하든 간섭하지 않았습니다. 오히려 우리가 다키지한테 배우는 게 많을 정도여서, 그때까지 아무것도 모르던 우리가 무릇 학문이란 것은 어떤 것이고 세상이 어떤 것인지 오히려 부모가 공부하게 되는 지경이라, 그럴 때마다 학문이란 것이 얼마나 고마운 것인지, 그렇게 어려운 학문을 닦는 다키지는 우리 자식이지만 정말 훌륭한 아이라고 감탄할 정도였습니다.

부모인 우리에게 무엇보다 다행이었던 것은 그런 어려운 학문을 하는데 집에서 통학이 가능했다는 점이었습니다. 일반적으로는 자식을 공부시키기 위해 고향에서 멀리 떨어진 도쿄나 그 밖의 지역으로 매월 비싼 하숙비와 용돈을 보내 주면서 부모 품에서 떠나보냈는데, 그로 인해 부모들이 얼마나 걱정하고 고생을 했는지 모릅니다. 또 개중에는 나쁜 친구를 사귀는 바람에 나쁜 짓을 배워 타락하는 사람도 있다고 들었는데, 다키지는 매일 자기 집에서 통학하며 공부할 수 있고, 시간에 맞춰 집에 돌아와 가게 일을 도와준 덕분에, 진짜 우리에겐 경제적으로도 얼마나 도움이 되는지 모른다며 기뻐했습니다.

오타루와 삿포로는 한 시간 정도의 거리로 오타루에서는 홋카이도 대학이 있는 삿포로까지 기차로 통학하는 학생들도 많았습니다만, 기차 통학이라는 게 만만한 일은 아니었습니다. 다키지도 본인이 사는 곳에 있는 고등상업학교라 공부를 할 수 있었던 것이고, 만약 도쿄나 또 다른 멀리 떨어진 고등상업학교였다면 우리 집안 형편에 뒷바라지는 도저히 무리였을 겁니다.

다키지가 고등상업학교에 입학했던 때인 다이쇼 10년(1921), 다이쇼 11년은 물가가 말도 안 되게 높았기 때문에, 이대로 가면 애써 학교를 졸업해도 월급쟁이로 먹고살 수나 있을지 걱정될 정도로, '대학은 나왔지만'[24]이라는 말이 유행한 것도 그때쯤이었던 것 같습니다.

어찌 됐든 다키지는 학교 공부를 하면서도 본인이 좋아하는 책 읽는 것을 즐겼고, 온갖 문학서적을 섭렵하고, 스스로 뭔가 생각난 게 있으면 책상에 앉아 몇 장이고 계속해서 열심히 원고지에 글을 썼습니다. 그리고 시내에서 그런 분야의 모임이 있으면 종종 참석해서 밤늦게 돌아오기도 했습니다. 어떤 때는 다쿠보쿠 기일 집회에 참석하고 왔다면서 그날 밤에 있었던 일과 다쿠보쿠의 불우하고 짧았던 생애에 대해 여러 가지 이야기를 해 주기도 하고, 그의 단카 작품을 읊조리며 들려주기도 했습니다. 저도 어쩌다 보니 다쿠보쿠의 단카[25] 한두 개쯤은 암송할 수 있게 될 정도였습니다.

학교 내에서도 학생들이 참여하는 학예부[26]에서 한 부분을 담당했던 모양인데, 문학을 좋아하는 누나와 여동생에게 이것저것 이야기를

24) 세키 혹은 편집자의 기억이 잘못된 것으로 보인다. 이 유행어는 1929년 공개된 오즈 야스지로(小津安二郎) 감독의 영화 〈대학은 나왔지만〉에서 기원한 것으로, 쇼와 시대의 공황기에 대학, 고등전문학교 졸업자들의 취직난을 가리킨다. 이 책의 경우 제1차 세계대전 뒤의 고물가에 대한 언급이다.

25) 다키지나 치마코의 영향을 받아 고바야시 집안에서는 다쿠보쿠의 단카를 애창했다고 한다. 같은 도호쿠 출신이라는 친근감이 작용한 것으로 보인다.

26) 다키지는 오타루고등상업학교의 『교우회 회지』 편집위원으로 2학년 때부터 선발되었다. 스스로 「계조모에 대해」, 「로크의 사랑 이야기」 등의 소설과 번역을 발표하는 것 외에도 제28호부터 제32호까지 「편찬여록」을 썼다. 예를 들어 제31호(1923년 12월)에는 "학교의 저 무취미로 나열된 과목이란. 참으로 그 앞에서 먹고 싶지 않은 과목을 입 안에 '강제로 쑤셔 넣고' 있는 학생들의 비참한 얼굴이여!"와 같은 신랄한 대목도 보인다.

들려주었습니다. 남편이 엄청난 독서광이었다고 전에도 말씀 드렸지만, 다키지가 들려주는 학교 이야기나 세상 이야기가 우리 가족에겐 공부가 되어 저도 모르는 사이 우리 부부까지 이것저것 외우면서 저녁 식사 뒤의 즐거움으로 인해 정말 분위기가 좋았습니다. 그 당시는 가족도 많고 집안이 가장 활기 넘치던 시절[27]로, 다키지의 여동생 쓰기코도 여학교에 다녔습니다.

고등상업학교 시절 3년간도 꿈처럼 지나가고 다키지가 22살이 되던 다이쇼 13년(1924), 졸업하자마자 홋카이도 다쿠쇼쿠은행 오타루 지점에서 근무하게 되었습니다.

27) 누나인 치마코는 다음과 같이 말한다(앞서 게재한 좌담회).
"노래든 연극이든 뭐든 흉내를 내며 소란을 떨었습니다. 재미있는 집안이었습니다. 어머니도 함께 노래를 하곤 했죠. 아버지는 책을 읽거나 신문을 읽는 편이셨지만. 여하튼 우리 집은 가게를 했잖아요. 집안이 엄청 활기가 넘쳐서 아이들은 전부 그날 있었던 일을 모두에게 말해야만 직성이 풀리는 것처럼 떠들어댔어요. 손님이 가게에 들어와서 불러도 너무 시끄러워서 안 들릴 정도였죠. 아무 말도 없이 물건을 가져가는 사람이 상당히 있었대요. 근처 사는 이웃이 보고 있다가 그 사실을 알려 줘도 아버지는 늘 있는 일이라며 괜찮다고 말하는 그런 성격이셨어요. 자리에 드러누워 담뱃대를 물고 늘 신문을 읽고 계셨죠."

8

스에마쓰의 갑작스러운 죽음과 다키지의 다쿠쇼쿠은행 근무

그해는 남편인 스에마쓰가 62살, 제가 52살 되는 해였습니다. 장녀인 치마코는 그 전전해에 인연이 닿아 오타루에서 가까운 아사리무라의—아사리무라는 쇼와 15년(1940)에 오타루 시와 합병되어 지금은 시내의 아사리초로 바뀌었습니다—사토 류키치의 장남인 후지요시에게 시집을 갔습니다. 눈 깜짝할 새에 세월이 흘러 고향 아키타에서 이사를 온 지 18년이 됐는데, 이렇게 별 탈 없이 지내 왔을 뿐만 아니라 딸을 시집보내고, 다키지도 다 커서 취직을 하고 매달 월급봉투를 집에 들고 오게 된 것은 세월의 힘이라고는 해도 정말 진심으로 감사한 일이라 생각했습니다. 차남이긴 했지만 상속자인 다키지의 취직, 그리고 다키지가 은행원으로서 출세하는 것은 우리 부부의 소원이라, 우리 노후의 즐거움에 대해 서로 이야기하면서, 남편은 가게 일을 할 때도 신이 난다며 말하곤 했습니다.

그런데 세상일이란 마음먹은 대로 굴러가지는 않는 모양입니다. 누나 치마코를 시집보내면서 일단 마음에 여유가 생긴 데다 그해 다키지의 취직으로 안심해서 방심한 탓일까요. 그해 8월에 남편 스에마쓰는 급사라고 해도 좋을 만큼 급하게 병으로 세상을 떠났습니다. 남편은 원래 그다지 건강한 체질은 아니었지만, 그렇다고 해서 병약한 편도 아니라 약하긴 했지만 가게를 위해 끈기 있게 일했습니다. 그즈음 탈장 수술을 한 뒤로 약간 체력이 떨어진 듯합니다. 생각해 보면 7월 27일, 한참 더울 때였는데 가게 일로 제니바코에 갔다가 돌아온 뒤부터 왠지 몸 상태가 별로 좋지 않다고 했습니다. 얼굴을 보니 완전히 생기를 잃고 안색도 너무 나빠서 가족들은 깜짝 놀랐습니다. 아무래도 그대로 뒀다가는 큰일 나겠다 싶어 다음 날 서둘러 오타루병원에 입원을 시켰습니다. 병명은 급성 심장병으로 치료한 보람도 없이 8월 2일에 끝내 세상을 떠났습니다. 너무나도 급작스러운 죽음에 가족들은 모두 황망하기 그지없었고[28] 장례식이나 뒤처리도 제정신이 아닌 상태에서 치렀습니다.

남편이 죽고 난 뒤 가족들은 정신이 나간 것 같이 한동안 멍한 상태였습니다. 하지만 언제까지 정신을 놓고 지낼 수는 없는 노릇이라, 아주버니도 기운을 북돋아 주시고, 아이들도 마음의 정리를 하게 해서 어

28) 아버지 스에마쓰의 죽음 이틀 뒤 다키지는 단카 동인지 『원시림』의 주재자인 야마시타 히데노스케(스에마쓰가 죽은 오타루병원에 근무)에게 강연 요지 원고를 보내면서 "아버지가 2일 오후에 끝내 돌아가셨기 때문에 정신없는 상태에 무척 곤혹스러운 마음으로 대충 적었습니다."라고 쓰고 있다. 또한 그 강연 요지 말미에도 "집에 큰일이 있었기 때문에 낙서도 없이 정신없이 써 내려갔습니다."(『고바야시 다키지 전집』 제5권 「해제」)라는 부기가 있다.

떻게든 아버지가 돌아가신 뒤에는 다키지에 의지해 가족들이 서로 사이좋게 다독거려 가면서 세상 사람들에게 손가락질 당하지 않도록 서로 주의를 기울였으며, 소소하긴 하지만 가게도 계속 꾸려 나가기로 했습니다. 그 뒤 다키지는 집안을 일으켜 세워야 한다는 책임감이 있었기 때문에, 겨우 22살이던 다키지로서는 상당히 심적 부담이 컸을지도 모릅니다. 다키지에게만 짐을 지울 수는 없다는 생각에 저도 상당히 신경을 써서 될 수 있는 대로 다키지에게 걱정거리가 될 만한 일은 알리지 않도록 했습니다. 저는 원래 웬만한 일에는 꿈쩍도 안 하는 성격이라, 이왕 이렇게 된 마당에 가능한 한 무리하지 않기로 마음먹고 아이들을 상대로 여유롭고 마음 편히 사는 수밖에 없다고 생각하고 외롭긴 해도 씩씩하게 지내기로 했습니다. 아이들도 아버지를 잃었다는 생각에서일까요, 이전보다 더 집안을 깔끔하게 정리했습니다.

다키지는 매일 은행에 다녔습니다. 이제는 누가 뭐래도 한 집안의 가장이었습니다. 근무처, 가게, 형제, 사람들과의 교제, 그 밖에 좋아하는 독서, 원고 집필, 소설 재료 탐구, 여러 모임 참석 같은 일들로 거의 쉴 틈이 없었던 것 같습니다. 하지만 다키지는 그런 바쁜 와중에도 뭔가 한 가지 희망을 가지고 오로지 그것만을 향해 나아갔다고 여겨질 정도로 의욕이 충만했습니다. 가정이든 바깥일이든 일이 순조롭게 진척되는 것만큼 기분 좋은 일은 없는데, 다키지의 설레는 마음도 이해가 갔습니다. 게다가 생활하면서 특별히 경제적으로 힘든 일이 있는 것도 아니었기 때문에 다키지로서는 전심전력 문학의 길로 매진할 수 있었을 겁니다. 때문에 그즈음에는 상당히 여러 작품을 썼던 것 같습니다. 나중에 세상에 발표된 작품이 얼마나 되는지 저는 잘 모릅니다만, 항상 2층에 있는 자기 방[29]에서 한눈도 안 팔고 밤늦게까지 책상 앞에 앉아 있곤 했습니다.

바로 그 당시에는 이른바 노동문제로 세간이 시끄러웠고, 노동자와 자본가 사이에는 늘 분쟁이 끊이지 않았으며, 노동자들도 여러 단체를 조직해 단체행동으로 대항했습니다. 오타루에도 합동조합 같은 것이 생겨 관우 수염으로 유명한 스즈키 겐주鈴木源重 같은 사람이 왕성하게 활약하고 있었습니다.

다키지는 본인이 사는 곳이 하층사회의 일용직이나 그 밖의 근로자들이 많이 사는 지역이었기 때문에, 자연히 근로자들의 속사정이나 근무하는 곳의 업무 상황 등에 흥미를 가지게 되었고, 흥미가 발전해 조사와 연구를 하게 되었으며, 자신의 체험에도 적용시키다 보니 자연히 그런 사람들을 동정하게 되었다고 생각합니다. 한편으로는 소설 제재라는 명목하에 자진해서 노동계급에 관한 내용을 검토하게 됐겠지만, 당시 소설도 남녀관계나 권선징악 비슷한 것이나 기존의 낡은 형식의 소설보다도 생활 이면의 심각한 부분을 그려 내는 것으로 바뀐 것으로

29) 데즈카의 『고바야시 다키지』에 따르면 1925년 "9월경에 집안을 개조해 2.25평 크기의 1.5층 공간을 만들고 다키지의 작업실로 삼았다. 천장이 낮은 방으로, 멀리 바다가 보였고 창문이 열리게 되어 있었으며 넓은 조차장 구내가 한눈에 내려다보였고, 기관차의 매연이 이따금씩 유리창 전면을 향해 뿜어져 나왔다. 밤이 되면 저 멀리 연안에 파랑, 빨강으로 점멸하는 등대 불빛이 가깝게 보였다."고 한다.

보이며, 작가 중에서도 자연히 가장 하층민의 사정을 연구하는 사람이 속출하는 경향이 나타났다고 생각합니다.

게다가 오타루라는 지역은 홋카이도에서도 유명한 항구라서 많은 배가 드나들고, 항구에 늘어선 항만 하역, 창고, 석탄, 거룻배, 공장 같은 다양한 직장 노동자의 구별을 소재로 한 수많은 소설이 생겨났겠지요. 일단 소설가라는 길에 들어서면 그런 방면으로 탐구할 때 자연히 아주 깊은 곳까지 파고들지 않으면 승복할 수 없는 욕구라는 게 생겨나나 봅니다. 저는 왜 다키지가 노동자의 편에서 자본가에게 대항하려는 마음을 먹었는지에 대해서는 한 번도 대놓고 이유를 물어본 적이 없습니다만, 다키지가 고등상업학교를 다니던 시절부터 이따금 입에 담는 말의 의미에서도 정말 수긍이 가는 대목이 종종 있었습니다. 그건 당시 세상 돌아가는 것으로 봐도—아니, 지금 세상도 그럴지 모르지만 부자는 아무 말 없이 사리사욕을 채우고 사치스러운 생활을 하는 데 비해, 소작인이나 일용직 노동자는 아무리 새카매질 때까지 일을 해도 가난에서 벗어나지 못하고 평생 살림이 나아질 기미가 보이지 않는다는 게 얼마나 불합리한 것인지 저 같은 노인네조차도 알 수 있을 것 같습니다. 유명한 다쿠보쿠의 단카 중에 "일해도 일해도 여전히 내 생활은 나아지지 않고 멍하니 손을 바라보네."라는 게 있어요. 저는 다쿠보쿠의 심정을 충분히 알 것 같습니다. 다키지처럼 피가 들끓고 감정적이기 쉬운 청년의 머릿속에 그 불합리성이 낙인처럼 찍힌 것도 무리는 아닐 것이며, 또한 시대가 그렇게 만들었다는 것도 어쩔 수 없는 일이겠지요.

시대는 다이쇼에서 쇼와로 넘어가 다키지가 은행에서 일한 지 벌써 3년째에서 4년째가 되었습니다. 은행에서 상당한 신용도 쌓아[30)] 좋은 위치의 의자를 배정 받고, 그대로 참고 견디기만 하면 시내 출장소 주임에서부터 승진해서 지방을 돌면서 지점장으로서 각지에 주재하는 훌륭한 은행원으로서 평생을 보낼 수 있으리라는 건 대충 예상이 되었습니다. 다키지도 소설 같은 것에 취미를 가지지 않았으면 어땠을까, 우리는 가끔 불평을 하기도 했습니다만 그건 우리 힘으로는 어쩔 수 없는 자연의 힘, 하늘이 내려준 일이었습니다.

30) 데즈카의 『고바야시 다키지』에서는 "은행원으로서의 다키지는 업무 처리가 기민했으며 대인관계가 원만하여 동료 간에 평판도 좋았다. 책으로 불룩해진 즈크천으로 만든 가방을 들고 통근하던 긴 머리의 그는 왠지 모르게 은행 내에서는 약간 튀는 존재였다. 처음에 약간은 우려하는 마음을 갖고 있던 다키 아키라라는 지점장도 그의 정확하고 민첩한 업무 태도를 알게 되면서 겨우 마음을 놓았다고 한다."라고 썼다.

9

다쿠쇼쿠은행 사직

다키지의 소설 중에 『히가시쿳찬행東倶知安行』이라는 작품이 있습니다. 앞머리에 "나는 결국 질질 끌려갈 수밖에 없었다. 일을 그만두고 이튿날부터 곧바로 먹고살 자신이 전혀 없었다. 나는 마음대로 하고 돌아다닐 수 있는 차남도 아니었다. 내 월급에 부모 형제 여섯 식구의 생계가 달려 있었다."라는 대목이 나오는데, 바로 다키지의 심정을 나타낸 걸 겁니다.

『히가시쿳찬행』은 쇼와 3년(1928) 2월, 제1회 보통선거 당시 노농당에서 입후보한 야마모토 겐조山本懸藏 씨의 응원 연설에 스즈키 겐주 씨 등과 함께 다녀왔을 때의 일에 대해 쓴 작품인데, 회사원이던 다키지가 마음먹고 그런 선거운동을 하는 것을 얼마나 마음에 걸려 했는지는 가족인 우리는 충분히 이해하고 있었습니다. 게다가 야마모토 씨가 당선이 됐다면 그나마 다행이라 생각했겠지만 공교롭게도 낙선하는 바람에 후보자 본인이나 응원한 사람들도 실망이 컸다는 건 우리도 알고 있었습니다. 특히 자기 자식이 응원 연설을 갈 정도였기 때문에 노농당이 어떻고 정우회가 그렇다 식의, 정치라고는 전혀 지식이 없던 우리가 정말 안됐다며 사람들에게 동정을 받기도 하고, 또 노농당 정책이라는 것에 대해서도 어느 정도 인식을 하게 되었습니다. 당시에는 아직 일반적으로 자본가에 대항하는 사람은 뭔가 모반을 꾀하는 사람이라는 인식이 있었기 때문에 노농당 같은 건 백안시당하기 일쑤였습니다.

어쨌든 다키지는 은행에 근무하는 신분으로 그런 노동조합 운동에 참여한다는 게 마음에 걸리는 구석이 많았기 때문에 행동을 삼가는 듯하면서도 내심 불타오르는 투지로 사회의 속박을 끊고자 노력했다고 생각합니다. 원래 다키지는 체면을 생각해 대충 얼버무리거나 적당한 말로 윗사람에게 아첨하는 것을 싫어하는 성격으로, 자신이 믿는 방향으로 곧장 돌진하는 외골수적인 부분이 있었습니다. 그러면서도 겉으로 보기에는 매우 순종적이었고, 직장이나 집에서 우리한테 반대하는 말을 쓴 적이 거의 없다고 해도 과언이 아닐 정도였습니다. 다키지뿐만 아니라 우리 아이들 모두 공통된 성격을 가진 건 세상을 떠난 남편이나 제 성격을 물려받아서일 테니 어쩔 수 없지요. 게다가 다키지가 근무하던 곳은 자본가들이 모이는 곳이라 더더욱 마음고생이 심했을 겁니다. 그런 요인들이 쌓이고 쌓였다고나 할까요. 결국 다키지는 은행을 그만둘 수밖에 없었습니다.

결국 다키지의 소설이 화를 부른 걸까요. 다키지가 쇼와 4년(1929)에 발표한 소설 중에 『게잡이 공선蟹工船』과 『부재지주不在地主』라는 작품이 있습니다. 이 작품들은 다키지의 출세작, 혹은 대표작이라는 평가를 받고 있는 모양입니다만, 그중에서도 『부재지주』는 부재지주라는 새로운 단어가 일반적인 용어로 널리 퍼질 정도였습니다. 작품 내용은 오타루의 유명한 지주로 우류군에 넓은 소작지를 소유한 이소노 스스무磯野進라는 자본가가 있었는데 그 소작쟁의를 소재로 한 작품으로, 그 작품은 당시 신문을 떠들썩하게 했습니다. 지금은 그 이소노 씨도 세상을 떠났고, 요즘에는 소작쟁의 따위는 전부 없어졌습니다만, 당시에는 각지에서 지주와 소작인 사이에 갈등이 상당히 많이 발생했습니다. 그렇게 보면 아리시마 다케오有島武郎 씨의 가리부토 농장[31]은 아리시마 씨가 돌아가시기 전에 소작인들에게 각각 토지를 분양해서 평생 소작인이 살아갈 수 있는 길을 터 준 점은 정말 뛰어난 식견이라고나 할까요. 지금 생각해 보아도 정말 진보된 사상을 가진 지주였다는 생각이 듭니다.

그런데 이소노 씨 말입니다만, 그분이 공교롭게도 다키지가 근무하던 홋카이도 다쿠쇼쿠은행의 주주였을 뿐만 아니라 뭔가 중요한 자리를 맡고 계신 분이었는지, 그 소설이 발표되자 갑자기 다키지에게 압박을 가해 왔다고 합니다. 소설에 모델이 있고 줄거리가 사실에 가까운 것이라 할지라도 소설은 어디까지나 소설일 뿐이고 실제 이야기는 아니라는 건 저 같은 사람도 잘 압니다만, 오타루 사람들에게는 『부재지

31) 1922년 7월 18일, 가리부토 농장(지금의 니세코초) 120만 평을 소작인에게 무상으로 제공한다고 선언한 아리시마 다케오는 이듬해 1923년 5월 20, 21일 『오타루신문』에 가리부토 농장의 해방을 기고하며, "이는 자기 양심의 만족을 얻으려는 어쩔 수 없는 행위"라고 썼다. 아마도 다키지는 이것에 큰 관심을 갖고 부모와 형제, 자매에게도 말한 적이 있을 것으로 추측된다.

주』가 너무나도 세상을 떠들썩하게 만든 소작쟁의였던 만큼 지주인 이소노 씨를 향한 시선이 얼마나 나쁜 인상을 주었는지 지금 생각해 보면 이소노 씨를 동정할 수밖에 없는 부분도 다분히 있었습니다.

다키지도 운 나쁘게 본인이 근무하는 직장의 임원을 향해 화살을 쏜 게 된 셈이라, 당연히 직장을 그만둘 수밖에 없었다는 건 납득할 수 있습니다. 하지만 당시 다키지는 임원으로부터 사직 권고를 받았다는 사실도, 여기저기 주위로부터 압박을 받았다는 사실도 우리에게는 한마디도 하지 않았고, 오로지 매일 생각에 잠긴 채 우울한 나날을 보내고 있었습니다. 우리는 뭔가 직장에서 안 좋은 일이 있었을 거라는 건 대충 눈치를 채고 있었지만, 평소라면 아무리 사소한 일이라도 이야기를 꺼내 의논을 하던 다키지였기 때문에 금방 털어놓을 거라 생각해 딱히 우리 쪽에서 무슨 일인지 묻지 않고 그대로 뒀습니다.

다키지는 몇 날 며칠을 고민했을 겁니다. 어느 날 저녁 식사가 끝난 뒤 우리 가족에게 은행을 그만둘 예정[32]이라는 말을 꺼냈습니다. 왜 그

32) 『중앙공론』의 편집자인 아메미야 요조(雨宮庸藏)에게 보낸 1929년 11월 29일 날짜 엽서에 "이번에 『부재지주』와 여러 가지 일이 겹쳐서 결국 직장에서 잘렸습니다."라고 적고 있듯, 실질적인 해고였다. 그러나 "좌경사상을 갖고 『게잡이 공선』, 『1928년 3월 15일』, 『부재지주』 등의 간행한 문예서 속에 은행 이름을 명시하는 등 언어도단적인 행동을 했기 때문에 곤란하다."고 하면서도, 근무 상황이 양호했다는 판단 덕분인지 절차상으로는 11월 16일자로 '희망퇴직' 처리되어 퇴직금도 규정의 절반인 560엔을 지급받았다.(시립 오타루문학관 소장 「다쿠쇼쿠은행자료」) 퇴직금이 나왔기 때문에 세키를 비롯한 가족들에게 걱정을 끼치지 않으려고 '해고'가 아닌 '사직'으로 설명한 것으로 보인다.
그래도 '해직'으로 인해 다키지는 작가로서 경제적인 불안정을 염려해 "'뭐라도 팔러 다녀야 하나? 행상이라도 할까?' 등 진지하게 말했다."라고 다케다 스스무(武田暹)는

런 마음을 먹었는지 묻자 비로소 그간의 사정을 말해 주어 알게 되었습니다만, 다키지 입장에서는 향후 방침이나 가족이 먹고살 수 있는 방법에 대해 확실하게 세워진 계획도 없었기 때문에 그 문제에 관해서 진지하게 의논을 하려고 한 겁니다.

한번 그렇게 직장에 문제가 생긴 이상 다키지를 다독여서 억지로 참게 만드는 일은 저도 도저히 못할 짓이었습니다. 임원 측은 다키지에게 회사를 그만두든지 아니면 정치운동에서 손을 떼고 글 쓰는 일을 그만두든지, 둘 중의 하나를 강요했다고 합니다만, 다키지로서는 직장을 그만두더라도 문학은 버릴 수 없다는 굳은 결심을 갖고 있었다는 것은 저도 충분히 이해했습니다. 다키지는 어차피 그만두게 됐으니 앞으로는 오로지 문학의 길을 가고 싶다고 말했습니다.

『게잡이 공선』과 『부재지주』의 발표로 다키지의 이름도 문인들에게 알려지게 됐는지, 도쿄 지역의 잡지사나 소설가들로부터 빈번하게 편지가 오고 갔습니다. 진짜 소설가로 살아갈 결심이라면 그때가 마침 좋은 기회였을지도 모릅니다. 누구의 눈치도 보지 않고 진정한 자신의 개성을 충분히 발휘하려면 자유로운 몸이 되는 것만큼 좋은 게 없지요. 우리는 다키지가 소설가가 되겠다는 뜻에 특별히 이의가 없었고, 그와 동시에 어차피 이렇게 된 바에야 모쪼록 일본에서도 이름을 남길 만한 훌륭한 소설가가 되어 주길 바라는 마음이었습니다. 그런 제 마음을

회상한다.(앞서 게재한 좌담회)

알아주어, 좋아하는 문학의 길을 전력을 다해 정진하기로 결의를 굳히고 6년 동안 근무한 다쿠쇼쿠은행을 퇴직한 때가 아마 쇼와 4년(1929)의 11월이었을 겁니다.

10

다키지의 상경과 옥중생활

곧바로 새해가 밝아 쇼와 5년(1930)을 맞이했습니다. 그해 정월인지 아니면 그해 12월이었는지 잊어버렸습니다만, 다키지는 한 달 정도 니세코 산기슭에 있는 아오야마온천에 머물면서 정양을 한 적이 있습니다. 당시 오타루신문의 기자가 우리 집으로 다키지를 찾아와 이것저것 향후 계획을 물은 뒤 신문에 게재했는데,[33] 그중에 "여하튼 지금까지 규칙적이던 생활양식이 완전히 뒤바뀌었기 때문에 몸 상태가 좋지 않

33) 1930년 12월 3일자 『오타루신문』에 게재된 「고바야시 다키지 군의 작금」을 가리킨다. 러시아와 중국어로 번역된 「『게잡이 공선』/ 기성 문단의 비평에 허풍을 떨다/ 고바야시 다키지 군의 작금」이라는 기사 제목으로, 첫머리에는 "일약 문단의 상찬을 받으며 프롤레타리아작가로서 향후 눈부신 활약에 기대가 모아지는 고바야시 다키지 군은 오타루의 뛰어난 인재다. 5년간 샐러리맨 생활을 한 다쿠쇼쿠은행에서 희망해직당한 일은 이미 알려져 있으나, 작금의 고바야시 씨는 문인으로서의 장래를 다지기 위해 와카타케초의 자택에서 구상을 하면서 사색하는 생활을 계속하고 있다."라고 되어 있다. 덧붙여서 「유창한 말투로 지금의 문단 정세로부터 자신의 신변을 말하다」라는 제목으로, 본문의 "여하튼 지금까지……"가 있다. 후반에서는 나카무라 무라오(中村武羅夫)의 비평을 반박하며 "프롤레타리아파 작품은 목적의식에 근거한 집단에 힘을 두고 리드하는 것이기 때문에 작가로서의 개인적인 문제는 집단 앞에서는 단순한 꼭두각시가 되면 된다."는 담화가 나와 있다. 이 기사는 "신인 고바야시 다키지 군의 앞날은 위대한 미완성이다."라고 끝맺고 있다.

아 전혀 쓸 수가 없어요. 매일 한 장 아니면 두 장 정도 쓰는 게 고작입니다. 지금 『신조新潮』 1월호에 발표할 「폭풍경계보暴風警戒報」라는 60장 정도의 작품을 정리하고 있습니다만, 내용은 정당의 노골적인 정책 이면을 그린 것으로, 주로 정치이론을 인용해 그것이 얼마나 소설적으로 융합하는가의 문제를 전제로 펜을 든 것이므로, 비교적 『부재지주』나 『게잡이 공선』과는 다른 경향의 작품이 완성될 겁니다."라고 말한 내용이 보도되었습니다만, 건강이 나빠진 건 사실이라 그 한 달 동안 눈에 파묻힌 산속의 온천 여관에서 정신적으로도 육체적으로도 충분히 정양을 하는 사이 향후 자신이 나아갈 방향에 대해 확실한 결심을 굳힌 것 같습니다. 그 한 달간의 온천 요양으로 건강을 완전히 회복해 집에 돌아오자 다시 정력적으로 글을 쓰게 되었습니다.

그런데 어느 날 갑자기 다키지는 상경하겠다는 말을 꺼내 저도 깜짝 놀랐습니다. 그 말을 꺼내기까지 다키지도 엄청나게 고민을 했을 겁니다. 우리도 다키지의 말을 듣고 곰곰이 생각해 보니 다키지가 더 많이 공부해서 일본의 유명한 소설가가 되기 위해서는 이런 오타루 같은 시골구석에 있다가는 길이 없을 거라는 것, 무엇보다도 대도시로 나가야만 출세의 길이 열린다는 사실을 충분히 인지하고 있었기 때문에, 우리 가족으로서도 다키지의 발목을 잡지 않고 순순히 상경하게 놔두는 게 좋을 것 같다는 데 동의했고, 상경한 뒤의 일에 대해 이것저것 의논을 했습니다.

그러기 위해서는 제일 먼저 가게를 어떻게 할 것인지가 문제였습니다. 가게 문제에 대해서는 시집간 장녀 치마코 부부를 오라고 하고, 또 신토미초의 본가에도 연락해 모여 달라고 요청해서 어떻게 할지 의논했습니다. 당시 둘째 딸 쓰기코가 고다 사이치라는 청년과 결혼해서 이쿠슌베쓰라는 이와미자와에서 지선으로 연결된 석탄산 마을에 살고 있었는데, 둘째 사위 고다는 상업에 종사하고 있었기 때문에 아예 둘째 쓰기코 부부를 불러 가게를 맡기는 게 어떻겠냐는 얘기가 나왔습니다. 다키지도 그 의견에 찬성해 둘째 사위 고다가 가게를 맡아 준다면 본인은 상경해서 집을 얻은 뒤 저와 동생 산고를 도쿄로 부르겠다고 말했습니다.

산고는 어릴 때부터 음악을 좋아해서 아마 예닐곱 정도로 기억하는데 남편이 바이올린을 사다 줄 정도였고, 자기는 나중에 커서 음악가가 될 거라며 어렸을 때부터 말하곤 했습니다. 좋아해야만 잘 할 수 있다는 말처럼 점점 해가 갈수록 산고의 음악 실력은 훌륭해졌습니다. 그래서 다키지도 산고를 음악학교에라도 보내서 제대로 공부를 시키고 싶다며 입버릇처럼 말했기 때문에, 도쿄에서 집을 구하면 바로 산고를 불러다 음악공부를 시키겠다고 말했습니다. 그 말을 듣고 갓 스무살이 된 산고는 크게 기뻐했습니다. 다키지는 형제들을 끔찍이 위했기 때문에 당연히 형제들에게 화 한 번 낸 적 없었고, 동생인 쓰기코, 산고, 유키코를 귀여워해서 동생 세 명도 오빠, 형이란 소리를 입에 달고 살면서 뭐든 다키지를 의지했습니다.

도쿄에 가기로 정해지자 이쿠슌베쓰의 둘째 쓰기코 부부에게 소식을 전해 가게를 맡아 주겠다는 승낙을 받았고, 그 뒤 얼마 지나지 않아 쓰기코 부부는 가족을 데리고 오타루로 이사를 와서 우리와 같이 살게 되었습니다.

다키지는 소설을 쓰면서 알게 된 분들과 편지를 주고받으며 도쿄에 간 뒤 뭘 할 건지 대강의 방침을 정했는지 짐을 각각 정리했으며, 우리에게는 걱정할 것 없다며 몇 번이고 안심을 시켜 주고 일가친척과 작별 인사를 나눈 뒤 23년 동안 살아온 오타루를 떠나 상경한 것은 아직 눈이 많이 내리던 3월 하순이었습니다.

당시에는 아는 분 댁에서 기숙생활을 한 것 같은데, 도쿄에 도착한 뒤 곧바로 편지를 보내 주었습니다. 남편이 죽고 혼자 남은 저에게 걱정을 끼치기 싫었는지 다키지는 항상 도쿄 상황이나 자신의 일상생활을 세세하게 편지에 적어 알려 주었습니다. 저는 부디 하루라도 일찍 집 한 채 마련해서 우리를 도쿄로 불러 먹고살 수 있게 되기를 기도했습니다. 가게는 둘째 사위 고다의 단골도 점점 늘어났으며, 가정용 잡화 종류도 계속해서 진열대에 구비했고, 얼마 안 있어 미곡류까지 취급하게 되어 젊은 점원까지 고용할 정도로 성장해 나날이 발전해 나갔습니다. 그런 상태라면 가게는 일손이 부족해 저나 산고가 어느 정도 도움도 되고 특별히 우리가 도쿄에 갈 필요도 없었지만, 다키지는 어머니를 언제까지고 여동생 부부에게 맡겨 둘 생각이 없었습니다. 우리도 다키지의 말을 믿고 조만간 집을 마련했다는 소식을 알려올 거라고 생각했습니다.

그러는 동안 홋카이도에도 봄이 찾아와 벚꽃이 피는 시기도 지난 뒤 6월 삿포로 축제가 열리는 계절이 되었습니다만, 그때쯤부터 갑자기 편지가 오지 않아 우리는 너무 걱정이 되어 예전부터 소문으로 듣던 사상 관련 문제로 무슨 일이 생긴 건 아닌지 은연중에 신경을 곤두세우고 있었습니다. 하지만 그해는 마침 남편의 7주기이기도 했고 다키지로부터 기일인 8월 2일까지는 오타루로 한 번 돌아오겠다는 편지를 받았기 때문에 기일까지는 반드시 얼굴을 내비칠 거라 믿고 동생들이 목을 빼고 기다리면서 다키지가 좋아하는 참외를 맛보이려고 국내산 참외[34]를 사서 기다렸습니다. 그런데 남편 기일이 되어도 돌아오지 않자 점점 더 불안감이 커졌고 진짜 뭔가 일이 생긴 게 틀림없다며 걱정하기 시작했습니다. 아니나 다를까 오지 않았던 데는 이유가 있었습니다. 다키지는 그해 6월 경찰에 잡혀가 도요타마형무소[35]에 수감되었던 겁니다. 개조사改造社였는지 작가동맹이었는지 잊어버렸습니다만, 소식을 전해 준 덕분에 비로소 알게 되었고[36] 역시 그런 거였다며 모두 서

34) 이 에피소드에 대해, 다키지는 남동생 산고가 면회를 갔을 때 이야기를 들었을 것이다. 1930년 10월 7일자 무라야마 가즈코(村山籌子)에게 보낸 편지에서 "사정을 알고 있는 남동생은 그 모습을 차마 보고 있을 수가 없어 결국 사실대로 말해 버렸다고 합니다. 그때 어머니는 오히려 아무 말도 하지 않고 안색을 바꿨다고 합니다. 어머니답습니다. 하지만 어렸을 때 수십 년이나 같이 자란 누님도 역시 똑같았다고 합니다."라고 쓰고 있다.

35) 1930년 5월, 『전기』 방위간사이 순회강연 중에 일본공산당에 자금 원조를 했다는 혐의로 오사카 시마노우치경찰서에 검거되어 고문을 받지만 석방되었다. 도쿄로 돌아온 직후 6월 24일에 경시청에 검거되어 3개의 경찰서를 전전한 다음 8월 21일에 치안유지법 위반혐의로 기소되어 도요타마형무소의 미결수로 수용되었다.

36) 다키지 자신은 8월 말이나 9월 초쯤 매형인 사토 후지요시에게 보낸 편지에서 검거·기소되어 도요타마형무소에 갇혀 있다는 사실을 전하고 있다. 9월 4일자 다구치 다키

로의 얼굴을 쳐다보며 한숨을 쉬었습니다.

다키지가 다쿠쇼쿠은행을 그만둔 다음부터 아무래도 다키지를 감시하는 정부기관의 눈이 날카로워져서 요주의인물에서 불온분자 급의 경계대상이 되었고, 2년 전 쇼와 3년(1928) 3월 15일에 있었던 전국적인 공산당원 검거 이래 다키지도 그 일당[37]으로서 주목하고 있었던 것 같습니다. 다키지가 노동조합에 참가하고 하류계급사회에 관한 소설을 쓰기도 했으며, 3월 15일에 있었던 대탄압에 관한 내용을 써서 발표했기 때문에 그것을 빌미로 요주의인물로 찍힌 것도 무리는 아니었습니다. 다키지는 다키지대로 근무하던 직장을 나오게 된 이유가 자본가로부터 압력을 받은 결과였기 때문에 자연히 자본가와 정당이 결탁해 국정을 좌지우지하는 당시 나라 상황에 대해 반동적인 생각을 갖게 된 거라고 생각합니다.

하지만 저로서는 다키지의 사상이 어떻든 간에 다키지는 제게 있어 떼려야 뗄 수 없는 피붙이에, 세상에 둘도 없는 자식이었습니다. 그

(田口瀧子)에게 보낸 편지에서 "지금까지 알리지 않았던 홋카이도 집에도 며칠 전에 결국 내가 편지를 썼어. 너무 놀라시지 않도록 하기 위해 편지를 아사리에 있는 매형 주소로 보내서 매형이 대신 말하도록 했어. 감옥 안에서의 생활이 굉장히 편하다는 내용을 반복해서 썼어. 연로하신 어머니가 이번 일로 얼마나 걱정을 하실지 눈앞에 선해. 은행을 그만둘 때조차 밥도 안 드시고 잠도 못 주무실 정도였으니까 굉장히 괴로우실 거야."라고 쓰고 있다.

37) 1928년 12월 6일자 사이토 지로(齋藤次郎)에게 보낸 편지에는 "나는 지금 오타루에서 유력한 '요주의인물'이 되어 있어. …… 이른바 '특별고등경찰'들이 드나들다니 너무 심해. 집에 순사가 찾아와서 '사타(佐多)'의 어머니와 똑같이 닮은 우리 어머니를 협박했어."라고 쓰고 있다.

런 자식이 붙잡혀 가 차가운 형무소에서 햇빛도 쐬지 못하고 있을 거라 생각하니 너무 가엾고 가여워서 날개가 있다면 날아가서라도 안아 주고 싶어 앉지도 서지도 못할 지경이었습니다. 효심 깊은 다키지를 제가 그렇게 걱정한 것과 마찬가지로 다키지도 아마 우리를 걱정하며 매일매일 외로운 독방 속에서 신음하고 있었을 겁니다. 부디 하루라도 빨리 사바세계로 나올 수 있도록 그저 신에게 매달릴 수밖에 없었고 당시 저는 하루도 편하게 두 발 뻗고 잔 적이 없었습니다.

그러는 사이 점점 가을이 다가왔습니다. 바다에서 불어오는 소리를 들어도, 전선에 휭 하고 가을바람이 지나는 소리를 들어도 곧바로 마음속에 떠오르는 건 다키지였고, 지금쯤 어떻게 지내고 있는지, 감기는 들지 않았는지, 혹여 누군가 사식이라도 넣어 주지는 않았는지, 불씨 하나 없는 독방의 추위, 그런 것들을 생각하면 가만히 있을 수가 없어 밤을 새워 두껍게 솜을 넣은 이불[38]을 만들어 그것을 산고에게 가져다 주도록 했습니다. 산고가 상경한 것은[39] 10월 하순으로 11월 초에 다

38) 1930년 11월 6일자 에구치 간(江口渙)에게 보낸 편지에서 다키지는 감옥에 넣어 준 이불에 대해 다음과 같이 적고 있다.(11월 11일자 무라야마 가즈코에게 보낸 편지에서도 언급했다.)

"추워진 날씨에 홋카이도에 계신 연로하신 어머니는 아마도 크고 두꺼우며 투박한 이불을 보내 주신 것 같습니다. 오늘 이불을 말리기 위해 옮겨다 주는 잡역부가 '이런 불효자한테도 역시 어머니란 존재는 이렇게 두꺼운 이불을 보내 주시는군.'이라고 말했습니다. 어머니가 보내 주신 이 이불은 엄청나게 무겁습니다. 밤에 저는 뒤척이는 것조차 힘들 정도입니다. 저는 (저도) 감상적이 될 때는 이 무게는 대체 어떤 무게일까 생각하게 됩니다."

39) 이것은 어머니 세키의 기억이 틀린 것으로 보인다. 남동생 산고는 9월 중순까지 상경

키지와 면회할 수 있었고 이불이 다키지의 손에 들어간 것은 제 소원이 이루어진 것이라고 할 수 있습니다.[40] 당시 개조사의 사토 이사오佐藤績 씨에게 보낸 편지가 제게 전해져 갖고 있으니 보여 드리겠습니다.

해 도요타마형무소에서 다키지와 면회를 했다. 9월 17일자의 하라 마사노(原まさの), 나카노 스즈코(中野鈴子)에게 보낸 편지 말미에 "남동생과의 면회로 여러 가지 소식을 들었다."라고 쓰고 있다. 산고는 "형무소의 높고 두꺼운 콘크리트 벽을 보니 가슴이 무너지는 듯했습니다. 하지만 면회를 하러 나온 형님은 굉장히 씩씩했고 미소를 지으면서 자기 집에 있는 것 같은 모습으로 말했기 때문에 오히려 제가 당황했습니다."라고 회상한다.(「나의 홋카이도」『아사히신문』 홋카이도 판, 1977년 4월 21일)

40) 1930년 11월 6일의 야마다 세자부로(山田清三郎)에게 보낸 편지에는 "홋카이도, 그곳은 내가 남겨 두고 온 곳이지만 이미 겨울에 들어섰을 테지. 연로하신 어머니는 최근이 되어서야 겨우 주위 사람들이 안심할 수 있을 정도로 건강해지셨다는 편지를 받았다."라는 문장이 보인다.

11

사토 이사오에게 보낸 옥중편지

아주 오랫동안 격조했습니다. 그리고 첫 편지를 도요타마형무소에서 보내게 되었습니다. 오늘은 날씨가 좋아 하늘이 높고 청명합니다. 이런 밝은 햇빛 아래를 많은 사람들이 자유롭게 돌아다닐 거라는 생각은 저를 더없이 우울하게 만듭니다. 비행기가 자주 날아다닙니다. 저는 비행기 소리를 들으면 아이처럼 흥분해서 높은 창문 아래로 다가갑니다. 제가 떠나온 홋카이도에서는 비행기가 한 대라도 날아오면 길을 걷던 사람도, 인가에서도, 어른 아이 할 것 없이 모두 밖으로 뛰어나와 하늘을 올려다봅니다. 그곳은 이미 겨울이겠죠. 하늘이 낮고 어두컴컴해져서 제가 이래저래 낯이 익은 마을 사람들은 어깨를 움츠린 채 걷고 있을 겁니다. 어제(11월 21일)는 차가운 비가 내렸습니다. 저는 빨간 벽돌에 비가 부딪히는 소리를 하루 종일 귀 기울여 듣고 있었습니다. 가을이 깊어지면 독방의 문 장식이 손끝에 서늘하게 느껴집니다. 그리고 이상하게도 지금까지 전혀 그렇지 않았는데 옆 독방에서 달그락거리는 소리가 귀에 들어옵니다. 서로 얼굴을 마주칠 일도 없는 옆 독방 사람에게 뭐라 표현할 수 없는 친근감을 느낍니다. 이런 시가 있지요. 「깊은 가을 밤 이웃은 무얼 하는 사람일까.」

지난번 면회를 온 남동생으로부터 제 예전 작품인 『히가시쿳찬행』이 사토 씨 잡지에 실리게 되었다는 소식을 듣고 저는 몸서리를 쳤습니다. 저는 그 작품에서 대체 뭘 썼는지도 아주 대충으로밖에 기억하지 못하고, 게다가 대체 그걸 어떻게 표현하고 다뤘는지에 이르러서는 전혀 추측조차 할 수 없습니다. 밖에 있는 제 친구는 저를 생각하는 마음에 그런 일을 해 줬을 테고, 저는 그 점에 대해서는 진심으로 그들에게 감사하는 마음입니다만, 가장 중요한 부분에서 생각이 부족했다는 점은 안타깝게 생각합니다. 그 어설픈 작품은 한편으로는 아이 같은 소박함이 결여되어 있고, 다른 한편으로는 보통 작가로서의 세련미가 결여되어 딱 변성기를 맞이한 여드름투성이 중학생처럼 너무나도 불쾌하고 어정쩡한 작품이라고 생각합니다. 꼬투리만 잡히면 저를 어떻게든 해 보려고 작정한 사람들은 벌써 이때가 기회라며 저를 갈기갈기 찢으려 들 겁니다. 너무나도 고마운 일입니다. 1930년도 끝나가는 저널리즘이 1928년의 오래된 작품을 싣는 그림은 말 위의 돈키호테를 연상시키지 않나요? 저는 속을 태우면서 요 이삼일 독방 안을 서성이고 있습니다. 하지만 저는 슬프게도 어찌할 도리가 없습니다.

저는 이곳에 오기 얼마 전에 한 잡지를 읽다가 여러 전문가들이 자신이 감탄한 작품에 대해 쓴 글을 보았습니다. 그중에 제 『공장 세포』가 가장 많이 거론된 것을 보고 사토 씨에게도 감사하는 마음이 들었습니다. 하지만 이번 일로 완전히 없던 일이 되어 버렸다고 생각하니 전

정말 갈피를 잡을 수가 없습니다. 저는 지금까지 제 작품을 발표하는 것에 대해 상당히 신중한 입장을 취해 왔습니다. 당신이 먼저 그 작품을 읽어 보고 날 위해 거절해 줬다면 얼마나 좋았을까, 엉뚱한 상상까지 하면서 원망하고 있습니다. 대체 본인도 뭘 썼는지 제대로 기억하지 못하는 작품을 싣는 일이 가능한 겁니까? — 하지만 이젠 어쩔 수 없으니 이 문제에 대해서는 더 이상 언급하지 말기로 합시다. 다만 이런 일로 사토 씨에게 여러모로 폐를 끼쳤습니다. 그에 대해서는 정말 죄송하게 생각합니다.

도쿄에 왔을 때 회사에서 뵈었습니다만 별로 이야기도 못한 것 같아 아쉬웠습니다. 조금 더 여유롭게 기회를 봐서 저도 말씀 드리고 싶은 게 있었지만 지금에 와서는 앞으로 언제 사토 씨를 만나 이야기를 나눌 수 있을지 예상도 못 하겠습니다.

우리는 이곳에서 더할 나위 없이 씩씩하게 잘 있습니다. 저는 창문 한가득 보이는 가을 하늘을 옆에서 가만히 바라보며 책을 읽고 있습니다. 저는 이곳을 나갈 때면 정말 만물박사가 되어 있을 것 같습니다. 발자크와 사사키 구니佐々木邦(일본의 작가, 영문학자—옮긴이)가 뒤죽박죽이 되거나 코르뷔지에와 물가지수 통계가 이웃이 되고, 경제사와 체호프가 사이좋게 웃다가, 마지막은 어찌 될지 저도 잘 모르겠습니다. 저는 아직 태어나서 이렇게 연속해서 책을 읽은 적이 없습니다.

바쁘시죠? 문단의 상황도 엽서로 알려 주십시오.

이곳에서 저는 매일 요시다 쇼인吉田松陰(에도 시대의 지사志士, 교육가—옮긴이)처럼 앉아 있습니다. 하지만 밤에 잠이 들면 저는 자유롭게 오타루 거리를 산책하거나 당신들과 논쟁을 펼칩니다. 이는 저를 너무나도 행복하게 해 줍니다. 게다가 홋카이도에 남겨 두고 온 연로하신 어머니는 두껍고 넉넉한 이불을 보내 주셨기 때문에 저는 언제나 밤이 오기를 기다립니다.

(이 편지는 20일이 걸려 당신의 손에 들어갑니다. 그리고 만약 사토 씨가 이 편지에 답장을 바로 해 주신다 해도 다시 20일이 걸려 제 손에 들어오게 됩니다. 정말 재미있지 않습니까?)

11월 22일

시외 336

고바야시 다키지

시바구 아타고시모마치 개조사 내

사토 이사오 귀하

* 12월 5일자, 소인 우체국 불명, 봉함엽서

12

마바시의 집에서 동거를 시작하다

편지 이야기로 말씀 드리자면 다키지가 저한테 보낸 편지는 상당히 많습니다만 지금은 한 통도 남아 있지 않습니다. 아마 저한테 보낸 편지뿐만 아니라 우리 식구한테 보낸 편지도 거의 없다고 봐야 할 겁니다. 왜냐하면 다키지가 그렇게 형무소에 갇히게 된 뒤로 받은 편지는 읽고 나면 바로 불에 태웠기 때문입니다. 지금에 와서는 아깝게 괜한 짓을 했다고 생각합니다. 앞서 보여드린 사토 이사오 씨에게 보낸 편지는 제 수중에 있는 유일한 편지입니다.

한 인쇄물[41]에 나와 있는 작가동맹 분들에게 보낸 11월 8일 편지에는 "우리가 이곳에 온 지 80일이다. 그동안 나는 60통 이상의 봉함엽서를 썼다."라는 대목을 통해 계산하면 형무소에 들어간 게 8월 21일이 되는데, 그때까지는 대체 어디에 있었던 걸까요? 게다가 80일 동안 60통 이상이나 그 작은 글씨로 봉함엽서를 썼다는 건 거의 매일 편지만 쓰고 있었다는 거나 마찬가지로, 아무리 글 쓰는 일에 익숙하다고는

41) 전일본무산자예술단체협의회의 기관지 『나프(NAPF)』(발행처는 전기사) 1931년 3월호의 「옥창(獄窓)통신」에 게재했다.

해도 한정된 규칙 범위 안에서 잘도 썼다고 생각합니다. 또 그 다음에 이런 말을 쓰고 있습니다.

"솔직히 말하자면, 이곳에서는 별로 쓸 말이 없다. 매일 하늘 아래를 활보하며 새로운 일만을 마주하는 사람이라도 그 정도 기간에 그 정도의 편지를 다른 사람에게 쓸 수 있을지는 의문이다. 그럼에도 불구하고 나는 뭐든 열심히 썼다. 왜냐하면 나는 그를 통해 어찌 됐든 '살아 있는 사회'와 연결고리를 갖고 싶었고, 그보다 더 큰 이유는 외부 사람으로부터 편지를 많이 받고 싶기 때문이다. 나는 (뻔뻔하게도) 한 통의 편지에 대해 언제나 서너 통의 답장을 기대하고 있다. 솔직히 말해 사실 난 이 사실을 제군들 앞에 '편지를 받고 싶어서' 쓰고 있다는 사실을 알려 주고 싶어서라고 말해도 좋다. 당신들이 5분 동안 한 통의 엽서를 써 주면 이곳에서는 그 엽서가 분명히 나를 1주일 동안 기쁘게 만들어 줄 것이기 때문이다."

독방 안에서 다키지가 바깥 상황을 알고 싶어 하고, 외부와의 연결고리를 원하며, 매일매일 편지를 손꼽아 기다린 마음이 충분히 이해가 됩니다. 다키지는 제게도 자주 편지를 보내왔습니다. 특히 가족의 사랑을 원했습니다. 저도 어떻게든 제 마음속에 있는 이야기를 적어 알려 주고 싶은 마음에 그야말로 진짜 만학도이긴 했습니다만 밤잠도 줄여 가며 글자 견본을 써 달라고 해서 매일 밤마다 공부했고, 어찌 됐든 결국 글을 쓸 수 있게 되어 제가 봐도 웃긴 지렁이 기어가는 글씨로 편지를 쓰게 되었습니다. 생각해 보면 하나에 집중하는 마음만큼 무서운 것은 없습니다. 다키지가 제가 보낸 지렁이 기어가는 글씨의 편지를 읽고 난 뒤 독방에서 울었을 걸 생각하면 저 또한 울지 않을 수가 없었습니다. 제가 보낸 편지가 몇 통이나 되는지 지금은 기억도 나지 않습니다만, 편지를 쓰기 위한 노력, 그 편지가 다키지에게 도착해 차가운 독방 안에서 읽힐 거라는 즐거움, 편지를 읽고 다키지가 또 울 것을 생각하면 가여운 마음에 밤마다 다키지가 두고 간 책상 앞에 앉아 저도 모르게 두루마리 종이 위에 눈물을 떨구기도 했습니다.

그렇게 어느새 그해 연말이 되었고 새해 1월 하순, 다키지는 보석으로 출옥해 밝은 세상으로 나오게 되었습니다. 만 6개월 이상의 감옥생활을 한 셈이지만 출옥했다는 소식을 들은 우리는 본인 이상으로 기뻐했고 저는[42] 어깨의 무거운 짐을 내려놓은 듯한 기분이었습니다.

출옥하면 곧바로 오타루로 돌아와 오랜만에 우리에게 얼굴을 보여주지 않을까 이제나저제나 기다렸습니다만, 다키지는 전혀 돌아올 기미가 보이지 않았습니다. 언제 오냐고 묻는 편지를 보내자, 다키지는 오타루에는 당분간 돌아오지 않을 예정으로, 지금 자신의 심정으로는 그럴 상황이 아니며, 특히 오타루 사람들이 자신을 바라볼 시선을 생각하면 자신의 마음을 속일 수 없으니 오타루 사람들과 얼굴을 마주치지 않는 것이 오타루 사람들을 위한 것일 거라는 답장을 써서 보내왔습니다.

42) '제1차 원고'에는 "나조차도 보고 싶고, 보고 싶어 견딜 수가 없었습니다만 다키지의 마음도 물론 마찬가지였을 겁니다."라고 되어 있다.

그 뒤 다키지가 과연 어떤 일을 했고 어떤 생활을 했는지 우리는 전혀 상황을 몰랐으며, 사는 곳은 스기나미구 아사가야의 다무라田村[43]라는 집에서 하숙을 하는 것 같았습니다. 다키지가 보내온 편지 내용 중에 지금 적당한 집을 찾고 있으니 집을 구하는 대로 우리를 부를 예정이라고 씌어 있었습니다.

이윽고 봄이 되어 다키지로부터 집을 마련했으니 저와 산고에게 상경하라는 연락이 왔기 때문에 드디어 모자가 함께 살게 된다는 생각에 저도 일단 마음을 놓았습니다. 산고도 좋아하는 음악공부를 할 수 있을 테고, 다키지도 열심히 소설을 써서 어찌 됐든 활기찬 생활을 할 수 있으리라 생각해 서둘러 상경 준비에 돌입했습니다. 가게는 다키지의 여동생 부부가 경영을 맡은 이래 번창을 거듭해 가게 이름도 가가야加賀屋로 고쳤습니다. 막내딸인 유키코는 여학교에 다니고 있었기 때문에 첫째 사위인 사토(치마코의 남편)와 둘째 사위 고다(쓰기코의 남편)에게 부탁했습니다. 더 이상 걱정할 게 아무것도 없었고 가재도구 같은 큰 이삿짐도 필요 없었기 때문에 홀가분하게 모자 두 명이 정든 오타루를 떠난 때가 그해 7월이었습니다. 우리 일가가 아키타에서 오타루로 이사한 지 25년이 흘렀습니다. 제 입장에서는 오타루가 제2의 고향입니다. 제가 25년이나 살았던 오타루를 떠나 마지막 안식처로서 도쿄에 살아야 하는 것은, 늙어서는 아들을 따른다는 말처럼 이제부터는 오로지

43) 정확하게는 다구치 모리하루(田口守治) 댁(시외 스기나미초 나루마사 88번지).

자식의 출세를 위해 기도할 수밖에 없다는 것을 의미했습니다.

다키지가 마련한 집[44]은 아사가야의 마바시 3초메 375번지에 있었습니다. 방은 4평, 3평, 1.5평짜리 방 세 칸 외에 부엌이 딸린 단독주택이었습니다. 집 주변에는 채소를 조금씩 키우는 텃밭과 대숲도 있어 정말 조용하게 살기 좋은 곳이었고, 볕이 잘 드는 주택이었습니다. 이웃집에는 대학 교수인 가와즈라라는 분이 살았는데, 상냥한 부인이 이따금 꽃을 갖고 오는 등 친절하게 대해 주었습니다. 나중에 그 선생님은 돌아가셨지만, 저는 다키지가 죽은 뒤에도 상경할 때마다 가와즈라 부인을 찾아가 이것저것 당시 이야기를 나누곤 합니다.

44) 남동생 산고는 도쿄에서의 생활을 다음과 같이 회상한다.(「나의 홋카이도」『아사히신문』 홋카이도 판, 1977년 4월 21일)
"4평, 3평, 1.5평짜리 방이 달린 작은 단층집이었지만 형님은 처음으로 자신의 방을 가지게 된 것을 기뻐했습니다. 저도 옆방에서 바이올린 연습을 할 수 있었고, 어머니도 주변 공터에 텃밭을 만들어 채소와 형님이 좋아하는 화초 키우기를 즐기셨습니다.
오타루에 살던 시절에는 생각할 수도 없는 일로, 저는 형님이 책상 앞에 앉아 책을 읽거나 원고를 쓰는 것을 보고 왠지 작가다워졌다는 생각을 했습니다. 하지만 그때는 이미 심상치 않은 정세였을 겁니다. 긴장감 도는 삼엄함이 형님 주위를 맴돌고 있었습니다. 매일 바빴고 출타해서는 밤늦게까지 돌아오지 않았습니다. 그래도 저희와 이야기할 때는 언제나 상냥한 형님이었습니다."

13

다키지의 지하생활, 재회

우리 모자 세 명의 도쿄 생활은 평온한 일상이었습니다. 특히 다키지는 우리에게 걱정을 끼치지 않으려고 사상적인 문제에 대해서는 일절 말을 꺼내지 않았고, 저녁을 먹을 때 우리 셋은 밥상에 둘러앉아 그날 시내에서 보고 들은 여러 가지 화제로 이야기꽃을 피웠습니다. 산고는 좋아하는 바이올린 연구에 몰두해 고노에 히데마로近衛秀麿(일본의 지휘자, 작곡가—옮긴이) 저택에도 초대 받은 적이 있었습니다. 저는 식사 준비 외에 딱히 할 일도 없었기 때문에 정원 손질을 하거나 이따금씩 외출해서 근처를 산책하기도 했습니다. 아사가야의 마바시라는 곳은 오메 가도를 따라 사람들의 왕래가 빈번한 곳으로 교통편이 상당히 좋고 도쿄 중심지로 나가기도 편리했습니다. 호리노우치의 절도 바로 가까운 곳에 있었습니다. 다키지는 도쿄의 중심지에도 자주 저를 데려가 이곳저곳 구경을 시켜 주었습니다.

다키지는 매일 일로 바빴습니다. 여러 동지들이 드나들었습니다. 그 사람들과 어울리는 일과 당시의 글이 세상에 얼마나 나쁜 영향을 끼치는지, 정부의 단속에 왜 저촉이 되는지, 그런 것들에 대해 저는 전혀 아는 바가 없었고, 저는 다키지가 믿는 방향으로 정진하는 것이 정말 당시 법에 저촉되어 나쁜 일이라고는 도저히 믿을 수 없었습니다. 그만큼 다키지가 저를 고생시키지 않으려 얼마나 애썼는지 나중에서야 알게 되었습니다. 저 또한 다키지의 행동이나 일상, 생각에 대해 결코 이래라 저래라 참견을 하지 않는 한편, 추궁하는 일도 삼가도록 하면서 바깥일에 관해서는 모르는 척했습니다.

당시 다키지는 그런 단체의 서기장[45]을 맡고 있었다고 하는데, 물론 어떤 일을 했는지 우리로서는 알 길이 없지만 하여튼 바쁜 나날을 보내고 있었던 것은 사실입니다. 다키지는 매일매일 외출하거나 동지들이 찾아오기도 하고, 밤에 귀가가 늦어지는 일도 있었기 때문에 그로 인해 소설 공부에 혹여 방해가 되지는 않을까 걱정할 정도였습니다.

마침 그해 가을에 만주사변이 발발해 일본 국내의 관심은 만주사변으로 집중됨과 동시에 다키지와 동료들의 활약이 눈에 띄게 활발해지는 듯 보였습니다. 저도 마음 한편으로는 예삿일이 아니라는 생각에 걱정이 됐고, 특히 그렇게 바쁘게 일하다가 몸이라도 상하는 건 아닌지 다키지의 건강이 걱정되어 견딜 수가 없었습니다. 하지만 다키지는 너무나 건강했습니다. 게다가 명랑하고 상냥한 성품의 동지들을 만나 보면 어디에 그런 뜨거운 강철과도 같은 의지가 숨겨져 있는지 의심이 들 정도여서, 모두들 우리 집에 모일 때 비밀 이야기 따위는 들어본 적이

45) 1931년 7월, 다키지는 일본프롤레타리아작가동맹의 상임중앙위원, 서기장으로 선출된다.

없었고 정말 평온하고 화기애애한 모임뿐이었습니다.

얼마 지나지 않아 도쿄에도 겨울이 찾아왔는데, 홋카이도의 추운 날씨에서 생활하던 우리에게 난로 하나 없는 냉골 같은 집안의 아침저녁은 오히려 홋카이도에서 더 따뜻하게 살 수 있다는 사실을 절실히 느끼게 해 주었습니다.

또 다시 새해를 맞이해 쇼와 7년(1932)이 되었습니다. 도쿄에서의 겨울 생활도 어느 정도 익숙해졌고 날씨가 좋은 날에는 이게 정말 겨울인지 헷갈릴 정도로 따뜻한 날도 있었습니다. 3월에 접어들자 완연한 봄 날씨가 되어 볕 잘 드는 정원에는 새싹이 하루가 다르게 자랐습니다. 저는 그해 봄에 땅에서 싹이 나와 하루하루 자라나는 모습을 보는 게 제일가는 즐거움이었는데, 홋카이도에서도 조금씩 텃밭을 가꿔서 작물에 꽃이 피거나 열매가 맺히는 모습을 보는 걸 낙으로 삼아 왔었습니다. 때문에 도쿄에 와서도 집 주변에 조그만 공터라도 있으면 거기에다 화초를 심거나 채소 씨를 뿌려서 열심히 키우곤 했습니다.

특히 다키지는 꽃을 매우 좋아했는데 다양하고 아름다운 꽃을 보면 하루의 피로도 잊어버린다며 특이한 꽃이 꽃병에 꽂혀 있으면 좋아했습니다. 저는 텃밭을 가꾸고 다키지는 소설 쓰는 일에 몰두하며, 산고는 열심히 음악을 공부해 온 식구가 화목하게 살 수 있다면 도쿄 생활이 얼마나 행복했을까요. 하지만 그건 거의 기대할 수 없는 꿈이었고, 다키지의 신변에는 점점 더 수상한 기운이 맴돌아 금방이라도 큰 폭풍이 몰아칠 기세였습니다.

물론 다키지 본인은 예상을 하고 있었던 듯, 자신이 언제 어떻게 될지 모르기 때문에 일이 닥쳤을 때 결코 당황하거나 슬퍼하지 않도록 몰래 산고에게 말해 두었다고 합니다. 저는 다키지에게 어떤 위험이 닥칠지, 어떤 결과를 불러올지 무서워서 다키지에게 직접 물을 엄두도 내지 못했고, 또한 제게 걱정을 끼치지 않으려는 다키지의 마음도 충분히 느껴졌기 때문에 일부러 평온함을 가장했습니다.

그런데 불길함은 의외로 일찍 찾아왔습니다. 때마침 도쿄는 벚꽃이 가장 흐드러지게 필 시기였는데 다키지가 동지들과 함께 홀연히 지하로 잠적해 버린 겁니다. 당시 경찰에서 나온 듯한 사복 차림의 인물이 매일같이 우리 집을 감시하는 바람에 저와 산고는 정말 짜증스럽고도 불안한 나날을 보냈습니다.

그렇게 되자 저는 이미 벌어진 일은 어쩔 수 없다는 생각에 다키지 일은 더 이상 걱정하지 않기로 마음먹고, 애써 체념하려 마음속의 불안과 싸웠습니다. 하지만 불안을 제거하는 일은 그리 쉬운 일이 아니었습니다. 당국의 감시는 날카로워서 우리는 상인을 비롯해 우편배달부, 근처 주민들의 출입에 대해서조차 몇 번이고 신문을 받아야 했습니다. 아무리 우리에게 질문을 한들 우리는 진짜로 다키지의 소재를 모르고 있었기 때문에 어쩔 도리가 없었습니다. 사실은 우리도 어떻게 해서든 다키지가 잠적해 있는 곳을 알고 싶어서 다방면으로 손을 썼지만, 당시에는 아무리 수소문을 해 봐도 알 수가 없었습니다. 다키지의 소재가 판명되지 않는 한 다키지는 어딘가에서 건강하게 지내고 있으며 신변에 이상이 없다는 반증이라며 안심하기도 했습니다만, 역시 가장 신경이 쓰이는 건 다키지의 안부였습니다. 이제 와서 큰일 났다며 한탄해 봐야 달라질 건 아무것도 없었고, 우리 식구들이 자칫 섣부른 행동이라도 했다가는 오히려 다키지의 신변을 위험하게 만들 뿐이니 괜히 주제넘게 행동하는 건 금물이라는 점에 대해서도 산고와 충분히 이야기를 나눴습니다.

때문에 그러는 동안 제 마음고생은 이루 다 말로 표현할 수 없었고, 밤에 바람으로 덧문이 덜컹거리는 소리만 나도 혹시 다키지가 몰래 숨어 들어온 건 아닐까 눈을 뜨고는 가만히 소리에 귀를 기울일 정도였으니, 그런 경험을 겪어 본 사람이 아니고서는 제 심정을 이해하지 못할 겁니다. 마치 전쟁이 끝나 병역에서 풀려난 병사들이 외지에서 언제 돌아오는지, 이제나저제나 매일같이 기다리는 부모와 부인들의 마음이나 마찬가지였습니다. 하지만 그들은 나라를 위해 싸운 병사의 귀환을 기다리는 것이라서 세상에 대해 어떤 거리낌도 없이 당당하게 기다릴 수 있었지만, 저의 기다림은 그와는 조금 달라서 정말 세상의 눈을 꺼리는 어둠의 기다림이었기 때문에 누구에게도 제 심정을 털어놓을 수 없어서 오로지 집에서 산고와 둘이 마주 보며 몰래 숨어서 이야기할 뿐이었습니다. 때문에 방의 전등도 왠지 어두운 느낌이 들 정도였습니다.

그런데 어느 날 산고가 다키지의 동료와 연락이 닿아, 다키지를 비밀리에 만날 수 있다는 정보를 가지고 왔습니다. 그 소식에 우리는 얼마나 기뻐했는지 모릅니다. 하지만 상당히 신중을 기해야 하는 일이었고, 또 정말 불안한 일로서, 우리와 만나는 것 때문에 다키지가 잡히는 빌미를 제공한다면 정말 큰일이었습니다. 그렇게 되면 부모나 동료의 손으로 다키지를 경찰에 넘기는 꼴이 되어 버리니까요. 특히 우리는 평소 일거수일투족까지 감시를 당하고 있다고 해도 과언이 아닐 정도였습니다. 다키지를 만난다 하더라도 아주 주의 깊게 계획을 세워야 했기 때문에 접선 방법에 대해서도 상당히 많은 고민을 했습니다.

무더운 여름도 어느덧 물러가고 아침저녁으로 슬슬 선선한 바람이 불어오는 9월 중반에 우리를 보러 오타루에서 치마코 모녀가 상경했습니다. 치마코가 데리고 온 아이는 치마코의 장녀로 4살이 되는 가즈에和枝였는데, 제게는 가장 큰 손녀였습니다. 치마코 모녀가 오자 집안 분위기가 확 밝아지면서 활기차졌습니다만, 뭔가 하나 부족하고 빈 것 같은 느낌이 든 것은 역시 다키지의 부재 때문이었습니다. 산고는 어떻게든 한 번은 형을 만나고 돌아가는 게 좋지 않겠냐며 치마코에게 말했습니다. 치마코도 다키지를 만나고 싶은 마음이 간절했기 때문에 단단히 결심을 하고 은밀히 만나기로 의논한 다음 모든 것을 산고와 동지분에게 맡겼습니다.

그날은 치마코 모녀에게 도쿄를 구경시켜 주기 위해 안내하는 시늉을 하며 산고가 여기저기 데리고 다니다가 미리 연락을 통해 정해 둔 시간과 장소에서 오랜만에 다키지를 만날 수 있었습니다. 그곳이 어디에 있는 어떤 곳인지 저는 알 수 없었지만, 어떤 레스토랑[46]이었던 것만

46) 아자부주반의 야마나카야라는 과일가게의 2층 찻집.

큼은 기억하고 있습니다.

한동안 보지 못했기 때문에 혹시 다키지가 야위고 약해진 건 아닌지 걱정했지만, 만나고 보니 그런 느낌은 전혀 없었고, 너무나도 건강해 보여 평상시와 다름없었기 때문에 우선 한시름 놓았습니다. 만날 때까지는 이제까지 쌓아 둔 얘기도 이것저것 생각했습니다만 막상 만나고 나니 제대로 된 이야기 하나도 못 하고 그저 막연하게 잡담만 주고받느라 지금에 와서는 그때 무슨 이야기를 했는지조차 잊어버릴 정도였습니다. 치마코는 홋카이도 이야기, 둘째 여동생 쓰기코 부부의 가게 이야기를 들려주었습니다. 다키지는 조카 가즈에를 보고 귀여워하면서 품에 안아 보려 했지만 낯을 가리는 가즈에는 부끄러워하며 다키지 옆에 가려 하지 않았기 때문에, 다키지는 가즈에의 개성을 길러 주는 방법에 대해 치마코에게 일일이 이야기를 들려주었습니다.

그날 만남에서 다키지는 지금 경찰한테 잡히면 무슨 일이 생길지 모르지만 이런 시대에 태어난 것이 자신의 천운이며, 아마 언젠가는 자신들의 생각을 세상 사람들도 납득하게 될 날이 올 것이고, 또한 자신들이 꿈꾸는 시대가 오지 말란 법도 없다고 말했습니다. 그때까지 얼마만큼의 시일이 필요하고 얼마만큼의 희생을 치러야 하는지는 우리들로서는 알 수 없다고 했습니다. 그래서 그 희생자 중 한 명이 되어야 하는 자신은 불행한 사람이냐 하면, 결코 자신은 불행하다고 생각하지 않으며 이것도 자신에게 주어진 운명으로 받아들일 수밖에 없다고 말했습니다.

당시 우리가 억지로 다키지를 설득해서 집으로 끌고 가려고 마음을 먹었다면 불가능한 일은 아니었지만, 다키지의 그런 굳은 결심을 듣자 역시 다키지는 다키지의 신념대로 행동하게 놔두는 것이야말로 다키지가 바라는 일일 거라 생각해 입 밖으로 꺼내기 일보 직전이던 집에 가자는 말도 그대로 삼켰습니다. 그리고 가볍게 식사를 같이 하고 산고와 함께 이것저것 이야기를 나눈 뒤, 너무 오래 있으면 오히려 좋지 않다며 아쉬운 이별을 하게 되었지만 그게 이 세상에서의 마지막 만남이 되리라고는 상상도 하지 못했습니다. 지금도 눈에 선한 당시 건강했던 다키지의 모습. 조만간 다시 보자는 말에 다음 만남을 기대하며 불길한 예감 따위는 전혀 없었고, 오로지 비밀스럽게 당국에 들키지 않도록 조심하면서 헤어졌습니다. 물론 다키지가 당시 어디에 숨어 있는지는 묻지 않았고, 다키지도 말해 주지 않았습니다. 치마코도 다키지를 만나 정말 좋았다며 기뻐했습니다.

14

다키지의 죽음

도쿄에서 맞이하는 두 번째 가을도 점점 깊어 갔습니다. 치마코 모녀는 언제까지고 도쿄에 머무를 수는 없는 노릇이었기 때문에 홋카이도로 돌아가게 됐는데, 저도 오랜만에 오타루에 가 보고 싶어 치마코와 함께 돌아가기로 했습니다. 집을 비우는 동안의 일은 산고에게 잘 당부해 둔 뒤 10월 초쯤 1년 3개월 만에 오타루로 돌아왔습니다. 오타루에 돌아와서도 제가 살던 집은 둘째 사위 고다에게 물려준 터라 제 집은 없었습니다. 아사리에 있는 치마코네 집—큰사위 사토의 집에 머물거나 주로 둘째 딸네서 당분간 신세를 졌습니다. 둘째 사위인 고다의 집에는 유키코가 있었습니다. 유키코가 있긴 해도 왠지 옛날 살던 집의 느낌이 나지 않는 건 아무래도 그곳이 자신의 집이 아니라는 생각 때문이었을 겁니다. 저의 집은 다키지의 집, 산고가 사는 도쿄의 집이라는 것을 새삼 깨닫게 되었습니다.

결국 저는 산고가 있는 곳으로 돌아와야만 하는 몸이었습니다. 사위인 사토나 고다는 하나같이 저를 친어머니같이 여기고 잘 대해 주었습니다. 저는 그런 점에서는 정말 복 받은 사람이라 사위들이 하나같이 성품이 착해서, 사위들한테 마냥 기댈 생각은 없었지만 그래도 저는 아무런 거리낌이나 걱정 없이 딸들 집에 신세를 졌습니다.

아마 그해 12월이었던 것 같습니다만 저는 둘째 사위 고다의 장남으로 당시 2살이던 마사히사를 등에 업고 도쿄의 집으로 돌아왔습니다. 둘째 쓰기코가 연년생으로 아이를 낳는 바람에 마사히사를 돌보는 게 힘들어진 데다가, 둘째 사위는 가게 일로 너무 바빠 결국 당분간 제가 도쿄에서 마사히사를 맡아 길러 주기로 한 겁니다. 쓰기코 부부도 아직 너무 어린 마사히사를, 게다가 귀여운 아들을 자신들의 품에서 떼어 놓는 건 부모로서 힘든 결정이었겠지만 쓰기코도 저를 닮아 의외로 성격이 담담한 편이라 아들을 저한테 맡겼습니다.

마사히사를 돌보면서 이동하는 긴 기차 여행으로 저도 많이 지쳤습니다. 아직 두 살배기라 이래저래 칭얼거리기 마련입니다. 어쩔 수 없이 달래거나 포도당을 먹이면서 도쿄 우리 집으로 돌아왔습니다.

산고에게 물어보니 그때 이후로 다키지와는 만나지도 못했고 어디에 있는지도 모른다는 대답이 돌아왔습니다. 이런 지하 잠적 생활이 얼마나 지속될 건지, 정말 기분 좋은 날 없이 우울한 생활을 계속해야만 한다는 사실에 비참한 생각이 드는 때도 있었습니다. 그전에 형무소에 들어갔을 때는 그나마 제가 편지를 써서 어미로서의 심정을 알려 주거나, 다키지도 또한 저를 생각해서 옥중에서 세심하게 편지를 써서 보내 주었기 때문에 두 사람 사이에는 마음과 마음의 연결고리가 있다는 것에 안심하기도 하고 즐기는 부분도 있었지만, 이번에는 다키지가 살아 있기는 하지만 이 세상 사람이 아닌 것과 마찬가지로 만나고 싶어도 만날 수 없고 편지를 주고받는 일도 불가능한 상황이라, 우리의 시름과 불안은 이만저만이 아니었습니다.

그러는 사이 다시 해가 저물고 쇼와 8년(1933)을 맞이했습니다. 다키지도 그해 31살로, 일반 가정이라면 결혼해서 자식 하나둘 정도는 두고 있겠지만, 아무리 주어진 운명이라고는 해도 신년을 축하해야 할 정월에 가족이 함께 조니(일본에서 신년에 먹는 떡국으로 구운 찰떡, 어육, 야채를 재료로 한다.—옮긴이)도 먹지 못한다는 건 얼마나 쓸쓸하고 불운한 일인지 모릅니다. 그리고 지금쯤 어딘가 은신처에서 우리를 떠올리며 새해 기분을 얼마나 느끼고 있을는지, 괜한 불평불만이긴 했지만 결국 산고를 상대로 그런 불만을 입 밖에 낼 수밖에 없었습니다. 유일하게 집안 분위기를 조금은 밝게 만들어 준 것이 바로 새해에 3살이 된 마사히사의 천진난만함으로, 마사히사의 존재는 정말 우리 가정의 안전핀이었고, 천사였으며, 엄청난 역할을 하는 위문 대사이기도 했습니다. 우리는 거의 마사히사 덕분에 매일을 만족스럽게 보낼 수 있었다고 해도 과언이 아닐 정도였습니다.

그해 1월이 지나 2월에 들어서도 다키지로부터는 아무런 소식도 없었습니다. 무사할 거라고 생각하긴 하면서도, 같은 도쿄에 숨어 있는 거라면 어떻게든 홀어머니에게 얼굴을 비추지는 못해도 하다못해 편지라도 못 보내는 건지 어느 때는 원망한 적도 있었습니다. 그런데 이게 웬일입니까. 다키지는 그럴 상황이 아니라 결국 최후의 날을 맞이한 것입니다.

아직 아침저녁으로 특히 더 기온이 내려가는 2월 21일, 그날 오후 4시경이었을까요, 아마 옆집에 사는 가와즈라 부인이었다고 기억하는데, 가와즈라 부인이 당황해서 뛰어 들어와 석간신문에 다키지가 죽었다는 소식이 실렸다고 말해 주었고, 저는 깜짝 놀라 정신이 혼미해졌고, 일시적으로 말문이 막힐 정도로 멍해져 버렸습니다. 신문 기사는 다키지가 경찰에 잡혔다가 심장마비로 죽었다는 내용으로, 순간 어떤 직감이 떠올랐습니다. 공교롭게도 당시 산고도 어디를 나갔는지 집에 없었습니다.

아무리 그래도 어제 죽었다면서 만 하루가 지나도록 왜 경찰은 아무 소식도 알려 주지 않는 건지 의심이 들기 시작했고, 여하튼 이대로 가만히 있을 수는 없다고 생각해 가와즈라 씨와 의논해서 우선 다키지가 죽었다는 쓰키지경찰서로 가 보기로 했습니다. 산고가 돌아오기만 기다리고 있을 수는 없었습니다. 하지만 그렇다 해도 여자에다 나이 먹은 저 혼자서는 향후 뒷일을 어떻게 처리해야 할지, 경찰서에 찾아간 뒤의 일처리도 힘들 거라는 생각에 누군가 남자에게 같이 가 달라고 부탁하는 수밖에 없다고 생각했습니다. 순간적으로 머릿속에 떠오른 것이 몇 년 전에 도쿄로 이주한 아키타의 고바야시 본가였습니다. 가와즈라 씨에게 그쪽으로 연락을 부탁하고, 저는 마사히사를 재워서 등에 업고 귀에 아무것도 들리지 않는 상태로 자동차를 타고 쓰키지경찰서까지 달려가 거의 반 실성한 상태로 뛰어 들어갔습니다. 그리고 접수하는 사람에게 다키지의 어머니라고 말하자 접수하는 분도 깜짝 놀라 몇 번이고 확인을 한 뒤 저를 특별고등경찰실로 데려갔습니다.

저는 특별고등경찰 주임이라는 사람에게 왜 소식을 전해 주지 않았는지, 적어도 임종이라도 지켜주고 싶었다고 말하자, 제가 아사가야에 살고 있다는 사실을 몰랐기 때문에 본적지인 아키타로 전보를 쳤다고 말했습니다. 그렇게나 우리 집을 뺑 둘러 에워싸고 사복 차림의 형사들이 잠복해서 감시하던 경찰이 그렇게 정보 공유가 안 되는 걸까, 잠깐 이상하게 여겼지만 여하튼 빨리 다키지를 보게 해 달라고 말하자 저를 마에다의원으로 데려갔습니다. 저는 다키지의 진짜 모습을 보기까지는 제발 다른 사람이기를, 누군가 다키지의 이름을 사칭한 사람이기를 진심으로 기도하면서 오로지 신의 자비에 의지할 수밖에 없었습니다. 그런 절실한 저의 기도는 이루어지지 않았고, 완전히 변해 버린 다키지의 실물을 본 당시 저의 놀라움, 한탄, 슬픔, 그런 감정들은 도저히 말이나 글로 표현할 수 없습니다. 당시 이야기를 말씀 드리려면, 저의 부족한 말보다는 언젠가 나중에 참고가 될지 몰라 당시의 신문 스크랩이나 그 밖의 인쇄물을 제가 소중하게 보관하고 있기 때문에 그것들을 하나하나 읽어 보시면 더 자세히 알 수 있을 겁니다. 신문 스크랩은 각 신문사의 기사들을 붙여 놓은 건데, 이건 다키지의 동지들이 모아 준 것으로 전부 제 눈물 자국이 스며 있다고 해도 과언이 아닙니다.

15

『도신문都新聞』 기사

프롤레타리아작가 고바야시 다키지 씨

검거되어 급사

아카사카에서 길거리 접선 도중 체포

취조 중 심장마비

명작 『게잡이 공선』 이래 좌익문단의 중진으로 활약해 온 프롤레타리아작가 고바야시 다키지(31) 씨는 지난 가을 문화연맹 대탄압 이후 미야모토 겐지宮本顯治 씨와 함께 교묘히 지하로 숨어들었고, 경시청 특별고등경찰 당국은 그 뒤 적극적으로 수사를 지속한 결과 쓰키지경찰서 경찰이 20일 정오, 고바야시가 아카사카 다메이케 정류소 부근에서 길거리 접선을 꾀하고 있다는 사실을 알아내 다메이케 부근을 경계하던 중 고바야시가 나타난 것을 보고 체포에 나섰다. 고바야시는 서둘러 도주를 꾀했으나 수 킬로미터의 추적 끝에 체포되어 바로 쓰키지경찰서로 끌려갔으며, 오후 1시부터 동 경찰서 미즈타니 고등주임이 취조를 하는 도중 신체 고통을 호소해 같은 날 3시 한때 취조를 중단하고 유치장으로 보내졌으나 같은 날 4시경 점점 더 고통이 심해진다고 호소하여 쓰키지 1-22번지에 위치한 쓰키지병원의 마에다 박사에게 왕진을 부탁한 결과 용태가 의외로 중태라 오후 6시 쓰키지병원에 입원을 시키고 치료를 했으나 같은 날 7시 45분 마침내 절명했다. 마에다 박사의 진단에 따르면 사인은 심장마비라고 한다. 죽기 직전 고바야시는 죽음을 의식한 듯 '고향에 알려 달라', '개조사의 「지구 사람들」은 고향 사람들이 어려움에 처해 있어서 쓴 글이다 운운' 등의 말을 남겼다.

고바야시는 작년 4월[47] 공산당 동조자로 검거되었으나 같은 해 6월 보석으로 풀려난 뒤에는 제한된 주소지를 떠나 지하로 숨어들어서 비상시 공산당 재건운동에 임했으며, 문화연맹 궤멸 때도, 작년 10월 당 검거 때도 교묘하게 도주하여 정식 당원으로서 재건운동에 참여한 자이지만, 당국에서 그 행방을 추적하던 중 갑자기 이번 3월호 개조사 발행지에 「지구 사람들」이 발표되었기 때문에 당국으로서는 크게 체면이 깎였고 수사망을 좁혀 엄중하게 탐문을 시작하여 앞서 기술한 과정에 이르게 된 것이다. 작년 10월 30일 검거 당시 당 중앙부의 이와타 요시미치岩田義道도 그렇고, 이번 고바야시 다키지의 죽음도 그렇고 모두 좌익운동의 전모를 파악하려는 당국으로서는 큰 타격이라 할 수 있다.

47) 정확하게는 1930년 6월에 검거되어 1931년 1월 보석으로 출옥했다.

영양실조와 격투의 결과인가

미즈타니 특별고등경찰 주임의 이야기

당시 상황에 대해 쓰키지경찰서 미즈타니 고등주임은 말한다.

일주일 전에 당 경찰서가 체포한 공산청년동맹 관련자 모 씨와 정기 연락을 하기로 되어 있는 공산청년동맹의 지도자가 있다는 정보를 확보해 20일 정오 접선 장소인 아카사카구 다메이케 1초메 네 번째 모퉁이에서 오자와 순사와 내가 잠복하고 있던 중 일행으로 보이는 두 남자가 다가왔다. 뒤에서 '자네들'이라고 말을 걸며 불러 세우자 그중 인버네스 코트에 게타를 신은 남자는 도라노몬 방면으로 도주했다. 나는 또 다른 한 사람을 붙잡았고, 오자와 순사가 도망간 남자를 1.3~1.4킬로미터나 쫓아가 덮쳤고 엄청난 격투 끝에 겨우 체포했다. 오후 1시경 경찰서로 연행하여 취조를 시작했으나 야마노 지로山野次郎라는 자만 신원이 판명되었고, 나머지 한 사람은 경찰서 직원 중에 사진을 본 기억이 있다는 사람이 있어서 고바야시 다키지라는 사실을 확인해 준 덕분에 처음에 아무것도 모르던 우리도 정말 의외의 대어를 낚았다며 흥분해서 추궁했으나, 그는 시부야 방면의 모처 2층에 가사도우미도 없이 살고 있다는 말만 한 채 상당히 흥분한 상태로 숨이 가빠 보였기 때문에, 3시경 취조를 중단하고 유치장에서 쉬도록 조치했으나 5시 반경에 심장이 아프다고 호소한다는 이야기를 듣고 쓰키지병원의 마에다 박사를 불러 치료하게 했으나 결국 사망한 것이다. 체포 당시 수중에는 51전밖에 소지하지 않은 상태로 상당히 형편이 어려워 보였으며 안색도 나빠 보였기 때문에, 영양

실조에다 1킬로미터도 넘는 도주, 게다가 격투까지 벌인 상태였기 때문에 심장마비를 일으킨 것으로 보인다.

고문이 아니다

모리 특별고등경찰 과장은 말한다. "너무나도 갑작스러운 일이라 혹시나 하고 걱정을 했으나 조사해 보니 고문을 가했다는 소문은 결코 사실이 아니다. 그다지 건강하지 못한 몸으로 필사적으로 도망치는 과정에서 심장에 이상이 온 것이며, 경찰의 행위에 문제가 될 만한 소지는 없었다."

또한 이치카와 쓰키지경찰서 서장은 말한다. "때려죽였다는 등의 소문은 전혀 사실무근이다. 당국은 할 수 있는 한 모든 처치를 다했다. 오랫동안 수사 중이던 중요 피의자가 죽은 것은 실로 유감이다."

사체를 부여잡고 흐느끼는 어머니

오늘은 고바야시 가족이 사인에 관한 성명서를 발표

작가 다키지의 유해 인수를 위해 모친 고바야시 세키코(61)는 21일 오후 6시 반, 손자를 등에 업고 친척 고바야시 이치노쓰카사小林市司와 함께 쓰키지경찰서로 들어가 "신문을 보고 알았는데, 내 자식이 죽었는데도 왜 알려 주지 않느냐"며 흥분해서 경관에게 따졌으나 미즈타니 고등주임으로부터 쓰키지경찰서에서는 고바야시 다키지의 본적지인 아키타에 어머니가 계신 것으로 알고 전보를 치던 중이었다는 대답을 듣고서

납득. 어머니는 사건의 전말을 들은 뒤 9시 유해가 있는 쓰키지 1-24번지 쓰키지병원으로 가서 2층의 한 병실에서 자식이 완전히 변해 버린 채 흰 천을 덮고 누워 있는 모습에 유해를 붙잡고 흐느끼기 시작했다. 이때 다키지 동지의 유해를 보기 위해 에구치 간, 사사키 다카마루佐々木孝丸, 오야 소이치大宅壯一 등을 비롯한 무산변호사단 및 일본프롤레타리아극장동맹 관계자 20여 명이 쓰키지병원 앞에 모였으나 당국이 안에 들여보내 주지 않아 허무하게 2층을 올려다볼 뿐이었다. 9시 35분, 동지들이 마련한 침대차에 유해를 옮기고, 어머니 세키코는 프롤레타리아의 어머니답게 역시 사람들 앞에서는 눈물 한 방울 보이지 않고 씩씩하게 입술을 깨문 채 소박한 모습을 유해와 함께 차 안으로 감추었으며, 에구치 간, 사사키 다카마루 씨가 함께 탄 차는 스기나미구 마바시 3-375번지의 자택으로 향해 10시 반에 도착했다. 30여 명의 일본프롤레타리아극장동맹 관계자들의 보호 속에 차분하게 장례가 치러졌으나, 어머니 세키 씨는 "효자인 다키지를 칭찬은 못 해 줄망정 죽이다니…… 이게 무슨 일이래요."라고 말하며 유해를 껴안고 거의 실성한 사람처럼 울며 슬퍼했고 수 차례 기절하기를 반복했다. 장례식에 참석한 에구치 씨는 어머니를 대신해 말했다.

"고별식은 23일 오후 1시부터 3시까지 자택에서 치러집니다. 안면 타박열상, 목에 생긴 밧줄의 흔적, 허리 아래의 출혈 등이 심해 단순한 심장마비라고는 볼 수 없기 때문에 22일 집에서 사인에 관한 성명서를 발표할 겁니다. 어머니 세키코 씨가 슬퍼하시는 것도 무리가 아닙니다. 11년 전 그의 아버지 스에마쓰 씨가 돌아가신 뒤 오타루로 시집간 누님 사토치마코(32) 씨와 동생 산고 군 등 세 형제, 게다가 알아주던 효자 다키지 군이었기 때문에……."

* 이상은 2월 22일자 『도신문』[48]

48) 또한 이들 기사 외에 「좌익문단의 투장(鬪將)/ 고바야시 씨의 약력」이 있다. 그 기사에는 "본 신문에도 과거에 중편 『신여성 기질(新女性氣質)』을 연재한 적이 있다. 구라하라 고레히토(藏原惟人)가 없는 현 좌익문단진에 고바야시 다키지의 죽음은 심히 안타까운 일이다."라고 되어 있다. 구라하라라는 치안유지법 위반혐의로 투옥되어 있었다.

16

마바시에서 치러진 장례식

생각해 보면 20일 밤의 일입니다만, 저는 왠지 심란한 마음에 잠들지 못하다가 겨우 잠이 들었는데 뭔가가 가슴을 누르는 듯한 압박감을 느끼고 소리를 내려고 발버둥을 쳤지만 목소리가 나오지 않았고, 결국 가위에 눌린 채 눈을 떴는데 온몸이 땀범벅이 된 상태였습니다. 겨우 한숨 돌리고 이상한 일도 다 있다며 다시 잠이 들었는데, 그때야말로 다키지가 단말마의 고통을 겪으며 '어머니, 어머니' 하고 제 품에 매달렸던 때가 아닌가 생각합니다.

쓰키지경찰서의 이치카와 서장은 때려죽였다는 소문은 사실이 아니라고 말했고, 모리 특별고등경찰 과장은 고문한 사실이 없으며 심장에 이상이 생긴 것이기 때문에 경찰은 아무런 잘못이 없다고 변명합니다만, 제가 주제넘게 말씀 드릴 필요도 없이 다키지의 사체를 한 번이라도 보신 분은 다키지가 왜 죽었는지 이유를 말하지 않아도 확실히 알 수 있다고 생각합니다. 시사신문이 제목[49]에서 명확히 '괴이한 죽음'이

49) 1933년 2월 22일자 『시사신보(時事新報)』는, 「프롤레타리아작가의 효장(驍將) / 고바야시 다키지 씨 괴이한 죽음/ 길거리 검거 뒤 심장마비」라는 제목으로 보도했다. 또

라고 보도하고 있지 않습니까. 에구치 씨가 말한 바와 같이 뺨은 보라색으로 피가 맺혀 찢어져 있었고, 목에는 이중으로 된 끈 자국이 뚜렷하게 남아 있습니다. 허리 아래의 출혈도 얼마나 심한 고초를 겪었는지 확실히 말해 주고 있습니다. 그 모습을 본 어머니로서 느낀 제 기분은 충분히 이해하실 겁니다. 한 신문[50]에는 다키지가 "너무 흥분했기 때문에 수갑을 채운 상태로 취조했다."라고 보도됐습니다. 다키지가 수갑이 채워진 채로 무슨 짓을 당했을지 대충 상상이 갑니다. 그리고 일본프롤레타리아문화연맹에서 낸 3월 10일 『대중의 친구大衆の友』 고바야시 다키지 기념 호외에 「목격자의 이야기를 들어라! 그날 감방의 고바야시 다키지」라는 기사를 읽어 주십시오.

고문은 유치장에서 이루어진 듯하나 어떤 방법인지는 모른다. 하지만 오랫동안 당했다는 사실이 밝혀졌다.

남자가 끌려왔을 때 우리는 모두 훔쳐보았다. 안색이 새파랗게 질린 보통 체격의 남자가 휘청거리고 있었고(그 남자가 고바야시였다), 제3호 방에 그 남자를 집어넣기 위해 3호실 문을 열었지만 고문의 여파로 인해 분노가 가시지 않는지 고바야시는 휘청거리는 몸으로 방에 들어가지 않으려

한, 동 기사 속에는 오야 소이치의 "대단한 효자로 도쿄에 어머니를 모셔 와 정성을 다해 모시고 있었는데……."라는 담화가 실렸다.

50) 1933년 2월 22일자 『도쿄아사히신문(東京朝日新聞)』.

고 상체를 비틀며 저항했다. 고바야시의 가슴을 스파이[51]가 구둣발로 찼다. 고바야시는 쓰러져 대자로 뻗었다.

스파이는 쓰러진 고바야시의 가슴과 배를 다시 찼다. 의식불명이 되어 축 늘어진 고바야시를 3호실 안에 끌고 가 처넣었다.

3호실 안에는 4, 5일 전부터 고문을 당하고 있던 젊은 남자가 있었는데, 그 남자는 고바야시를 보더니 아는 사이인지 상당히 놀랐다. 그 남자는 본인도 매일 고문을 당해 제대로 쓸 수 없게 된 무릎으로 무리해 가며 몸을 일으켜 고바야시를 보살폈다. 고바야시는 의식불명인 상태에서도 몸이 괴로운 듯 계속해서 몸을 꿈틀거렸다. 화장실에 가고 싶으냐고 물으면 아니라는 표정으로 고개를 저었으나 내버려 두라는 간수에게 억지로 문을 열게 하고 서너 명이 화장실로 데려갔다.

그런데 소변은 나오지 않고 항문에서 많은 피가 나왔다. 고바야시는 축 늘어졌다. 간신히 말을 할 수 있게 되자 아는 사이인 젊은 남자에게 "얼마 남지 않은 듯해. 사인을 바깥 동지들에게 전해 줘."라고 말했다.

이 이상 확실한 증거는 없을 겁니다. 아무리 서장이 변명해도, 특별고등 과장이 부정해도, 저는 다키지의 사인이 무엇인지 확신하기 때문입니다. 그렇게 효자이던 다키지, 형제들을 잘 챙기던 다키지, 지하에 잠적해서도 우리를 걱정해 원고를 써서 원고료를 보내 주던 다키지입니

51) 여기서는 고문을 가한 특별고등경찰관을 말한다.

다. 숨을 거두는 마지막 임종 때 "고향에 계신 어머니께 알려 달라."라고 말했다는 사실로 다키지가 죽어 가며 제게 말하고 싶었던 게 무엇인지 확실히 그 심정을 알 수 있습니다. 동지 여러분도 다키지의 성격을 알기 때문에 그만큼 제게 더 마음을 써 주셨습니다. 특히, 에구치 씨, 사사키 씨, 오야 씨, 주조中條 씨께는 감사하다는 말씀 전하고 싶습니다.

신문 기사에 실린 대로 다키지의 유해는 21일 밤 늦게 마바시 집에 도착했습니다. 그리고 동지 여러분이 20명이나 모여 차분하게 장례를 치러 주셨습니다만 『대중의 친구』에 실린 구보카와 이네코窪川いね子 씨의 글을 읽어 보시면 그날 밤의 정황을 잘 알 수 있으실 겁니다.

시체를 앞에 두고

구보카와 이네코

오후 11시, 아사가야 마바시에 있는 고바야시 댁으로 가는 길을 서둘렀다. 마에다병원으로 전화를 걸자 사체는 자택으로 보냈다는 이야기였다. 우리 6명은 입을 열면 분노에 떨게 될 것 같아 조용히 걸었다.

작년 3월 이전 아직 문화연맹의 희생자들이 바깥에 있을 무렵, 고바야시 동지를 찾아올 때 걸었던 길이었다. 집이 가까워지자 나는 나도 모르게 달리기 시작했다.

현관 들어서서 왼쪽에 있는 4평짜리 방이 원래 고바야시의 방이었다.

에구치 간이 장지문을 열고 고개를 끄덕였다.

도코노마(일본식 방의 상좌上座에 바닥을 한층 높게 만든 곳—옮긴이) 앞 이불 위에 누워 있는 모습! 역시 고바야시였다.

창백하고 차가워진 그 얼굴! 그건 역시 동지였던 고바야시의 얼굴이었다.

그는 10개월 만에 자신의 방으로 돌아와 있었다. 정작 고바야시는 그런 사실을 모를 것이다.

우리는 옆으로 다가갔다. 야스다 박사가 마침 고바야시의 옷을 벗기려는 참이었다. 우리의 눈은 일제히 무참하게 피부 아래로 출혈이 일어난 대퇴부로 향했다. 모두의 입에서 동시에 탄식의 소리가 흘러나왔다. 창백하게 굳은 양쪽 허벅지는 완전히 시커먼 보랏빛으로 변해 있었다. 우리는 바로 이와타 요시미치岩田義道를 떠올렸다.[52)]

어머니가 신음소리와 함께 눈물을 흘리며 고바야시의 셔츠를 벗기고 있었다. 주조는 옷 벗기는 것을 도우며 말했다.

"어머님, 마음을 잘 다잡으셔야 합니다."

"네, 괜찮습니다."

어머니는 꽉 움켜쥔 손수건으로 양쪽 눈의 눈물을 닦아 내며 하, 아 하는 소리를 내뱉었다.

"심장이 나쁘다고? 대체 어딜 봐서 심장이 나쁘다는 거야? 우리 형은

52) 이와타는 1932년 10월 30일 경시청 특별고등경찰에 의해 검거되어, 그 4일 뒤인 11월 3일 고문으로 학살당했다.

전혀 심장이 나쁘지 않습니다. 만약 심장이 나빴다면 수영도 못할 텐데 우리 형은 어릴 때부터 수영을 잘했단 말입니다."

셔츠가 벗겨진 고바야시의 가슴 위에 몸을 숙이고 창백하게 변해 버린 가슴을 한껏 쓰다듬었습니다.

"하아, 왜 숨을 안 쉬는 거야. 죽일 필요까지는 없잖아요. 하아, 대체 무슨 짓을 한 거예요? 왜 숨을 안 쉬어."

어머니는 고바야시의 고통의 흔적, 적이 가한 박해의 흔적을 찾듯이 힘을 줘 가며 쓰다듬었다.

끊임없이 입을 움직이며 쏟아 내는 어머니의 안타까운 분노는 또한 자리를 같이한 우리의 마음이기도 했다. 그러나 어머니의 목소리는 우리의 가슴을 아프게 했다.

어머니는 다키지의 옷깃을 여며 준 다음, 이번에는 이마를 쓰다듬고 머리카락을 쓸어 올린 다음 고바야시의 이마를 끌어안고 말했다.

"다키지, 한 번만 일어나 봐. 모두를 위해서 다시 한 번 일어나."

어머니는 그렇게 말하면서 자신의 뺨을 고바야시의 뺨에 갖다 대고 비볐다. 자신이 낳고 기른 어머니의 애정으로 고바야시 동지의 죽은 얼굴을 감싸 안고 거리낌 없이 볼을 비볐다.

어머니는 가슴이 무너지는 듯 고통스럽게 소리를 질렀다. 화가 치민 듯 눈물을 닦고서는 고바야시의 관자놀이 상처를 쓰다듬으며 말했다.

"여기 맞아 본 적 있어요? 이곳은 급소예요. 여길 맞으면 누구든지 죽어요."

그러고 나서 목 졸린 흔적을 쓰다듬으며 양 볼의 재갈 흔적을 쓰다듬었다. 주름을 펴듯 힘을 주어 문지르면서 피를 통하게 하려는 듯했다.

어머니는 고바야시의 얼굴, 가슴, 발, 보이는 곳마다 적의 흉포한 수단의 흔적을 확실히 확인했다.

어머니가 본 것과 마찬가지로 우리도 또한 고바야시 동지의 얼굴에, 가슴에, 다리에 나타난 적의 흉포한 수단의 흔적을 확실히 확인했다.

17

해부 거절

21일 밤은 제가 흥분해서였는지 무슨 일이 있었는지 거의 잊어버렸습니다. 모든 일은 에구치 씨와 사사키 씨에게 다 맡겼고, 그분들이 산고나 본가의 고바야시 이치노쓰카사 씨 등과 의논한 뒤에 향후 어떻게 할 것인지에 대해 대책을 세웠을 겁니다.

저는 밤새 거의 한숨도 자지 못한 상태라 22일 아침이 되어도 머리는 멍했고 가끔 눈앞이 핑핑 돌아 쓰러질 것만 같았습니다. 그런 저를 주조 씨는 친딸보다도 더 따뜻하게 보살펴 주셨습니다. 전날 밤에 모인 동지분들이 의논한 결과 여러 가지 일들이 진행되었습니다. 오카모토 도키岡本唐貴(프롤레타리아 화가—옮긴이) 씨가 다키지의 죽은 얼굴을 유화로 그려 주시고, 기시 야마지貴司山治(일본 프롤레타리아문학의 소설가, 극작가—옮긴이) 씨, 센다 고레야千田是也(일본의 연출가, 배우—옮긴이) 씨, 하라 센코原泉子(일본의 여배우—옮긴이) 씨 등이 수고스럽게도 데스마스크를 만들어 주셨다는 건 나중에 듣고 알았습니다.

전날 밤 장례식에서 밤을 새운 동지분들이 어떻게든 다키지의 사인을 밝혀내서 확실히 해 둘 필요가 있다는 결론이 나와, 그날 사체 해부를 의뢰하기로 했습니다. 저도 경찰에서 심장마비라는 이야기를 듣고 도저히 수긍할 수 없었기 때문에 동지분들의 계획에 이의가 있을 리 없었습니다. 어떻게든 경찰의 허를 찌르고 싶다는 고집이 생겨 에구치 씨에게도 말해 해부를 부탁했습니다. 그런데 어찌된 일인지 경찰이 먼저 선수를 쳐서 모든 병원을 대상으로 해부를 거절하도록 손을 써 두는 바람에 안타깝게도 우리의 계획은 실행되지 못했습니다. 그 과정에 대해서는 『대중의 친구』에 자세히 나와 있기 때문에 보여 드리겠습니다.

게이오병원 다음 날인 22일, 고바야시 동지의 시체를 해부하기 위해 게이오병원과 협상을 했다. 전화를 걸자 "아, 조금만 기다려 주세요."라며 상당히 당황해 했는데 얼마간 기다리자 해부실 사정이 좋지 않아 거절하겠다는 말로 거절당했다.

데코쿠 대학병원 고바야시 동지의 시체 해부를 의뢰하자 "우리 병원에서는 그런 사람은 거절한다."라고 말했다. 정중하게 "사후 내장기관의 변화를 봐 주셨으면 하니 제발 부탁 드립니다."라고 말했는데 "우리 병원에서는 그런 일은 일체 거절하고 있습니다."라는 대답이 돌아오자 마지막으로 "너희는 그런 말 하면서 또 선전에 이용할 거잖아, 이 머저리들아!"라고 소리치며 전화를 끊었다.

지케병원 "좋습니다."라는 대답으로 승낙하며 오후 1시까지 병원으로 이송해 달라며 시체의 이름도 묻지 않았다. 1시 30분에 도착해 사환의 안내를 받아 들것으로 해부실로 옮기고 해부대 위에 시체를 눕혔다.

병리학 교실의 조교수인 오바 가쓰토시가 야스다 박사를 해부실로 불러 연구실로 들어간 채 30분이 지나도 나오지 않았다. 그러는 사이 젊은 직원 감독처럼 보이는 사람이 와서 왜 시체를 가져왔냐며 호통을 쳤다. 이상하게 여겨 연구실로 가 보니 오바가 해부를 할 수 없다며 거절했다는 사실을 알았다.

"무엇보다 야스다 선생님의 전화를 받았을 때는 폐렴이라고 말씀하시더니, 지금 말씀을 들어보니 심장마비라고 하니, 사인이 다르므로 거절하겠습니다."

야스다 "그런 말은 한 적이 없습니다. 사망진단서에 있는 대로 심장마비라고 말했습니다."

오바 "전화를 받은 조수가 그렇게 저에게 전달해 주었습니다."

폐렴이면 해부하겠지만 심장마비라면 할 수 없는 특별한 이유라도 있는지 묻자,

오바 "그런 건 아닙니다만 설마 고바야시 씨의 사체라고는 생각지도 못했기 때문에 무심코 그렇게 대답했을 뿐입니다."

야스다 "고바야시 군의 사체면 왜 안 되는 겁니까?"

오바 "원래 평소부터 저희 학교에서는 경찰과 관련된 일은 일절 손대지 않도록 되어 있습니다."

에구치 "위로는 경시총감부터 아래로는 순사 사환에 이르기까지 경찰 관계는 해부하지 않습니까?"

오바 "그런 의미는 아닙니다만 예를 들어 고바야시 씨와 같은 경우

를 말하는 겁니다."

동지 에구치가 더 물고 늘어지며 경찰 관계가 대체 무슨 뜻이냐고 추궁하자 오바는 우리 교실의 전통이라고 말하는 지경에 이르렀다. 그런 잘못된 전통은 깨부수는 게 낫다는 에구치의 말에 "오랫동안 잘 지켜온 전통을 나 한 사람의 생각으로 마음대로 할 수 없습니다."라는 대답이 돌아왔다.

야스다 "하지만 이름도 묻지 않고 받아놓고선, 시체를 가져오고 난 뒤에 해부를 거절하는 건 너무 무책임한 이야기 아닙니까?"

오바 "그건 애초에 우리 쪽 조수의 잘못이기 때문에 그 점은 정말 죄송하게 생각합니다."

일동 "해 주신다고 말씀해 주셨기 때문에 돈도 없는 사람들이 막대한 자동차 비용을 써 가며 왔으니 꼭 해 주셔야 합니다."

오바 "그렇게 말씀하셔도 해 드릴 말씀이 없습니다만……."

에구치 "그럼 말씀하셨던 대로 해 주시면 되지 않겠습니까?"

오바 "모든 게 조수의 잘못에서 비롯된 것이니, 조수가 조금 더 신중하게 사정을 미리 여쭤 봤더라면 이런 일은 일어나지 않았을 겁니다. 그것도 전부 제 불찰이므로 사과의 말씀밖에는 드릴 게 없습니다."

지케병원에서는 1시 반부터 5시까지 이런 공방이 펼쳐졌다.

고바야시 동지의 시체는 결국 해부를 하지 못하고 다시 자택으로 되돌려 보내졌다.

이 얼마나 매정한 일입니까. 살아 있을 때라면 둘째치고, 어떤 죄인이든 죽어 버리면 전부 똑같은 시체이지 않습니까. 시체에 대해서까지 탄압을 가하다니. 시대 상황이 그랬다고는 해도 너무하지 않습니까. 하지만 해부를 거절당한 일 정도는 아직 별 대수롭지 않은 수준이었고, 경찰의 손이 차례차례 우리를 향하기 시작했습니다.

18

장례식 방해

해부 건으로 결국 그날은 해가 졌습니다.

그런데 이게 웬일입니까. 저녁녘에 스기나미경찰서로부터 형사자 및 범죄자 장례 단속에 의거해 장례 집회는 불온한 것으로 간주되기 때문에 친척 외에는 참석할 수 없다는 통보가 전달된 겁니다. 그건 장례식을 중지하라는 것이나 다름없는 혹독한 처사였습니다. 그 통보에 우리 친인척뿐 아니라 동지들은 특히 분개했습니다. 젠장! 이렇게 나온다 이거지, 이런 말도 안 되는 통고를 순순히 따를 수는 없다고 주장하는 분도 계셨습니다. 바깥을 살펴보니 언제 왔는지도 모를 많은 경찰들이 모자의 턱 끈을 맨 채 집 주위를 에워싸고 있었습니다. 어딘가 근처에 주둔지를 마련한 모양이었습니다. 우리는 그 모습에 완전히 기가 질렸습니다. 기가 막힌 정도가 아니라 너무나도 불쾌해서 그런 기분으로 다키지의 장례식을 치른다면 다키지의 영혼도 마음 편히 저세상으로 갈 수 없을 거라 생각해 일단은 무슨 일이든 세상을 떠난 다키지를 위해 화가 나는 일이 있더라도, 안타까운 일이 있어도 전부 참아 넘기자며 불쾌한 마음을 억눌렀습니다.

이런 연유로 친척 말고 장례식에 참석하려고 온 사람은 한 사람도 집 안에 들여서는 안 된다고 하면 장례식을 치르기가 힘드니 적어도 다키지의 동지 자격이 아니라 친구 자격으로 대여섯 분이라도 와서 이것저것 의논을 하거나 도와주셨으면 한다고 경찰에 사정을 했습니다만, 그조차도 허용되지 않았고 동지분들의 노력으로 에구치 씨와 사사키 씨 두 분만이 친구 자격으로 참석하는 것이 허락되었습니다.

에구치 씨는 장례 방법에 대해 제게 의논을 하셨는데, 고바야시 집안은 나름의 종파를 갖고 있겠지만 차라리 무종교 장례식으로 하는 게 어떻겠냐며, 그러는 편이 오히려 다키지 군의 장례식으로 적당할 것 같다고 말씀하셨습니다. 저도 그런 쪽으로 특별히 관심이 있는 것도 아니고, 평소에 다키지가 무슨 생각을 하는지 잘 아는 동지의 생각이 곧 다키지가 원하는 일일 거라 생각했기 때문에 에구치 씨 생각대로 해 달라고 부탁하면서 아마 다키지도 그걸 원하고 좋아할 거라며 모든 것을 에구치 씨, 사사키 씨에게 맡겼습니다. 그 결과 따로 스님을 부르지 않고 염불도 하지 않는 조금 특이한 고별식을 하게 되었습니다.

유해를 담은 관은 3평짜리 방에 제단을 만들고 붉은 모포로 감싸 안치했습니다. 관 앞에는 지난밤 그려 주신 유화를 놓아두고 많은 분들이 보내 주신 화환과 꽃바구니로 장식했습니다. 화환을 보내 주신 분들로는 세키 아키코關鑑子(일본의 성악가—옮긴이) 씨, 주조 유리코中條百合子(일본의 소설가, 평론가—옮긴이) 씨, 무라야마 가즈코村山籌子(일본의 아동문학가—옮긴이) 씨가 있었고, 그 밖에 무산진영 단체 등이 보내 준 화환들로 방이 가득 찼습니다. 그리고 조의금[53]을 보내 주신 분들로는 하야시 후사오林房雄(일본의 소설가, 문예평론가—옮긴이) 씨, 이타가키 나오코板垣直子(일본의 문예평론가—옮긴이) 씨, 호소다 다미키細田民樹(일본의 소설가—옮긴이) 씨, 그리고 개조사와 중앙공론사, 그 밖에 많은 분들이 보내 주셨습니다. 정말 감사한 일이었습니다. 다키지가 스승님처럼 존경했던 시가 나오야志賀直哉(일본의 소설가—옮긴이) 씨는 당시 나라 시 가미타카바타라는 곳에 계셨는데 정중한 조문弔文[54]과 조의금을 보내 주셨습니다.

무엇보다 가슴 아팠던 일은 일부러 장례식에 와 주신 분들이 전원 검거된 일이었습니다. 그중에는 작가동맹의 요도노 류조淀野隆三(일본의 문예평론가, 불문학자—옮긴이) 씨, 좌익 여배우인 하라 센코 씨 등 열대여섯 분이나 계셨고, 주조 유리코 씨는 화환만 전달해 주시고 현관에서 발걸음을 옮겨야 했습니다. 다키지 책의 애독자인 집주인 댁 사모님과 따님이 자가용을 타고 와 주셨지만 경찰의 매정한 저지로 집 안으로는 들어올 수가 없었습니다.

53) 현재, '조의금 기록'은 시립 오타루문학관에 기탁되어 있다.

54) 시가 나오야는 고바야시 세키에게 다음과 같은 조문을 써서 보냈다.
"고바야시 세키 님께.
아드님의 서거 소식을 신문에서 읽고 너무나도 가슴이 아팠습니다. 전도유망한 작가로서도 실로 아까운 일이며, 또 만난 것은 한 번이었습니다만 인간으로서도 친근감을 느꼈습니다. 그의 부자연스러운 죽음을 생각하니 암담할 따름입니다.
만났을 때도 다키지 군은 집에 돌아가지 않는 밤에는 어머님이 걱정하신다는 이야기를 한 적이 있고, 그 일을 떠올리니 더더욱 어머님의 심정이 헤아려집니다. 동봉한 것으로 꽃을 영정에 바쳐 주시기 바랍니다.
2월 24일 시가 나오야"

그토록 아름답게 장식된 제단 앞에 앉아 합장하고 절을 하자 정말 이게 현실인지, 꿈은 아닌지 기분이 이상해졌습니다. 오랫동안 만나지 못했기 때문에 다키지가 죽었다는 사실을 도저히 믿을 수가 없다는 착각마저 들어서, 실제로 사체를 확인하고 이렇게 관 속에 들어가 내 앞에 누워 있다는 것을 알면서도 다키지가 어디선가 불쑥 나타나지는 않을까 생각하기도 했습니다. 아니, 다키지는 진짜로 죽었고, 효심 지극하던 다키지는 더 이상 이 세상 사람이 아니라는 자각을 하게 되면 또다시금 새 눈물이 흘렀습니다.

다키지가 효성이 지극했다는 건 새삼스레 다시 말씀 드릴 필요도 없습니다. 지하로 잠적한 뒤에도 우리를 걱정해 소설을 써서 출판사로부터 원고료[55)]를 보내 줄 정도였습니다. 신문에서 보면 호리 에노스케堀英之助라는 별명을 사용했다고 하는데 우리는 전혀 모르고 있었습니다. 그리고 야마노 지로山野次郎라는 이름으로 시부야구 하네자와 44번지의 회사원 구니이 기사부로 댁의 지하 1.25평 크기의 방을 빌려 소설을 쓰거나 좌익운동을 했다고 하는데, 그것도 저희는 처음 듣는 얘기였습니다. 생각해 보면 작년 9월, 치마코, 산고와 함께 만난 게 살아서 본 다키지의 마지막 모습이었습니다. 당시 자신에게 언제, 무슨 일이 일어

55) 1933년 1월 7일자 사토 이사오에게 보낸 편지에는 「지구 사람들」 송부과 관련해 "저는 저희 집과는 작년 4월 이후 소식을 끊었기 때문에 아마 걱정을 하고 있겠지만, 만약 게재가 결정되면 원고료는 되도록 빨리 저희 집(마바시에 있습니다. 아마 아직 그곳에 살고 있을 겁니다.)으로 보내 주시길 간절히 부탁 드립니다."라고 쓰고 있다.

날지 모르지만 그렇게 되더라도 결코 슬퍼하지 말라던 말이 아직도 귓가에 남아 있습니다. 그 말이 현실이 되어 지금 이렇게 저세상 사람이 된 모습을 보고 어찌 슬퍼하지 않을 수 있을까요. 이것이 인간에게 주어진 운명이라고 어찌 체념할 수 있겠습니까. 지나간 다키지의 인생과 앞으로의 일이 이리저리 제 머릿속을 맴돌면서 꼬리에 꼬리를 무는 망상이 이어졌습니다.

23일은 다키지를 화장하는 날이었습니다. 그날 오후, 홋카이도에서 치마코 부부가 손녀 가즈에를 데리고 도착했습니다. 치마코는 관 앞에 쓰러져 울었습니다. 그 모습을 보자 저도 다시 울컥해 서로 손을 부여잡고 울었습니다. 치마코 부부 말로는 21일 신문 석간과 라디오 뉴스를 통해 소식을 알게 되었고, 쓰기코 부부와도 의논해 그날 밤 오타루를 출발해서 왔다는 겁니다. 다키지가 죽던 날 저녁, 아사리에 있는 큰사위 사토의 집에서 현관문 열리는 소리에 누가 찾아왔나 나가 보니 아무도 없어서 이상하다고 여겼는데, 아마 다키지가 소식을 알려 주러 온 걸 거라고 나중에 둘이서 이야기를 했다고 합니다. 저는 이제까지의 일을 치마코 부부에게 말했고, 옆에서 산고와 에구치 씨도 이야기를 덧붙여 가며 말했습니다. 큰딸 부부는 그저 기가 막혀 할 따름이었습니다.

그렇게 그날 오후 3시, 호리노우치의 화장장에서 경관 몇 명이 감시를 하는 가운데 화장을 했습니다.

19

다키지의 계명

그 뒤의 일은 별로 말씀 드릴 게 없습니다. 별로라는 건 당시 당국이 엄청나게 탄압을 가하던 시기로, 당시 시대 상황 탓이라고는 하더라도 패전으로 새롭게 재탄생한 일본의, 지금의 정세로 보자면 얼마나 다른지 모릅니다. 다키지가 만약 지금까지 살아 있다면 나이가 한 50살 가까이 될 텐데, 아마 일본 재건의 한몫을 해내는 훌륭한 사회인으로 활약했을 겁니다.

여하튼 장례식도 끝나고 집안도 정리가 되어 예전의 고요함을 되찾자 너무 쓸쓸했습니다. 큰딸 부부도 언제까지고 도쿄에 머물 수는 없는 노릇이라 각종 일처리가 끝나자 에구치 씨와 사사키 씨에게 뒷일을 부탁하고 3월 7, 8일경에 홋카이도로 돌아갔습니다. 그런데 어찌 된 일일까요. 나중에 들은 이야기지만, 큰딸 부부가 급행을 타고 오타루에 도착한 것이 3월 9일 오후 6시 반이었는데, 개찰구를 빠져나가니 사람들이 엄청나게 모여 있어 무슨 큰일이라도 난 것 아니냐며 이상하게 생각하는 순간, 제복과 사복 차림의 오타루경찰서 특별고등경찰들이 우르르 큰딸 치마코 부부를 덮쳐 휴대품을 검사했답니다. 경찰은 다키지의 유골을 가져온 거라면 아마 공산당 동지들이 모여 불온한 행동을 취할 거라 예상해서 삼엄한 경계를 폈고, 구경꾼들까지 몰려드는 바람에 한바탕 소동이 일어난 것입니다. 그 일로 큰딸 부부도 단단히 화가 났는데, 수하물 검사도 일단 받긴 했으나 유골이 있을 리가 없었고 소동은 그걸로 일단락됐지만 불쾌감은 계속 사라지지 않았다고 합니다.[56)]

다키지의 유골은 도쿄의 우리 집[57)]에 안치했습니다. 유골을 고향 아키타의 선조 묘에 합장을 할지, 아니면 제2의 고향인 오타루로 가지고 돌아가 무덤을 만들지, 아직 판단이 서지 않은 상태였습니다.

그해도 어느새 도쿄 부근은 벚꽃 철을 맞이했습니다. 우리가 도쿄로 이사를 온 뒤로 두 번째 맞이하는 벚꽃이었습니다. 꽃을 사랑하던 다키지는 벚꽃이 만개해도 더 이상 꽃을 감상할 수 없습니다. 그 사실을 떠올리자 꽃을 바라보는 제 기분은 전혀 나아지지 않았습니다. 우리 앞날은 과연 어떻게 될지. 산고는 형님이 돌아가셨으니 이제는 자신이 책임지고 어머니를 소중하게 모실 테니 절대 기죽지 말고 마음 편히 있

56) 1933년 3월 10일자 『오타루신문』은 「프롤레타리아작가의 유골/ 경찰이 눈을 부라리고 찾음 / 누님 부부의 귀향으로 총동원 경계/ 수상한 트렁크」 「경관을 무시하며 기차에서 내리는 매형 "유골은 아직 오지 않았습……." 성가셔 하는 누님」이라는 헤드라인으로 보도했다.

57) 3월이 됐을 때쯤 어머니 세키와 남동생 산고는 빌려 살던 마바시의 집을 정리하고 시나가와의 3평짜리 방으로 이사했다. 3월 18일에 방문한 이치다 아키(나카노 스즈코)는 "하얀 천에 싸인 동지 고바야시 다키지의 유골은 2장의 사진이 앞에 놓인 채 예전 지하로 잠적하기 전에 매일 사용하던 고바야시 다키지의 책상 위에 놓여 있다. 대여섯 송이의 꽃과 사과 2개가 공물로 놓여 있다."(이치다, 「〈누마지리 마을〉을 보고 고개를 끄덕이는 고바야시 다키지 동지의 어머니」, 『일하는 부인』 1933년 3·4월호)라고 묘사했다.

으라고 말해 주었지만, 산고도 아직 음악공부를 하는 중이라 제가 옆에 있으면 오히려 부담이 무거워질 뿐이었습니다. 그걸 생각하자 저는 산고가 훌륭한 음악가로서 독립할 수 있을 때까지는 산고와 떨어져 지내는 편이 산고를 위해서도 좋지 않을까 생각해, 사위인 사토와 고다에게 의논하는 편지를 보냈습니다. 치마코 부부도 홋카이도로 돌아갈 때 도쿄 생활을 접고 원래 살던 오타루로 돌아오는 게 좋지 않겠느냐는 말을 남기고 돌아갔습니다만, 산고는 전혀 오타루로 돌아갈 마음이 없었고 전보다 더 바이올린에 매진하겠다는 결의를 굳혔습니다. 홋카이도의 가족들은 저만 돌아가는 것에 찬성하면서 어서 돌아오라는 답장을 보내왔습니다. 저의 남은 인생은 큰딸 치마코 부부에게 의탁하기로 결심하고, 산고도 납득시킨 다음 도쿄의 벚꽃을 뒤로하고 다키지의 유골을 안고 오타루로 돌아왔습니다. 그때는 웬일인지 시끄러운 특별 경계령도 없었고 먼저 둘째 사위 고다의 집에 무사히 도착했습니다.

다키지는 오타루를 떠나 상경할 때 설마 본인이 백골이 되어 돌아올 줄은 꿈에도 상상하지 못했을 겁니다. "내가 두고 온 홋카이도에는 벌써 차가운 비가 내리고 있을 것이다. 그곳 마을 사람들이 모두 할아버지처럼 등을 구부리고 어두운 하늘 아래를 돌아다니는 모습이 눈에 선하다. 하지만 그 마을을 나는 얼마나 사랑했는가. 도쿄는 비행기가 정말 엄청나게 날아다니는 곳이다. 나는 처음에 도쿄 사람들이 왜 비행기가 날고 있는데 아무도 고함을 지르면서 멈춰 서서 하늘을 올려다보지 않는지 이상하게 생각한 적이 있었다. 홋카이도에서는 비행기 한 대 소리만 나도 어른이나 아이 할 것 없이 모두 집에서 뛰쳐나와 높은 하늘을 올려다본다. 즐거운 곳, 그리운 곳이다."라는, 감옥에서 작가동맹에 쓴 편지[58] 내용이 인쇄물로 출간되었습니다.

다키지의 소설은 오타루를 배경으로 한 작품이 상당히 많습니다. 그만큼 사랑하던 오타루, 5살 때부터 28살까지 살던 오타루, 고향을 사랑하지 않는 사람은 아무도 없겠지만 다키지는 특히 다정다감한 성격이라 그런지 오타루를 사랑하는 마음이 다른 사람보다 훨씬 컸습니다. 그렇게 그리워하던 오타루에 이제는 백골이 되어 돌아온 것입니다. '네가 좋아하는 오타루란다. 네가 자란 오타루 집으로 지금 돌아온 거야. 이 방은 네가 밤늦게까지 공부하던 방이고, 이 책상은 중학생부터 고등상업학교, 그리고 은행에 근무할 때까지 열심히 소설 원고를 쓰던 책상이야. 이 책상 위에 지금 네 영혼이 안치된 거야. 너도 이걸로 소원 풀었지?'라며 살아 있는 다키지에게 말하는 것처럼 말을 걸면서 눈물을 뚝뚝 흘렸습니다.

오타루에 사는 친척들이 모여 다키지의 공양을 하기 위해 의논했습니다. 도쿄에서 치른 장례식은 무종교로 치렀기 때문에 다키지한테는 아직 계명이 없었습니다. 도쿄에서는 상황이 상황인 데다 또 동지분들의 뜻에 보답해야 했기 때문에 모든 것을 에구치 씨께 일임했습니다만, 오타루로 돌아온 이상 우리 집안 종교에 따른 법요식을 거행하지 않으

58) 1930년 11월 8일자 일본프롤레타리아작가동맹 사무소 앞으로 보낸 편지. 『나프(NAPF)』 1931년 3월호에 게재되었다.

면 왠지 죽은 다키지가 성불하지 못할 것만 같은 기분도 들어, 계명을 받기 위해 아마 5월 말 백일이 되는 날이었다고 기억합니다만, 신토미초의 류토쿠지龍德寺에서 후지키라는 젊은 스님을 모셔와 공양을 부탁했고, '반 부쓰가쿠쇼곤신지鏤 物學壯嚴信士'라는 계명[59]을 받았습니다. 후지키라는 스님은 어릴 때부터 상당히 고생을 많이 하신 분으로 다키지를 마음 깊이 동정해 여러모로 제게 위로의 말씀을 해 주셨습니다만, 나중에 발발한 전쟁에 육군 소위로 출정해 결국 전사하셨다고 합니다. 백일 법요도 사실은 세상의 눈을 의식해 정말 친한 사람들만 모여서 치렀습니다.

그 뒤로 벌써 15년이 흘렀습니다. 빠르다고 하면 빠른 세월이었지만, 그동안 제가 어떤 심정으로 살아왔는지 아마 상상도 못하실 겁니다. 사회를 향한 조심스러운 마음, 망설임, 스스러움, 대놓고 다키지의 이름조차 입에 담을 수 없는 슬픔, 저는 매일매일 무거운 짐을 어깨에 지고 있는 것처럼 괴로웠습니다.[60] 제2차 세계대전의 종전으로 인해 사

59) 류토쿠지의 호의로 「과거장(절에서 죽은 신도들의 법명, 속명, 사망 연월일 따위를 기록하여 두는 장부—옮긴이)」에서 다키지의 계명 '부쓰가쿠쇼곤신지'를 확인할 수 있었다. 사망자 란에는 '고바야시 다키지', 신고인 란에는 '도쿄에서'라고 되어 있으며 날짜는 '2월 20일'로 되어 있다. 그리고 아버지 스에마쓰의 계명도 류토쿠지의 「과거장」에서 확인할 수 있었다.
"다이쇼(大正) 13년(1924) 젠손소테신지(禪村祖庭信士) 8월 2일 고바야시 스에마쓰 게이오(慶應) 원년(1865) 9월 9일생
(신고인) 사망자의 장남 와카타케초 18 고바야시 다키지"

60) 남동생 산고는 "지금도 형님이 고문으로 살해당한 무참한 모습이 뇌리에 박혀 떠나질 않습니다. 어머니의 절규도 평생 잊을 수 없을 겁니다. 형님 일로 어머니가 정신이

상, 언론, 출판, 결사가 모두 자유로워지고 아무런 구속도 제재도 받지 않게 되다니 얼마나 고마운 일입니까. 이걸로 다키지도 오랫동안의 유폐에서 밝은 빛을 쐬고 땅속에서 새싹이 나오듯 사회에 얼굴을 내밀 수 있게 되어 저 역시 처음으로 어깨에서 무거운 짐을 내려놓고 안도의 한숨을 내쉴 수 있게 되었습니다.

이상해지지는 않을지 걱정이 되어 견딜 수가 없었습니다. 그리고 저는 형님이 돌아가신 뒤 충격으로 한동안 기억상실 상태였습니다. 주위 사람들의 차가운 시선, 손바닥 뒤집듯 곁을 떠나 버린 사람들. 우리는 어깨를 움츠리고 입술을 꽉 깨물며 견뎌 냈습니다. 사람들 만나는 게 싫어져 마치 외부 자극으로 껍데기 속으로 숨어 버린 달팽이 같은 생활을 이어 나갔습니다. 제가 소속된 악단에서도 다키지의 동생이라는 사실을 다른 사람에게 밝힌 적은 없습니다."(「나의 홋카이도」『아사히신문』 홋카이도 판, 1977년 4월 23일)라고 말했다.

또한, 오타루오요고등학교 교사 시절에 세키를 가끔 찾아갔던 후노 에이치(布野榮一)는 「다키지 문학의 여성상」(『북방문예』, 1968년 3월)에서 세키의 「아– 또 2월이 왔구나」라는 시를 소개하면서 다음과 같이 말하고 있다.

"다키지가 죽은 2월이 되면 세키는 한층 더 말수가 적어지고 초췌해졌다. 사람들 앞에서는 물론 딸이나 가족 앞에서조차 눈물을 보이지 않으려 애를 쓰고 걱정을 끼치지 않으려 한 어머니였다. 그리고 다키지를 죽인 사람이 밉다든가 하는 말은 결코 입 밖으로 낸 적이 없다고 한다. 그저 가만히 몸을 웅크린 채 혼자 견뎌 냈기 때문에 유언으로 남긴 글에 적힌 실컷 울고 싶다는 술회가 나온 것이리라."

20

다키지의 사상에 대해

다키지의 사상에 대해 제게 어떻게 생각하느냐고 질문하셨는데, 저 같은 늙은이, 게다가 제대로 배우지도 못한 까막눈인 제 머리로는 어떻게 대답을 해야 할지 잘 모르겠습니다. 그리고 그런 경찰의 탄압을 받아야 하는 사상을 가진 사람과 실천가에 대해 옳고 그름을 가리는 것은 대단히 중요한 문제입니다.

지금까지 다키지가 살아온 과정에서 사망할 때까지의 이야기를 해드린 가운데서 제 생각을 짐작해 주시면 감사하겠습니다. 딱히 제 생각을 하나로 정리해 달라고 말씀하셔도 저는 정리할 수가 없습니다. 그런 방면으로는 가족들한테 전혀 이야기를 한 적이 없던 다키지—그건 물론 우리한테 걱정을 끼치지 않으려는 배려심이라 생각됩니다만, 경찰로부터 탄압을 받은 당시 다키지의 사상과 지금 자유롭게 해방된 시대의 사상에 차이가 있을 리 만무하고, 사상의 흐름이라는 건 세계적인 것으로 우리가 지금 이러쿵저러쿵 말해 봤자 어떻게 되는 것도 아니라 생각합니다.

언젠가 다키지는 자신들의 주장이 반드시 실현될 시대가 올 거라는 말을 한 적이 있습니다만, 그건 바로 지금의 이 시대를 예언한 것으로, 노동자와 농민이 강해지고 정부도 또한 노동자와 농민의 이익을 위해 법률을 실행하며, 그와 반대로 재벌이 해체되거나 부재지주는 토지를 빼앗기고 재산세 징수로 자산가가 몰락하는 것입니다. 다키지의 소설은 그런 사회정책을 20년도 더 전에 실시해야 한다고 주장한 내용이라고 생각합니다만, 그게 당시 정부의 반감을 산 셈이니 이제 와 생각해보면 이상한 일입니다. 이제야 다키지의 생각이 올바른 것이었음을 확실히 알 수 있습니다. 다키지가 지금까지 해 온 일은 원대한 일이며 반드시 세상 사람들에게 알려질 때가 올 것이라고 에구치 씨에게 말한 적이 있습니다만, 그게 바로 오늘을 가리키는 것 같습니다. 모든 것이 다키지가 생각한 대로 되었다는 생각에 저는 내심 기뻐하고 있습니다.

전에도 말씀 드린 대로 저는 엄청난 낙천주의자로 그다지 세상일에 굴하지 않는 편인데, 다키지가 죽은 이래 상당히 세상에 대해 주눅이 들어 있었지만 그렇다고 해서 그 때문에 비굴해지려는 생각 따위는 전혀 없었고, 늘 느긋하고 태평하게 '하늘은 스스로 돕는 자를 돕는다'와 같은 격언을 믿고 편안한 마음으로 오늘날까지 살아왔습니다. 때문에 저는 보통 은퇴한 노인네처럼 나이를 먹으면 편안하게 맛있는 음식을 먹으면서 비단옷에 두꺼운 방석 위에 앉아 차를 마시거나 하녀에게 다리를 주무르게 하고 싶다는 욕심은 더더욱 없으며, 인간이란 죽을 때까지 일을 해야 한다는 신조를 가지고 이렇게 매일 작업바지를 입고 눈 치우는 일이나 굴뚝청소 돕는 일도 마다하지 않습니다. 봄이 되면 밭에 일하러 나가는 게 제일 좋아서 호박이나 감자, 채소 같은 것을 제가 나서서 키웁니다. 저는 젊을 때부터 하도 고생을 많이 해서 혹여 맛이 없는 것이라도 감사하게 먹고 힘든 일이라도 힘들게 여기지 않고 몸을 움직입니다.

큰딸 사토 부부, 둘째 딸 고다 부부 외에 몇 년 전에는 막내딸 유키코와 산고도 전부 결혼해 손주도 상당히 늘어났습니다. 딸의 산후 조리도 계속 도와줘야 했습니다. 모두가 "할머니, 그렇게 열심히 일 안 하셔도 돼요."라고 말해 주지만, 저는 천성이 일하는 걸 좋아하는 성격이라 어쩔 수가 없네요. 오히려 일을 안 하고 가만히 있으면 몸이 쑤십니다. 모든 건 제 몸이 튼튼한 덕분으로, 이때까지 약을 먹은 적도 거의 없습니다.

조금 여유가 생기면 딸네 집에 놀러가거나, 도마코마이에 살고 계신 아베 노부인을 만나러 갔습니다. 기차로 여행을 하다 보면 태평양전쟁 이후 사람들로 엄청나게 붐볐지만, 승객들도 제가 할머니다 보니 친절하게 대해 주었습니다. 한 번 비행기를 타 보고 싶기는 한데 과연 언제쯤 소원이 이루어질지는 잘 모르겠습니다. 도쿄에 사는 산고네 집에는 안 간 지가 꽤 됐습니다만 집이 전쟁으로 불에 타 지금은 어렵게 생활을 하고 있는 모양입니다. 그래도 바이올린은 사람들에게 상당히 인정을 받고 있어서 지금은 일본교향악단[61]의 제1바이올린을 맡고 있습니

61) 정확하게는 도쿄교향악단.

다. 그런 까닭에 현재 저는 정말 행복한 사람이라는 사실을 절실히 느끼고 있으며, 감사할 따름입니다.

21

다키지의 작품에 대해서

다음으로 다키지의 작품에 대해서입니다만, 세상을 떠난 제 남편은 젊을 때부터 소설을 좋아해 다양한 소설을 읽었습니다. 남편은 그중에서 재미있었던 작품의 줄거리를 저한테 곧잘 들려주었기 때문에 저도 흥미를 가지고 들었습니다. 그래서 다키지의 소설을 읽어 봤냐는 질문을 받아도 배운 게 없는 저는 소설도 제대로 읽을 수 없다 보니 다른 사람에게 읽어 달라고 할 수밖에 없습니다. 그런 이유로 그냥 귀찮아서 딸이나 손자에게 읽어 달라고 말한 적이 없습니다. 치마코는 여학생 때나 그 뒤로도 상당히 소설에 심취한 시절이 있었습니다만, 남동생의 소설은 웬일인지 읽을 마음이 생기지 않는다고[62] 하더군요. 아마도 그건

62) 누나인 치마코는 "전, 못 읽겠어요, 남동생 글은. 책 읽는 건 좋아해서 누구 책이든 다 읽지만 다키지 책만은 도저히 못 읽겠어요. 왠지 읽으면 괴로울 거 같아 못 읽겠어요. 사타 이네코(佐多稻子, 일본의 소설가—옮긴이) 씨한테 「톱니바퀴(齒車)」라는 소설을 받았지만 읽던 도중에 다키지의 마지막 모습이 나오는 바람에 도저히 읽을 수가 없어서 그 다음은 못 읽고 있습니다."(좌담회 「고바야시 다키지의 추억」 『북방문예』, 1968년 3월)라고 말한다.
또한 남동생 산고도 "저는 지금도 형님에 대해 쓴 책은 못 읽습니다. '학살'이라는 글자도 싫습니다. 형님과 관련되어 흔히 쓰이는 단어지만 형님의 마지막을 표현하는 데 딱 들어맞는 단어라 해도, 아니 딱 맞기 때문에 오히려 저한테는 너무 가슴 아프게 느

다키지의 소설을 읽다 보면 다키지가 떠올라서 그럴 거라 생각되지만, 그렇기 때문에 우리에게는 다키지의 작품에 대해 이러쿵저러쿵 비평을 할 만한 자격이 없습니다. 오로지 다른 사람들의 이야기를 통해 그런 거구나 생각할 따름입니다.

대체로 다키지의 소설 중에는 상당히 전문적인 부분까지 파고든 부분이 있어 굉장히 연구를 잘 했다고 제게 말씀해 주신 분도 계시지만, 다키지는 소설가이다 보니 어떤 공장 내부 일이든 노동자 동료 일이든 싸구려 여인숙, 갈봇집, 소작인, 선원 등 뭐가 됐든 일단은 소재로서 파고들어 조사했을 겁니다. 『누마지리 마을沼尻村』을 집필하기 위해 며칠 동안 조사 여행을 간 적이 있습니다. 은행 근무 시절에는 전화 통화를 하면서 한쪽 손에 만년필을 들고 소설을 썼다는 소문도 있습니다.

주조(미야모토宮本) 유리코 씨가 작가로서의 다키지에 대한 비평[63]을 해 주신 게 있으니, 그 글을 읽어 주십시오.

> 고바야시 다키지 동지의 작품 중에 완전히 형편없는 작품은 거의 없었다. 설사 어떤 작품에서 실수가 있었다 하더라도 고바야시 다키지 동지는 결코 기회주의나 소극적인 태도, '작가주의' 같은 것으로 실수한 적

껴집니다. 제 가슴속에 있는 형님과의 추억은 거의 음악과 관련된 것이었습니다."(「나의 홋카이도」『아사히신문』 홋카이도 판, 1977년 4월 20일)라고 말한다.

63) 『대중의 친구』(고바야시 다키지 기념 호외, 1933년 3월 10일)에 게재된 주조 유리코, 「고바야시 다키지 동지의 업적—작품을 중심으로—」를 가리킨다.

은 없었다. 아마 그것은 지금까지 결여되어 있던 새로운 투쟁의 구체성을 프롤레타리아문학 속에 섭취하려 한 용감한 의지로부터 비롯된 것이며, 실수는 인식한 문제를 충분히 마르크스·레닌적 방법으로 발전시키지 못한 경우에만 발생했다.

때문에 고바야시 동지만큼 이론 활동의 중요성을 잘 알고 있던 사람도 거의 없을 것이다. 고바야시 동지는 정말 공산주의 작가에 걸맞는 진지한 정신을 소유했으며, 올바른 실천은 올바른 혁명적 이론 없이는 불가능하다는 사실을 알고 있었다.

일본프롤레타리아작가동맹 서기장, 일본 프롤레타리아문화연맹 중앙협의원이라는 바쁜 임무를 열심히 완수하면서도 틈틈이 작품을 썼다.

고바야시 동지가 서기장으로 선출될 무렵 무슨 일이 있어도 하루에 소설 2장은 쓰고 있다고 말했다.

히로쓰 가즈오廣津和郎(일본의 소설가, 문예평론가, 번역가—옮긴이) **씨는 당시 『요미우리신문』「문예시평」[64]에 다음과 같은 글을 썼습니다.**

작가 고바야시 다키지는 '성장하는 작가'라는 사실을 깨달았다. 고바야시의 죽음이 사람들에게 준 감동으로 보자면 아마 그의 죽음은 적어

64) 1933년 3월 28일의 『요미우리신문』. 제목은 「자연스럽게 옷깃을 바로하게 되는 고바야시 다키지의 유작」. 또 인용문 첫머리는 『중앙공론』 3월호에 게재된 『전환시대(轉換時代)』에 대해 논평했다.

도 개죽음은 아닐 것이다. 그가 세상에 던진 화두가 그의 '죽음'으로 하나의 큰 도약을 맞이하며 빛을 발했고, 가장 큰 효과를 거둔 것은 확실하다. — 그렇지만 작가로서의 그의 길이 이것으로 끝난 것은 냉정한 입장에 있는 우리 동시대 작가 입장에서 보더라도 아깝기 그지없다. 하물며 그의 동지들이 고바야시 다키지를 동지로서, 또한 작가로서 얼마나 아깝게 여기는지는 상상하고도 남는다.

도쿠나가 스나오德永直(일본의 소설가—옮긴이)[65] 씨는 또한 이런 식으로 쓰고 있습니다.

우리들 사이에서는 그를 '작가동맹의 깃발'이라고 불렀다. 지난번 히라이 시게지坪井繁治가 「프롤레타리아문학」에 기고한 통신에 "고바야시의 정갈하고 단정한 얼굴을 볼 수 없다는 사실이 너무나도 아쉽다."라는 내용을 썼지만 사실 그 말 그대로다. 그의 실천은 작품에서도, 조직 활동에서도 늘 동맹의 깃발처럼 선두를 걷고 있었다.

이렇게 다양한 분들이 다양한 비평을 해 주셨기 때문에 제가 새삼스럽게 이러쿵저러쿵 말씀 드릴 내용이 없습니다.

다키지의 작품 중에 연극으로 제작된 작품이 몇 개 있습니다. 아키타

65) 1933년 2월 23일 『도쿄아사히신문』에 게재된 「동맹의 깃발이 부러졌다」. 고바야시 다키지에 대한 단편(斷片).

본가가 도쿄로 이주한 뒤, 제가 그 본가에 머문 적이 있었습니다. 당시 다키지의 『게잡이 공선』[66]이 연극으로 공연되고 있으니 보러 가자는 권유를 받고, 어디 극장인지는 잊어버렸습니다만 속으로 감탄하며 보고 온 적이 있었습니다. 그리고 다키지가 죽고 나서의 일입니다만, 쓰키지소극장에서 다키지의 『누마지리 마을』이 연극으로 만들어져[67] 그때 작가동맹으로부터 초대를 받아 산고와 둘이서 보러 갔었는데, 작가동맹분들과 배우분들의 엄청난 환대에 정말 몸 둘 바를 몰라 했던 기억이 있습니다. 그것도 다키지가 작가로서 남긴 크나큰 족적, 세상에 남기고

66) 신쓰키지극단(新築地劇團)에 의해 『게잡이 공선』의 제목을 고친 〈북위 50도 이북〉이 1929년 7월 26일부터 31일에 걸쳐 제국극장에서 무대에 올려졌다. 다카다 다모쓰(高田保)·기타무라 고마쓰(北村小松) 증보·각색, 히지카타 요시(土方與志) 연출. 오타루에 있던 다키지는 도쿄에 있는 친구 사이토 지로에게 편지를 보내 "시간이 되면 꼭 '원작자' 대신 '첫날' 보러가 주지 않겠어?"(1929년 7월 17일자)라고 부탁하지만 때마침 상경해 있던 어머니 세키는 그 공연을 보지 못했다.

67) 신쓰키지극단에 의해 『누마지리 마을』이 1933년 3월 18일부터 31일에 걸쳐 쓰키지소극장에서 추도공연으로 무대에 올려졌다. 오사와 미키오(大澤幹夫) 각색, 오카쿠라 시로(岡倉史朗) 연출. 이치타 아키(一田アキ, 일본의 시인—옮긴이)는 「〈누마지리 마을〉을 보고 고개를 끄덕이는 고바야시 다키지 동지의 어머니」라는 제목으로 다음과 같이 기록하고 있다.
"나는 어머니의 '그래—그래'라고 말하는 심정을 생각하니 아무 말도 할 수 없었다. 어머니는 자신의 아들이 쓴 연극을 보며 고개를 끄덕이고, 그리고 자식에게 일어난 일을 이해했을 것이다. 그리고 어머니는 어머니 앞에서 자취를 감춘 뒤 잡혀가 서너 시간 만에 곧바로 살해당한 일도 충분히 이해했을 것이다. '그래—그래'라며 고개를 끄덕이는 어머니의 이해는 아마도 프롤레타리아트로서의 이해였을 것이다. 그렇게 어머니는 자식의 일을, 그리고 그 죽음을 이해했을 것이다.
그리고 또 자식이 쓴 작품이 이렇게 연극이 되어 노동자와 농민에게 박수를 받고 있다. 다키지는 지상에서 사라져도 다키지가 한 일은 이렇게 대중 속에 살아 있다. 그러한 사실도 어머니는 다 포함해서 이해했을 것이다."

간 덕의 일환이라 절실히 느꼈습니다. 그 밖에 이치무라좌市村座[68]에서 도 뭔가 연극으로 만들어서 올린 적이 있다고 들었습니다만, 그 작품 은 볼 기회가 없었습니다.

다키지는 문학가로서, 영화연극뿐만 아니라 음악과 미술에도 어느 정도 소양이 있었나 봅니다. 저도 그런 분야의 작품 감상을 좋아하는 편이라 지금도 라디오 음악을 듣거나 가끔 연극을 보러 가는 것을 즐깁니다. 다키지의 그런 면에 대해 야마다 세자부로[69] 씨는 다음과 같이 쓰고 있습니다.

> 신쓰키지극단은 1930년 노동절 공연으로 〈밀정密偵〉을 공연하고, 그 밖에 오카모토 후미야岡本文彌의 이른바 '좌익'파 신나이新內(조루리 유파의 하나—옮긴이)가 처음으로 무대에 올랐다.
>
> 그는 이 '좌익' 신나이를 보고 입을 크게 벌리고 웃으며 떠들어 댔지만 나중에 우리에게 와서 말했다. — 대체 이번 연극의 어느 부분이 공산주의적인 예술 확립에 기여했다는 거지?
>
> 우리는 한 마디도 하지 않았다. 그는 당파성 말살, 우익적 일탈에 대해서는 이렇게 혹독하게 비평했다. 최근 일본프롤레타리아연극동맹의 활동

68) 도쿄좌익극단에 의해 『부재지주』가 1930년 10월 4일부터 13일에 걸쳐 이치무라좌에서 무대에 올려졌다. 오노 미야키치(小野宮吉)·시마 기미야스(島公靖) 각색, 사사키 다카마루(佐々木高丸) 연출.

69) 『대중의 친구』 호외(1933년 3월 10일)에 게재된 야마다, 「탁월한 지도자—고바야시 다키지의 투쟁—」을 가리킨다.

에 나타난 우익적 일탈—예를 들어 연극집단의 오류, 오사나이 가오루小山内薫(극작가, 연출가, 소설가—옮긴이) 추도공연 때 '부패한 자유주의'의 도입 등에 대해 '전문가'인 우리보다 앞서 일찍이 경고를 한 사람은 고바야시 다키지였다.

고바야시 다키지 동지는 연극 운동에 대해서도 너무나도 뛰어난 '숨은' 지도자였다.

그리고 미술 분야에서는 어릴 때부터 그림 그리는 것을 좋아해 중학생 때는 그림 전시회에 출품하기도 했습니다. 당시 신토미초에 살던 큰아버지로부터 "그림 그리는 일은 취미 장사나 마찬가지"라며 꾸중을 들은 적이 있어서 그 뒤로는 별로 붓을 들지 않은 것 같은데, 다키지가 그린 유화는 지금도 한두 장 남아 있을 겁니다. 다키지의 그림에 대해 이와마쓰 아쓰시岩松淳(일본의 그림책 작가—옮긴이)[70] 씨는 다음과 같이 썼습니다.

미술 비평과 전람회를 통해 본 인상은 어린아이처럼 순수하고 정력적이며 실천가인 프롤레타리아작가의 새로운 타입을 강력한 현실의 것으

70) 『대중의 친구』 호외(1933년 3월 10일)에 게재된 이와마쓰, 「일본프롤레타리아미술가동맹과 고바야시 동지—그는 우리가 하는 일 속에—」를 가리킨다. 그리고 여기서 말하는 '미술 비평'이란 다키지가 『미술신문』 제2호(1931년 12월 25일)에 기고한 「우리들의 '프롤레타리아'전을 보다」를 가리킨다.

로서 내게 각인시켰다. 그리고 단순한 미술애호가라고 여겼던 그에게 그 날 이후 “자네 작품은 형식주의적인 부분이 있군.”이라는 말을 듣는 것 같아 견딜 수가 없었다.

다키지는 학생 때 단카에도 열중한 적이 있었나 본데, 소설을 쓰기 시작한 뒤로는 단카는 완전히 멀리하게 된 것 같습니다. 지난번에 파지 속에서 다키지의 수첩 종잇조각이 나왔는데 그걸 보니 다키지의 오타루상업학교 4학년 때 단카 원고[71]**였습니다. 거기에는 이런 식으로 적혀 있었습니다.**

다이쇼 9년(1920) 2월 7일 밤, 나의 친구 시마다 군, 가타오카 군과 한 방에 모여 야경꾼이 치는 종소리를 들으며 긴긴 밤을 지새운다.

제목은 12개로 하고, 제목 1개당 약 10분.

시마다 군—45수首밖에 없음.

가타오카 군—32, 33수 정도에 불과함.

그리고 나는—불과 23수 정도에 불과함.

야경꾼의 종소리에 놀라 펜을 내려놓으니 화로에 남은 약한 불이 안타깝구나.

하나하나 약해져 가는 전등을 세어 보지만 쓸쓸한 요즘의 나 자신

71) 이들 단카는 『고바야시 다키지 전집』 제6권 「초기 문집」에 수록되었다. 또한, ‘시마다’는 시마다 세사쿠(島田正策), ‘가타오카’는 가타오카 료이치(片岡亮一)를 가리킨다.

소리 없이 그저 부슬부슬 내리는 눈에 항구의 불빛이 희끄무레 보이고

고개를 숙이며 터벅터벅 걷는 말 등 위로 쌓이는 눈이 쓸쓸하기도 하구나

22

다쓰코 씨에 관해

다키지에 대해 말한다고 해 놓고선 이것저것 쓸데없는 이야기를 했네요. 마지막으로 다키지의 연인에 관해 조금이나마 밝혀 두겠습니다. 부모 입으로 말씀 드리는 게 약간 낯간지럽기도 하지만 최근 신문에 나온 적[72]도 있고, 또 다키지의 작품을 읽으신 분은 아마도 예상하실 거라 생각합니다. 그리고, 다키지의 전기나 연보라도 나온다면 자연스럽게 연인에 관한 이야기도 포함될 테니 제가 딱히 다키지의 비밀을 폭로하려는 의도로 말씀 드리는 게 아닙니다. 특히 저와 다키지 간에는 서로 양해를 한 일이기 때문에 다키지의 인생에 그런 로맨스와 정취가 있었다는 사실을 알아주신다면 다키지도 지하에서 미소를 지을 겁니다.

다키지의 소설을 보면 상당히 다양한 여자들의 심리상태나 여자들이 사회에서 살아가는 모습, 매춘부 같은 사람들의 속사정까지 자세하게 묘사를 하고 있다고 하는데, 그러면 다키지가 평소에 그런 쪽으로

72) 세키, 치마코가 보관하고 있던 「지하생활 속에 핀 꽃/ 결국 결실을 맺지 못한 고바야시 다키지의 사랑」이라는 기사를 가리키는 것인가? 게재지는 밝혀지지 않았으나 1948년 2월 20일 전후로 추정된다.

출입을 했냐 하면, 제 자식이라 그럴지도 모르지만 저는 다키지가 절대 부정한 짓을 저지를 사람이 아니라고 믿고 있습니다. 다키지는 별로 술을 좋아하지 않았고, 조금만 마시면 금세 기분이 좋아져서 노래를 부르는 명랑한 성격이었습니다. 친구들 때문에 요릿집이나 소바가게에 간 적도 있을 겁니다. 그런 경우라도 다키지는 결코 제게 숨기지 않았고, 조그만 일이라도 다 이야기해 주었습니다.

다키지가 아직 오타루의 다쿠쇼쿠은행에 근무하던 시절의 일입니다. 어느 해 12월, 이미 연말이 다가와서 새해 준비로 바쁠 무렵 다키지는 어느 날 밤 제게 상의할 일이 있다며 말을 꺼냈습니다. 무슨 일이냐고 묻자 잘 아는 여자 한 명을 위해 연말 상여금 중에 200엔을 줘도 되겠냐는 말이었습니다. 갑작스러운 이야기에 좋다 싫다 말도 못하고 순간 말문이 막혔지만 저는 다키지를 믿고 있었고 다키지도 저를 신뢰했기 때문에 그런 의논을 했으리라 생각했고, 거기에 어떠한 응어리도 있을 리가 없었습니다.

대체 어떤 사정을 가진 여자냐고 묻자, 그 여자는 한 집안의 희생양이 되어 요릿집에 작부로 팔려 갔지만 이대로 그냥 두면 그 여자의 일생을 망쳐 버리게 된다, 지금이라면 진흙탕에서 건져 올려 순결을 유지할 수 있으니 급하게 돈을 줘서 구해 주고 싶다는 얘기였습니다. 어떤 사정으로 그 여자와 알게 되었는지는 잘 모르지만, 연말 지출이 많아지는 시기에 우리 집 형편으로는 거금 200엔을 아까운 기색 없이 그냥 주려는 다키지의 마음을, 거기에 뭔가 양심의 가책을 느낄 만한 부정한 관계가 있는 건 아닌지 의심하려고 들면 의심할 수도 있었지만, 저는 어디까지나 다키지의 결백을 믿고 있었고 가령 둘 사이에 연애관계가 생겼다고 해도 다키지가 좋아하는 여자라면 분명 좋은 여자임에 틀림없다고 생각했기 때문에 다키지가 하고 싶은 대로 하게 두는 것이야말로 부모인 제가 해야 할 일이라고 생각해 네가 잘못된 일을 할 리 없으니 빨리 그 여자를 구해 주는 게 좋겠다며 흔쾌히 승낙하자, 다키지도 크게 기뻐하며 그 돈을 써서 여자를 구했습니다.

그리하여 그 여자는 다키지를 은인으로 존경함과 동시에 남녀관계이기도 한 지라 자연히 둘 사이에는 애정이 솟아났다고 생각합니다. 그에 대해 다키지는 특별히 감추려고 하지 않았고 이따금 제게 말해 주기도 했는데, 어느 날 다키지는 그 여자를 집에 데려와도 되냐고 물었습니다. 물론 괜찮다고 말하며 네가 좋아하는 여자라면 나도 어서 빨리 만나 보고 싶으니 당장 데려와도 된다고 말했습니다. 정말 좋아하는 여자라면 다키지의 부인으로 들여야겠다고 마음속으로 정했기 때문에 그 여자를 데리고 올 날만을 손꼽아 기다렸습니다. 그날은 오하기(멥쌀과 찹쌀을 섞어 쪄서 가볍게 친 다음 동그랗게 빚어 팥소나 콩가루 등을 묻힌 떡—옮긴이)를 준비해 놓고[73] 다키지 여동생들도 들떠서 기다렸는데, 드디어 다

73) 데즈카의 『고바야시 다키지』에는 "1926년 4월 하순, 그는 사정을 알게 된 어머니의 권유로 와카타케초의 자택에 다구치를 살게 했다. 다구치가 이사를 오던 날, 다키지의 어머니는 팥밥을 지어 그녀를 맞이했다."고 되어 있는데, 이 책의 기술로 보면 다구치 다키의 고바야시 집안 첫 방문은 그 이전에 이루어진 셈이다.

키지가 데려온 여자를 보니 정말 예쁘고 순수해 보였으며, 심성이 담백한 것이 요릿집에 있었던 것 같은 느낌은 전혀 없었고, 이렇게 귀여운 여자라면 다키지 짝으로 어디에 내놔도 손색이 없겠다고 생각해 가족들과 함께 놀고 음식을 대접한 뒤에 돌려보냈습니다. 그 뒤 가끔 놀러 오면서 친해졌고, 그 여자의 배경이나 성장 과정에 대해서도 확실히 알게 되었습니다.

여자의 이름은 이미 아시겠지만 제 입으로 확실히 본명을 밝히는 것은 지금의 명예를 고려하면 아무래도 밝히기가 어렵기 때문에, 임시로 다쓰코(다구치 다키) 씨[74]라고 해 두겠습니다. 집은 데미야에 있었고, 딸을 팔 정도니 집안 형편이 가난했으리라는 것은 말하지 않아도 아실 겁니다. 얘기를 듣는 과정 중에 놀란 것은 다쓰코 씨의 친부가 몇 년 전 와카타케초의 이전 우리 집이 있던 곳 옆의 철도 선로에서 열차에 치여 죽은 사람이었다는 사실이었습니다. 당시의 일은 아직도 생생하게 기억에 남아 있어 가끔 눈앞에 떠오르는데, 그 사람이 바로 다쓰코 씨의 아버지였다는 사실을 다쓰코 씨의 이야기를 듣고 나서야 알게 되었습니다.

다쓰코 씨에게는 동생들이 많았는데, 부모님은 우리와 마찬가지로 고향이 아키타였습니다만 아버지가 세상을 떠난 뒤 어머니는 많은 아이들을 데리고 살 길이 막막해졌고, 결국 생계가 어려워져 지금의 남편

74) 제1차 원고에는 '다에코 씨'로 되어 있다.

과 재혼했는데 그래도 생활고를 피해 갈 수가 없어 결국 다쓰코 씨까지 팔게 됐다는 겁니다. 그런 집안 사정 때문에 다쓰코 씨는 소학교를 나온 게 다였습니다. 하지만 원래 영리해서 머리도 좋았고, 다키지가 하는 말도 잘 알아들어 열심히 공부를 하는 듯 보였습니다.

그러는 사이 다키지도 데미야의 다쓰코 씨네 집에 놀러가게 되었고, 점점 친밀도가 높아지자 어느새 양쪽 집안 부모들도 서로 만남을 가지게 되어 다쓰코 씨 어머니가 한 번 놀러오면 저도 한두 번 찾아가는 식으로 오고 가다 결국 양쪽 집안은 입 밖으로 꺼내지는 않았지만 다쓰코 씨를 다키지의 짝으로 생각했고 본인들도 그렇게 생각해 공식적으로도 집안 내에서도 공공연하게 인정을 받았습니다. 하지만 다키지는 다쓰코 씨를 아내로 맞으려면 조금 더 교양을 쌓을 필요도 있고 하니, 일단 집에 데리고 와서 이 정도면 되겠다고 납득이 된 상태에서 정식 결혼을 하기로 했습니다. 다키지는 그때까지 저에게 다쓰코 씨를 돌봐 달라고 부탁했고, 저는 다키지가 하자는 대로 전부 따랐기 때문에 그 이야기를 다쓰코 씨와 다쓰코 씨 부모님께 말하고 당분간 다쓰코 씨를 우리 집에서 맡기로 했습니다. 다쓰코 씨는 정말 싹싹하고 눈치가 빨랐으며, 바지런해서 열심히 일했기 때문에 우리는 정말 좋은 며느리라며 모두 기뻐했습니다.

그런데 한두 달 지난 뒤였나, 갑자기 다쓰코 씨가 우리 집에서 모습을 감춰 버렸습니다. 우리 가족은 뭔가 우리가 마음 상하게 한 일이 있어서 집을 나간 건 아닌지 정말 걱정했고, 소중한 남의 집 딸을 데리고 있다가 만약 잘못되기라도 하면 큰일이라며 사방으로 찾아다녔지만 아무런 단서도 없었습니다. 다키지에게 물어봐도 집을 나갈 만한 이유를 전혀 모르겠다고 했습니다.

그 뒤로 며칠을 찾아다니다가 드디어 다쓰코 씨를 찾아냈는데, 다쓰코 씨는 하나조노초의 오노병원에서 여종업원으로 일하면서 숙식을 해결하고 있었습니다. 무슨 이유로 집을 나갔는지 묻자 어머니를 비롯해 가족 모두가 제각기 일을 하고 있는데 자기 혼자 손님 대접을 받고 있는 게 황송하기도 하고 죄송하기도 한 데다, 더구나 자기 같은 사람이 다키지 씨 곁에 있으면 다키지 씨의 공부에 방해가 될 테니 모두와 떨어져서 일을 하려고 무단으로 가출을 한 거라는 이야기였습니다.

그 문제에 대해 다키지도 이래저래 설득을 했습니다만, 다쓰코 씨는 오로지 다키지의 출세를 생각해 그때까지는 서로 자제해서 떨어져 지내자며 다시 돌아오려 하지 않았습니다. 다키지도 결국 포기하고 곧 훌륭한 소설가가 되어 보일 테니 그때까지는 떨어져 있더라도 서로를 믿고 장래를 기약하며 힘을 내자고 다짐했습니다. 그 뒤 다키지는 외출해서 다쓰코 씨를 만났던 것 같습니다만 이윽고 도쿄로 가게 되어 다쓰코 씨와도 헤어져 상경하게 되었습니다. 그때 무슨 이야기를 하면서 헤어졌는지는 모르지만, 다쓰코 씨도 얼마 안 있어 상경해 미용사가 되기 위한 공부를 했고, 다키지와는 오타루 시절과 마찬가지로 도쿄에서도 교제가 이어졌습니다.

다쓰코 씨가 도쿄에서 보낸 시간과 노력은 참으로 눈물겨운 것이었습니다. 다쓰코 씨는 오로지 가족을 구하려는 마음에 엄청나게 고생을 한 듯합니다. 많은 동생들은 다쓰코 씨의 전철을 밟으며 가족의 희생양이 되었는데, 그중에는 진흙탕에 발을 들이거나, 다른 집에 양자로 들어가는 등 하나같이 제대로 된 길을 걷는 사람이 없을 정도였기 때문에 다쓰코 씨는 어떻게 해서든 자신의 손으로 불쌍한 동생들을 구해야 한다고 생각했을 것이고, 피 흘리는 결심으로 일해 돈을 모아서 한 명 한 명 구해내 시집 장가를 보내거나, 양자로 들어갔던 동생까지 다시 데려와 훌륭한 직업을 갖게 했습니다.

그런 일들은 전부 다키지가 죽고 난 뒤 다쓰코 씨가 해낸 일입니다만, 그런 집안 사정도 있었기 때문에 혼자만 다키지와 결혼해 편히 살 수 없다는 마음이었겠지요. 그래도 두 사람은 서로 신뢰하고 있었고, 가끔 만나 미래의 즐거운 꿈을 서로 이야기했을 겁니다. 그러는 사이 다키지는 지하로 잠적하게 되었고, 곧이어 갑작스레 죽음을 맞아 다쓰코 씨의 미래 꿈도 완전히 깨져 버렸습니다. 그 일에 대해 저는 다키지의 어머니로서 진심으로 다쓰코 씨에게 사죄를 해야만 합니다.

그 뒤 다쓰코 씨는 앞에서 말씀 드린 대로 동생들을 하나씩 제대로 된 성인으로 키워 냈고, 본인도 훌륭한 미용사가 되어 곧 오타루에 계신 부모님을 도쿄로 불러 오타루에서와는 달리 밝은 생활을 하게 되었습니다. 하지만 그 때문에 다쓰코 씨는 중요한 결혼 시기를 놓쳐 버려 30살을 넘겨서도 계속 독신으로 살다가 몇 년 전에 요코하마에서 장사를 하는 집으로 시집을 갔고, 지금은 정말 행복하게 잘 살고 있습니다.

다키지가 죽었을 때는 울면서 참배를 와 주었습니다만, 지금도 우리를 잊지 않고 매년 다키지의 기일이 되면 편지나 제수를 보내 줍니다. 지금의 남편이 마음이 넓어 모든 것을 이해해 준다니 진심으로 감사할 따름입니다만, 저로서는 살아 있는 한 다쓰코 씨가 딸처럼 여겨질 뿐입니다. 다쓰코 씨가 보낸 편지에도 저를 부모로 생각한다는 이야기가 적혀 있는데, 만약 다키지가 살아 있었더라면…… 하고 저도 모르게 눈물을 떨구곤 합니다.

다키지가 지하에 잠적한 뒤 여자와 동거했다는 이야기를 동지분이 이야기해 주셨지만, 그건 다쓰코 씨가 아닙니다. 저는 그 여자분[75)]의 이름도 모릅니다만 언젠가 아사가야 집으로 원고료를 보내 주시면서 몰래 다키지의 소식을 전해 준 분이 그분이 아닐까 합니다. 짧은 기간이었지만 버젓이 드러내 놓고 살지 못하는 상황에서 다키지를 사랑해 주었다고 하니 그분께 진심으로 감사의 말을 전하고 싶습니다.

75) 이토 후지코(伊藤ふじ子)를 말한다. '제1차 원고'에는 이 부분이 없었다. 이 책의 기술에 따르면 다키지 생전에 원고료를 가져다주거나 소식을 전해 주는 일을 통해 세키와 이토 후지코가 만난 셈이 된다.

23

태양은 모두를 평등하게 비춘다

일본의 국내 정세는 종전終戰과 동시에 완전히 변해 버렸습니다. 그렇게 압력과 제재를 받던 공산당도 자유롭게 해방되었고, 언론과 결사에도 당당하게 진을 펼칠 수 있게 되었습니다. 계속해서 지하에 갇혀 있던 다키지의 동지들도 제대로 활약하게 되었습니다. 저는 정치에 관해서는 전혀 모릅니다만 비명횡사한 다키지가 최근 신문이나 잡지에 크게 다루어지게 되어 다키지를 위해 기뻐하고 있습니다.

종전 이듬해 2월 20일은 다키지가 죽은 지 만 13주기가 되는 해였습니다. 13년 동안 공공연하게 다키지의 법요도 치르지 못했던 저는 올해야말로 친척들과 친구들을 불러 다키지의 공양을 해 주려 했는데, 마침 그때 제가 현재 노후 안식처로 신세를 지고 있는 첫째 딸(치마코) 부부가 아이치현으로 여행을 가 있는 중이었기 때문에 번거로운 것은 생략하고 아주 극소수의 친한 사람들만 모여 진심 어린 제사를 지냈습니다.

앞으로 저는 지금까지 신세를 졌던 세상 모든 분께 드리는 감사 인사로서 조금이라도 몸을 움직일 수 있는 동안에는 일을 해서 은혜를 갖고자 합니다. 전에도 말씀 드렸지만 저는 흙을 만지는 일을 좋아해 눈이 녹기를 기다렸다가 집 뒤에 있는 밭을 갈고 갖가지 채소류나 화초류를 심는 것을 가장 좋아합니다. 특히 예쁜 꽃을 각별히 좋아했던 다키지니만큼, 제가 만든 과일이나 꽃을 제단 앞에 바치면 다키지의 영혼이 얼마나 좋아할까 생각합니다.

그 뒤로는 매년 기일이 되면 삿포로나 오타루에서 「고바야시 다키지의 밤」[76]이 개최되어 다채로운 프로그램으로 성대한 모임을 가졌으며, 그럴 때마다 초대를 받고 이래저래 대접을 받고 있어 정말 감사하게 생각합니다. 그 밖에 나니와부시(샤미센을 반주로, 주로 의리나 인정을 노래한 대중적인 창唱—옮긴이)의 이야깃거리[77]가 되거나 뉴스영화 촬영을 하는 일도 다키지가 남기고 간 족적의 하나라고 생각하면서도 세상의 동정과 친절함이 없었더라면 그런 일은 불가능했을 것이라고 기뻐하고 있습니다.

76) 어머니 세키는 1946년 2월 다키지 서거 기념식에는 참석하지 못했지만 1947년 이후 개최된 행사에는 참석해 인사를 했다. 1947년 2월 23일 삿포로에서 열린 「고바야시 다키지 기념제」, 1948년 2월 20일 오타루에서 열린 「제3회 다키지의 밤」, 1949년 2월 20일에는 도쿄에서 열린 제3회 고바야시 다키지제에도 참석했다. 마지막은 죽기 전해인 1960년 2월 19일 오타루에서 열린 「다키지를 기리는 좌담회」에서 감사 인사를 전했다.

77) 1947년 2월 17일 『민보(民報)』는, 27일에 「고바야시 다키지 기념강연회」가 와세다 대학 오쿠마 강당에서 개최된다고 보도했다. 문화연맹 주최로 오다기리 히데오(小田切秀雄, 일본의 문예평론가—옮긴이)·나카노 시게하루(中野重治, 일본의 소설가, 시인, 평론가—옮긴이)·미야모토 유리코·구보카와 쓰루지로(窪川鶴次郎, 일본의 문예평론가—옮긴이)의 강연, 세키 아키코의 독창 외에 나니와부시 가수인 아즈마야 와카타로의 〈고바야시 다키지와 그의 어머니〉가 무대에 오르게 되어 있었다.

요코하마에 사는 다쓰코 씨는 가끔 위로의 편지를 보내 주고, 미야모토 유리코 씨나 그 밖의 분들도 이따금 친절하게 편지를 보내 주십니다. 유리코 씨의 남편인 미야모토 겐지 씨도 오랫동안 수감되어 있었는데 종전과 함께 유리코 씨의 품으로 돌아오신 건 정말 축하할 일입니다.

저도 내년에는 77살로 희수喜壽를 맞이합니다만, 여러모로 저만큼 행복한 사람은 없을 겁니다. 손주도 큰사위(사토) 집에 한 명, 둘째 사위(고다) 집에 6명,—고다 집안은 종전되던 해에 아사히카와에서 조금만 더 가면 있는 시베쓰라는 마을로 이사를 갔습니다—유키코가 시집을 간 다카기 집안은 지금 삿포로의 나에보라는 곳에 삽니다만, 다카기 집안에 3명, 그리고 도쿄에 사는 산고 집에 2명 등 총 12명이나 됩니다.

제가 평소 바라고 원하는 것은 저 한 사람의 행복이어서는 안 된다는 겁니다. 제가 행복하면 행복할수록 그 복을 한 사람이라도 더 많은 사람들에게 나누어 주고 싶습니다. 때문에 치마코 부부에게도 늘 하는 말이지만 제가 죽더라도 결코 성대한 장례식[78]은 하지 말라고 부탁합니다. 다른 집 장례식을 보며 자주 느끼지만, 죽고 난 뒤에 영정을 앞에 두고 제사상을 거하게 차려놓고 갖가지 꽃으로 화려하게 제단을 꾸미고 스님을 몇 명씩이나 불러 공양하는 일은 정말 쓸데없는 일이라 생각하기 때문에, 그런 건 절대 하지 말고 오히려 그럴 돈이 있으면 살아 있

78) 세키는 1961년 5월 10일, 오타루 시 신코초에 있는 사토 치마코의 집에서 세상을 떠났다. 장례식은 오타루 시온교회에서 치러졌다.

을 때 맛있는 음식이라도 사서 모두와 사이좋게 나누어 먹는 편이 좋다고 말합니다.

저는 복잡하고 어려운 일은 모릅니다만, 세상 사람들이 행복해져서 저도 행복을 받고 다른 사람이 기뻐하는 얼굴을 볼 때면 정말 저도 기뻐진다는 것을 믿습니다. 태양은[79] 모두를 평등하게 비춥니다. 다키지의 동지들이 믿는 주의主義도 새롭게 재탄생한 일본에서 국민들 사이에서 여러모로 연구되고 있다는 건 고마운 일입니다. 주의를 좋아하고 싫어하는 것은 개인의 자유이기 때문에 싫어하는 것을 강요할 필요는 없습니다만, 경찰의 탄압도 없이 자유롭게 논의되고 연구되는 세상이 되었다는 사실은 바람직한 일이라고 생각합니다. 앞으로 일본인은 아마 꼭 좋은 쪽으로, 좋은 쪽으로 뻗어 나갈 겁니다.

79) 이 책에서 원본으로 삼고 있는 '제2차 원고'는 "태양이라는"으로 끝나고 있으며, 마지막 한 장이 누락되어 있기 때문에 하는 수 없이 마지막 부분의 200자 정도는 '제1차 원고'를 바탕으로 했다. 따라서 그 시작이 "태양은"이 된다.

다키지에 관한 어머니 세키의 이야기

교정자 오기노 후지오

이 책이 만들어지게 된 배경

이 책의 존재를 알게 된 것은 오타루경제전문학교(전쟁 때 오타루고등상업학교로부터 전환됨) 교수인 미나미 료자부로南亮三郎의 주재로 오타루에서 발간되는 잡지 『사상문제연구』 제3호(1946년 6월)의 뒤표지에 한 출판사 광고의 하나로 게재된 『어머니가 말하는 고바야시 다키지』라는 제목의 근간 예고 때문이었다. '13주기를 맞이해 어머니 세키가 밝히는 다키지의 성장과정과 비운의 죽음까지―'라는 문구에, 삿포로 하쿠토서방白都書房에서 '근일 간행'이라고 되어 있었다.

미나미 료자부로는 고바야시 다키지와의 관계로 말하자면 다키지가 졸업한 뒤 한 출판축하회에서 인구론과 사회주의 문제에 대해 격렬한 토론을 벌인 인물로서(노마 필드, 『고바야시 다키지』, 이와나미신서岩波新書 참조), 전쟁 때는 '황국경제학'을 강의했는데 전후에는 방향을 바꾸어 '인간시대'(『사상문제연구』 창간호, 1946년 4월)를 주창했다. 그 뒤 전쟁 때의 언동으로 교직 부적격 판정을 받고 교단을 떠났다. 『사상문제연구』는 이토

세이伊藤整(일본의 소설가, 시인, 문예평론가—옮긴이)도 집필했으며, 또 이시카와 다쿠보쿠石川啄木와 관련된 논고도 실렸으나 다키지에 관한 문장은 없다. 『어머니가 말하는 고바야시 다키지』의 근간 광고 게재는 특별히 뭔가 의도가 있었다고는 볼 수 없다.

근간 예고가 실린 1946년 6월 직전에는 다키지의 전후戰後 최초 저작집으로서 삿포로의 소켄샤서방創健社書房에서 『공장 세포』(3월), 『게잡이 공선』(4월), 『부재지주』(6월)가 간행되었다(일본공산당 홋카이도지방위원회 선전부 편). 또한 1946년 5월, 도쿄의 신코출판사新興出版社는 『1928년 3월 15일』, 『당 활동가』를 간행했다. 만약 『어머니가 말하는 고바야시 다키지』의 간행이 이때 실현되었다면 전쟁이 일어나기 전에 '나라가 금지한 책'의 부활과 나란히 다키지의 있는 그대로의 모습을 이해하는 데 도움이 되었을 것이다.

하지만 『어머니가 말하는 고바야시 다키지』는 책의 첫머리에 사용된 사진이나 '목차'도 잘 정리되었고 '근일 간행'이라고 광고했음에도 불구하고, 사정은 명확하지 않으나 간행에는 이르지 못했다. 이때 준비된 책을 임시로 '제1차 원고'라고 부르기로 하겠지만, 이것은 현재 시립 오타루문학관에 기증되어 있다.

나는 '제1차 원고'를 읽고 그 높은 자료적 가치에 놀랐으며, 간행을 모색하는 과정에서 편집자 고바야시 히로시小林廣의 아들(넷째 아들)인 고바야시 사다노리小林定典 씨의 양해를 얻기 위해 자택을 방문했다가 '제2차 원고'의 존재를 알게 되었다. '제1차 원고'로부터 2년 정도 뒤에 다시 출판을 기획해 도쿄의 출판사에 타진하기 위해 200자 원고지에 다시 청서한 것이 바로 이 '제2차 원고'다. 그 뒤 한 잡지에도 게재가 타진되었으나 전부 성사되지 못한 채 원고는 반환되었고, 고바야시 사다노리 씨가 보관하고 있었다. .

'제1차 원고'의 성립 경위는 '원서 편집자의 말'에 나와 있다. 패전 뒤 6개월이 지난 1946년 2월 20일 다키지 13주기를 계기로 편집자 고바야시 히로시가 다키지의 어머니 세키에게 다키지에 대한 추억을 듣는 과정에서 인터뷰를 해서 내용을 공표하기로 마음먹었고, 세키에게 양해를 구해 바로 실행에 옮겼다. '제1차 원고'의 '편집자의 말' 날짜는 4월 10일로 되어 있는데, '제2차 원고'의 '편집자의 말'에는 2월 하순 이후, "할머니의 이야기를 듣기 위해 며칠 밤을 찾아가 어찌 됐든 정리해서 완성한 것이 바로 이 작품"이라고 되어 있다. 아마도 2월 하순부터 3월 상순에 걸쳐 집중적으로 인터뷰가 이루어졌을 것이다. '제1차 원고'에는 상당히 많은 부분에 첨삭의 흔적이 보이는데, 편집자가 인터뷰를 정리해 문장으로 만든 것을 다음 인터뷰 때 읽어 주고 세키가 확인·정정하는 식의 작업을 반복해 '제1차 원고'를 완성한 것으로 보인다.

'제1차 원고'는 갱지에 펜글씨로 세로쓰기를 하고 있는데, 전체로는 약 100정丁(1정의 글자 수는 23자 정도×20~22행)에 봉철로 되어 있다. 판지로 된 표지가 붙어 있으며, 끈으로 철이 되어 있다. 또한 다음과 같은 '목차'가 붙어 있다.

1. 권두 사진 '데스마스크 앞에서 다키지에 대해 말하는 어머니 세키 여사'

2. 편집자의 말(4정)

3. 어머니가 말하는 고바야시 다키지(93정)

4. 고바야시 다키지의 영화평

(1) 채플린에 관한 것과 기타

(2) 잡다한 감상, 매우 중요한 것

(3)「볼가 강」의 뱃노래와 기타

(4)「제7천국」

권두 사진 '데스마스크 앞에서 다키지에 대해 말하는 어머니 세키 여사'는 누락되어 있지만, 대신에「아아, 또 다시 2월이라는 달이 왔구나……」라는 세키의 시(사진판), 치마코의 사진이 권두에 붙어 있다. 이것들은 권두 사진으로 준비된 것이다.

'고바야시 다키지의 영화평'에서는 오타루에서 발간되던 영화잡지『시네마』에 게재된 4편이 소개될 예정이었다.(『고바야시 다키지 전집』 제5권에 수록) 이것들은 '제2차 원고'에서는 생략되었다.

쇼와 2, 3년(1927, 8) 무렵의 영화계에는 발성영화 같은 건 존재하지 않았고, 아직 설명자(변사)에 의한 해설 시대였다. 당시 오타루에는 영화팬들에 의해 조직된 '오타루영화관람회'가 있어, 월간 잡지『시네마』를 발간했다. 고바야시 다키지는 당시 다쿠쇼쿠은행의 오타루 지점에 근무했는데 소설을 쓰는 한편 창간 이래 매달 탁월한 영화 비평을 잡지에 실었다.

여기서는 『시네마』에 실린 「〈해적〉을 중심으로 한 잡담」(1928년 1월호), 「자, 제군들!」(1928년 3월호), 「영화에는 현미경을?」(1929년 1월호) 등 세 편이 빠져 있다. 편집자가 보유한 『시네마』 잡지 중에 해당 호수가 빠져 있었기 때문일까. 어찌 됐든 이것들이 『고바야시 다키지 전집』에 수록된 것은 1951년 6월 간행된 학예사學藝社 판 제8권이었으며, 1946년에 『어머니가 말하는 고바야시 다키지』가 간행되었더라면 다키지의 영화 사랑에도 관심이 모아졌을 것이다.

1946년 4월 10일자 '편집자의 말'이 있고, 6월 『사상문제연구』의 광고란에 삿포로 하쿠토서방 명의로 근간 예고가 나온 것을 감안하면, 상당히 구체적인 출판 준비가 이루어졌을 것으로 생각되지만, 어떠한 사정에 의해 이 책 출판에 차질이 발생하여 간행이 이루어지지 못했다.

이에 대해 편집자인 고바야시 히로시는 "힘들게 고민"했고, 세키도 "해가 갈수록 이 책이 세상에 나오기를 손꼽아 기다렸다"고 한다. 당초 시도에서 2년 정도가 흐른 뒤, "할머니께 죄송스럽다는 자책감에 할머니 이상으로 초조하게 애를 태우고 있던" 편집자는 도쿄의 출판사를 통해 간행해 보려고 연줄을 이용해 출판을 타진해 보았으나 실현되지 못했다. 이때 청서를 하면서 많은 부분에 첨삭이 이루어지게 된다. 여기서도 세키와 상의를 한 것으로 보인다. 또한 간행할 때 사용할 생각으로, 편집자 고바야시 히로시가 그린 다키지의 초상화가 준비되어 있었다.

본 출판에서는 이상과 같은 경위를 고려해서 내용이 보다 상세한 '제2차 원고'를 원본으로 삼고, '제1차 원고'를 적절히 참조하기로 했다.('제2차 원고'의 '편집자의 말' 한 장과 본문 말미 한 장이 누락되어 있기 때문에 그 부분은 '제1차 원고'를 사용했다.)

당초 권두 사진으로 사용할 예정이던 세키의 시는 다음과 같이 루스리프 종이에 붓으로 정성스럽게 씌어 있다.

아아, 또 다시 2월이라는 달이 왔구나.
정말 이 2월이라는 달이.
싫은 달, 한껏 목청 높여
울고 싶지만 어딜 가도 울 수가 없구나.
아아, 하지만 라디오가
조금은 도움이 된다.
아아, 눈물이 난다.
안경에 습기가 차는구나.

도요타마형무소에 갇혀 있던 다키지에게 편지를 보내기 위해 독학으로 글자를 배운 세키는 매년 '2월'을 괴로운 심정으로 맞이했다. 어머니로서의 애정과 슬픔·분노의 깊이가 느껴지는 이 시는 세키가 세상을 떠난 뒤 유품 속에서 치마코가 발견한 것으로 세키가 세상을 떠나기 2, 3년 전에 지은 것으로 추측되는데(예를 들어 『아사히신문』 1963년 8월 11일 기사, 「고바야시 다키지의 어머니 유고가 나오다. 자식을 향한 절절한 애정」), '제1차 원고'에 실려 있었다는 점을 감안하면 이미 1946년 4월 이전에 쓰였다는 계산이 된다. 그해 2월에 쓰였다고도 생각할 수 있지만, 거슬러 올라가 전쟁 전이나 전쟁 도중의 한 시기일 가능성도 있다. 어찌 됐든 자신의 흉금을 편집자에게 전부 털어놓는 과정에서 이 시를 보여 주었고, 권두 사진으로 사용하는 것에 대해 양해를 해 준 것으로 보인다. 이 시에 대해 편집자가 언급한 내용은 없다.

간행이 좌절됨과 동시에 이 시는 서랍장에 처박히는 바람에 딸 치마코도 존재를 알지 못했다.

어머니 세키에 대해

이 책에 씌어 있듯이 다키지가 죽은 뒤 1933년 5월경, 어머니 세키는 다키지의 유골을 가지고 오타루로 돌아왔다. 5월 말경에는 류토쿠지 승려에게 의뢰해 식구들만 모인 가운데 다키지의 백일 법요식을 치르고 계명을 받았다. 그 뒤 다키지의 유골은 오쿠사와에 있는 고바야시 집안 묘에 모신 것으로 보인다.

1935년 2월 20일 도쿄에서 프롤레타리아문학 관계자에 의해 개최된 다키지를 추모하는 모임에 세키는 산고·유키코와 함께 참석했는데,

이처럼 몇 번 정도는 도쿄를 방문할 기회도 있었던 것으로 보인다. 데즈카 히데타카手塚英孝의 기사 「고바야시 다키지의 기념일에」(『도쿄민보』 1948년 2월 22일)에는 전쟁 전, "매년 2월 20일에는 친구 몇 명이 고바야시의 어머니를 모시고 조촐하게 그날을 기리는 일이 계속되었다."라고 되어 있다. 세키는 도쿄에서는 산고의 집에 머무르며 다키지의 친구였던 프롤레타리아문학 관계자와 마바시에 살던 당시의 이웃집을 방문하기도 했다.

세키는 대부분 주로 아사리에 있는 큰사위 사토(큰딸 치마코의 남편) 집에서 살면서 딸의 산후 조리를 돕고 손녀를 돌보면서, 둘째 딸 쓰기코네(둘째 사위 고다) 집, 셋째 딸 유키코네(셋째 사위 다카기) 집, 도마코마이에 있는 미쓰보시빵집을 방문하는 등 조용한 나날을 보냈다. 전쟁 때는 사토 후지요시·치마코 부부가 부임한 아이치현 야마나카의 사업소에서 함께 살기도 했다. 그 뒤 가즈에(후지요시·치마코의 딸)와 함께 오타루로 돌아와 아사리의 집에서 패전을 맞이했다.

어머니 세키와 누나 치마코가 갖고 있던 신문기사(오타루문학관 기탁자료)에서 세키와 관계된 것을 살펴보자. 우선 1945년 12월 7일자 『홋카이도신문』은 전쟁 전 특별고등경찰에 의한 탄압의 상징이라 부를 만한 다키지 학살을 크게 보도했다. 에구치 간의 문장과 함께 기자는 "아사리 역에서 얼어붙은 큰길을 따라 낭떠러지 절벽 아래에 있는 집을 찾아가니 잔인하게도 젊어서 세상을 떠난 프롤레타리아작가의 어머니는 스토브 옆에서 얌전히 늙은 등을 웅크리고 앉아 있었다."라는 어머니 세키의 방문기를 싣고 있다. 세키는 "불단에 불을 켜고 서랍 안쪽에서 다키지 씨의 데스마스크를 꺼내 애틋하게 바라보며", 귀성 중인 산고와 함께 "다키지 씨가 죽었을 때의 아픈 기억을 떠올리며 말해 주었다." 산고가 고문의 참혹함이 남아 있는 사체의 모습에 대해 눈물을 글썽이며 말하자 세키도 "무슨 영가라도 부르는 듯한 낮은 목소리로" 다음과 같이 말했다.

"게다가 경찰은 애써 장례식에 온 사람들까지 잡아갔습니다. 장례식에 참석한 사람은 저와 산고, 홋카이도에서 달려온 누나 치마코와 사위인 후지요시, 그리고 에구치 씨와 사사키 씨(다카마루)뿐이었습니다. 그런 모습으로 만들어 놓고 장례식까지 사람들이 못 오게 만들다니, 경찰은 참 피도 눈물도 없는 짓을 한다고 계속 생각했습니다. 그 뒤 편지든 뭐든 다키지와 인연이 있는 사람은 모조리 경찰에 잡혀갔고 이제는 이 데스마스크밖에 없습니다.

마침 올해가 13주기가 되는 해인데, 그것도 사람들에게 알려지지 않도록 몰래 숨어서 지낼 수밖에 없는 상황이라 다키지가 너무 가여울 따름입니다. 내년 2월에는 공개적으로 지내도 상관없겠죠."

기자는 "이제 벌써 73살이 된 연로한 어머니는 젊은 나이에 비명횡사한 비범한 이의 첫 법요가 성대하게 치러질 날을 기대하며 데스마스크를 손에서 내려놓았다."라고 묘사한다. 전시 체제에서도 식구들끼리 다키지의 법요를 치렀다.

1948년 2월 22일의 『붉은 깃발』은 「비운의 죽음으로부터 16년, 다키지 씨의 어머니와 나눈 대화」라는 기사를 실었다. 봄이 되면 “300평 밭을 일굴 만큼 건강”하면서도 한편으로는 “16년이 지나도 여전히 2월이 되면 몸 상태가 나빠진다.”라는 술회는 앞에 나온 세키의 시와 조응된다.

또한 1950년 2월 16일 일본공산당 홋카이도위원회의 기관지 『홋카이신보北海新報』에도 「고바야시 다키지의 가족을 찾아」라는 기사가 실렸다. “효자였습니다”라고 회상하는 누나 치마코. 그리고 “손자들에게 둘러싸인 건강한 모습의 어머니”는 “다키지는 아직 죽었다고 생각할 수 없습니다. 때문에 저는 나무아미타불을 외고 합장하며 절을 할 수가 없습니다. 원고료가 들어오는 날이나 다키지의 제삿날에는 사진을 바라보며 이런저런 말을 걸기도 합니다.”라고 말한다.

세키가 세상을 떠나기 1년 전 2월 20일 전후로 『홋카이도신문北海道新聞』의 「다키지 기忌」(이 제목은 세키의 필적임)라는 제목의 연재 3회째에는 세키에 대해 “고령인 만큼 기억이 가물가물해 말하는 것도 거의 맞장구를 치는 게 다일 정도였지만, 다키지에 관한 일은 다키지의 어린 시절 생각지도 못할 만큼 사소한 일까지 이따금 떠올리고는 툭하고 이야기를 꺼내곤 한다.”라고 되어 있다.

1961년 5월 10일 오랜만에 밭일을 한 뒤 세키는 심장천식으로 갑자기 세상을 떠났다. 만 87세 9개월이었다. 5월 12일 『홋카이도신문』 오타루 시내판은 「30주기를 앞둔 채 다키지에 대한 깊은 사랑과 배려」라며 세키의 죽음을 보도했다.

5월 30일 『홋카이도타임즈北海タイムス』는 「고바야시 다키지의 어머니」를 특집으로 꾸몄다. 그 마지막 부분은 다음과 같다.

세키 여사를 아는 사람이라면 누구나 입을 모아 말합니다. 어머니에게 다키지는 죽지 않았으며, "다키지가 살지 못한 만큼의 몫을 자신이 삶으로써 다키지의 정신을 지켜 내자."라는 삶의 방식이었다고.

치마코 씨는 어머니에 대해 말하길, 다키지 연구를 위해 방문하는 사람이 있으면 매우 기뻐하며 흔쾌히 맞이했고, 고령에 어울리지 않게 정확한 기억으로 손님을 놀라게 했으며, "죽을 때까지 다키지의 죽음에 대해 불평이나 불만을 말하는 짓은 결코 하지 않았던 사람이었다."라며 '훌륭한 어머니'를 칭송합니다.

올해 2월에는 공산당에 입당하고(실제 세키의 입당은 60년 10월), 또한 기독교를 접해 장례식은 교회에서 치렀으나, 세키 씨의 마음속에서 이 두 가지가 모순되지 않았던 이유는 그저 '세상의 가난한 자들을 위해'라는 마음이 강했기 때문일지도 모릅니다. 다키지에 대한 애정과 신뢰, 가난한 자들을 위한 마음, 이것은 농민의 저력이라고도 할 수 있는 힘으로 평생 바뀌지 않고 관철되었습니다.

1965년 5월 10일 아사리에 있는 큰사위 사토의 집에서 세키의 기념회가 열렸다. 치마코가 옥중에 있던 다키지에게 보낸 찬미가 510번과 세키가 애창했던 찬미가 404번(《산길 넘어》)을 부르고 곤도 목사를 중심으로 추억을 서로 나누었다.

이러한 신문 보도, 또한 다키지제祭 등에 대한 빈번한 등단, 그리고 다키지 생전과 사후의 프롤레타리아문학 관계자들과의 교유를 통해 다키지의 어머니 세키의 존재와 살아가는 방식은 다키지 문학과 사상에 공감하고 관심을 가지고 있던 많은 사람들에게 알려지게 되었다. 그것은 미우라 아야코三浦綾子의 『어머니』(1982년)에 의해 보다 더 넓고 깊어졌다. 그 책의 '후기'에는 산고 등 친족과 다키지의 친구들을 취재하여 "다키지의 소설, 일기, 수필 등"을 열심히 읽은 일, 그를 통해 "제일 먼저 내 마음을 빼앗은 것은 다키지의 가족들이 너무나 밝고 너무나 상냥함으로 가득하다는 점이었다. 그리고 또 한 가지 내 마음을 움직인 것은 다키지 죽음의 비참함과 예수의 죽음의 비참함에 공통되는 슬픔이 있다는 것이었다."라고 되어 있다. 그리고 『어머니』의 집필을 뒷받침해 준 것은 "다키지의 어머니로서 다키지를 사랑한다는 이유만으로 다키지가 속해 있던 공산당이라는 단체까지 사랑했다는 것은, 나도 그럴 수 있겠다는 생각이 들었다."라는 것이었다.

이 책에서 어머니 세키 자신이 말한 내용은 지금까지의 세키상像과 대부분 합치하는 것이며, 어머니로서의 생각을 더욱 선명하고 자세히, 더 깊은 부분까지 나타내고 있다. 세키 서거 직후의 "다키지가 살지 못한 만큼의 몫을 자신이 삶으로써 다키지의 정신을 지켜 내자."라는 신문의 관측, 스즈키 겐주가 추측하는 "분노로 마음속이 들끓었던 일", 미우라 아야코가 끄집어낸 "다키지의 어머니로서 다키지를 사랑한다는 이유만으로 다키지가 속해 있던 공산당이라는 단체까지 사랑했다는 것" 등은 모두 정곡을 찌른 것으로 그것들은 이 책을 통해 재확인될 것이다.